Konsalik
Entmündigt

Konsalik

Entmündigt

© Genehmigte Sonderausgabe
Copyright © by Dagmar Günther-Konsalik, Bad Honnef
und AVA – Autoren- und Verlagsagentur GmbH,
München-Breitbrunn

Das Werk einschließlich aller seiner Teile
ist urheberrechtlich geschützt. Es ist nicht gestattet, Texte dieses Buches
zu digitalisieren, auf PCs, CDs oder andere Datenträger zu speichern
oder auf Computern zu verändern oder einzeln oder zusammen
mit anderen Texten wiederzugeben (original oder in
manipulierter Form), es sei denn mit schriftlicher
Genehmigung des Verlages.

Alle Rechte vorbehalten
Printed in Germany

1

Lautlos schob sich das Tor zur Seite. Die beiden schwarzen Personenwagen passierten das Pförtnerhäuschen und glitten durch den Park. Es war ein herrlicher Tag. Als das weiße, schloßartige Gebäude zwischen den Bäumen und Buschgruppen auftauchte, blendete es die Augen.

Gisela Peltzner starrte durch die Scheiben des ersten Wagens. Zwei Männer in weißen Ärztekitteln standen, die Hände in den Taschen, seitlich des Portals im Schatten und schienen auf die beiden langsam durch den Park heranrollenden Wagen zu warten.

Im zweiten Wagen beugte sich Anna Fellgrub zu dem Chauffeur vor. »Wir bleiben sitzen und warten, bis alles vorüber ist«, sagte sie leise. »Es ist alles so schrecklich. Ich mag gar nicht hinsehen.«

Anna Fellgrub lehnte sich zurück und sah hinüber zu dem großen, weißen Haus.

Der erste Wagen hielt. Die beiden Männer in den weißen Kitteln traten aus dem Schatten hervor und öffneten die hintere Tür. Ein bleiches, starres Mädchengesicht, umrahmt von einer Fülle blonder Locken, hob sich ihnen entgegen. Die blauen Augen waren unnatürlich weit und leblos, von einem Glanz, wie ihn künstliche Augen haben, die Augen von Schaukelpferden und Teddybären. Keine persönliche Regung war in ihnen.

»Oberarzt Dr. Pade«, stellte sich der eine der Ärzte vor. »Darf ich bitten, gnädiges Fräulein.«

Er reichte Gisela Peltzner beide Hände, die sie mechanisch ergriff, und zog sie sanft vom Sitz.

Aus dem zweiten Wagen stiegen Giselas Onkel, Ewald Peltzner, ihr Vetter Heinrich Fellgrub, ein Dr. Vrobel und ein Dr. Adenkoven. Vrobel war Facharzt für Nervenleiden, Adenkoven Anwalt.

Der zweite Wagen hatte inzwischen ebenfalls gehalten. Aber die Türen blieben geschlossen. Nur an den Scheiben drückten sich einige Gesichter ab. Neugierige Augen, die auf den blonden Kopf inmitten der Männer starrten.

Was wird sie tun? Wird sie wieder schreien? Wird sie um sich schlagen? Wird sie sich wieder an die Ärzte klammern und rufen: »Ich bin doch nicht krank! Ich bin doch nicht verrückt! Ich bin so normal wie Sie. Sehen Sie das denn nicht!« Oder wird sie gar nichts tun und einfach mitgehen?

Oberarzt Dr. Fade sah über die kleine Versammlung.

»Alles Verwandte?«

»Nein, nur mein Neffe und ich. Ich bin der Onkel Fräulein Peltzners.« Ewald Peltzner knöpfte den Rock seines hellen Seidenanzuges über seinem fülligen Leib zu. Er schwitzte schrecklich, zumal er sich mit drei Whiskys Mut für diese Fahrt angetrunken hatte. »Dr. Vrobel.«

»Ach, Sie sind Herr Vrobel!« Dr. Pade gab dem Arzt die Hand. »Ich freue mich, Herr Kollege, Sie kennenzulernen. Bitte, kommen Sie ins Haus. Der Herr Professor steht sofort zu Ihrer Verfügung.« Daß da noch Dr. Adenkoven darauf wartete, vorgestellt zu werden, übersah er.

Während die Herren in den Schatten des Vorbaues traten, wandte sich Dr. Pade wieder Gisela Peltzner zu. Dr. Ebert, der Stationsarzt, der sie von heute an betreuen sollte, stand neben ihr und sah sie kritisch und stumm an. Ihr Blick ging an ihm vorbei, als sehe sie ihn gar nicht. Er tastete sich an der weißen Hauswand empor, über die blinkenden Fenster, die alle geschlossen waren, irrte zurück zum Eingang und blieb an Oberarzt Dr. Pade haften, der jetzt auf sie zutrat.

»Sie hatten eine gute Fahrt?« fragte er freundlich.

»Ja.« Ihre Stimme war hell und klar. Nichts Gebrochenes lag in ihr. Dr. Pade winkelte den Arm an.

»Darf ich bitten, gnädiges Fräulein. Sie sind sicherlich müde.«

»Ich bin nicht müde«, sagte sie ruhig. »Ein wenig Durst habe ich. Ich möchte aber sofort den Herrn Professor sprechen.«

»Das werden Sie, gnädiges Fräulein. Und der Herr Professor wird Ihnen stets zur Verfügung stehen.«

»Sofort!« wiederholte sie. In ihren starr glänzenden Augen glomm es plötzlich auf. »Ich bin gesund! Ich weiß überhaupt nicht, was ich hier soll.«

»Natürlich sind Sie gesund.« Dr. Pade lächelte sie an.

Der Funken in ihren Augen erlosch wieder. Pade kannte das von Hunderten ähnlicher Fälle. Durch Drogen hatte man die Patientin ruhiggestellt, ihre Motorik blockiert. Sie gingen, sahen, sprachen und aßen, aber es war, als geschehe alles hinter einer Watteschicht. Gisela wurde durch eine große Halle geführt und stand dann in einem großen, hellen Zimmer mit einer geblümten Couch, einer hellblauen, einfarbigen Tapete, entzückenden kleinen Pariser Stühlen und einer fliederfarbenen Gardine.

»Bitte, ruhen Sie sich aus«, sagte Oberarzt Dr. Fade und wies auf die Couch. »Man wird Ihnen sofort ein Glas eisgekühlten Orangensaft bringen. Auch ich komme gleich zurück.«

Gisela Peltzner setzte sich auf die Couch. Freundlich lächelnd verließ Dr. Pade den sonnendurchfluteten, anheimelnden Raum. Fast lautlos klickte die Tür hinter ihm zu.

Eine Tür ohne Klinke.

Gisela starrte auf den nackten Fleck über dem Türschloß.

Jetzt, dachte sie. Die Tür ist zugeschlagen. Eine Tür ohne Klinke. Jetzt bin ich in einer Irrenanstalt. Und ich bin gesund. Ich bin doch gesund.

Als die Schwester das Glas Orangensaft mit Eis brachte, schlief Gisela, quer über der Couch liegend, mit herabhängendem Kopf.

Ein schmaler bleicher Kopf in einem See goldener Haare.

Der Professor hatte die Akte Gisela Peltzner aufgeschlagen und überflog noch einmal die Diagnose, die ihn veranlaßt hatte, das Mädchen in seiner Klinik aufzunehmen. Es dauerte einige Zeit, bis er schließlich aufsah. Dann aber, während er sich Dr. Vrobel zuwandte, kam seine erste gedämpfte Frage sehr bestimmt.

»Sie, Herr Kollege, haben es also für dringend notwendig angesehen, die junge Dame hierher zu bringen?«

Dr. Fritz Vrobel, der ihm gegenübersaß, zuckte zusammen.

»Ja«, sagte er schnell. »Anlaß gab mir der Bericht Doktor Adenkovens, der als juristischer Berater der Peltzner-Werke einen umfassenden Überblick über alles gab, was in den letzten Monaten geschehen ist.«

»Herr Dr. Adenkoven?« Adenkoven sah übernächtig aus, mit dunklen Ringen unter den Augen. Seine Stimme klang nervös: »Ich bin gezwungen, die Geschäftsunfähigkeit Fräulein Peltzners in bestimmtem Maße zu beantragen. Aus dem Ihnen vorliegenden Bericht gehen alle Symptome hervor, die uns zu diesem Schritt veranlaßten. Es ist tragisch, daß es so gekommen ist. Die Untersuchung in Ihrer Klinik, Herr Professor, erfolgt wegen akuter Psychosen, Erregungszuständen, Nahrungsverweigerung und Selbstmordneigung. Fräulein Peltzner hat jede Übersicht verloren. Es besteht die Gefahr, daß sie die Peltzner-Werke zugrunde richtet.

Wie Sie wissen, wurde Fräulein Peltzner von ihrem Vater nach dessen tragischem Tod – einem Jagdunfall – als Alleinerbin des gesamten Vermögens und aller Fabriken und Liegenschaften eingesetzt. Das Testament ist rechtsgültig. Aber schon nach wenigen Monaten zeigten sich derart besorgniserregende Störungen bei ihr, daß wir nicht umhin konnten – schon im Interesse der Werke und der 20 000 Arbeiter und Angestellten, die wir beschäftigen –, Fräulein Peltzner unter Aufsicht zu nehmen. Ein Entmündigungsverfahren ist wohl kaum zu umgehen und wird schließlich vor allem von Ihrer Diagnose abhängen, Herr Professor.«

Ewald Peltzner nickte zustimmend.

Professor von Maggfeldt nagte an der Unterlippe. »Sie sind der Onkel der Patientin?« fragte er Ewald Peltzner.

»Ja. Mein Bruder war vernarrt in seine einzige Tochter. Ich habe als leitender Direktor der Werke einen Überblick gehabt und die Katastrophe kommen sehen.«

Der dickliche Ewald Peltzner schwieg und war sichtlich stark ergriffen.

»Sie leiten seit dem Tode Ihres Bruders die Werke?« fragte der Professor.

»Ja. Zusammen mit meinem Neffen, Herrn Heinrich Fellgrub.«

Der Professor sah hinüber zu dem jungen Mann, der neben dem Nervenarzt Dr. Fritz Vrobel saß. Er hatte die Hände gefaltet und sah nicht auf. Auch ihm schienen diese Minuten eine Qual zu sein.

Maggfeldt klappte die Akte langsam zu und sagte:

»Wenn sich Ihre Diagnose bestätigt, Herr Kollege Vrobel, werden wir alles, was in unserer Kraft steht, tun, um ...«

Erstaunt, befremdet hob er den weißhaarigen Gelehrtenkopf. Ewald Peltzner hatte ihn unterbrochen. Er hörte ihn fragen:

»Und wann, Herr Professor, können wir wissen, wie es ... ich meine, ob es ...« Ewald Peltzner schielte zu seinem Anwalt hinüber. »Es geht, wie gesagt, um 20 000 Angestellte.«

Ewald Peltzner hatte sich festgefahren. Dr. Adenkoven sprang ihm bei.

»Ein Beispiel nur, es war die letzte Tat der Kranken: Sie verschenkte eine Viertel Million an ein Waisenhaus zur Erweiterung.«

Professor von Maggfeldt notierte sich die Summe. »Das ist doch eine sehr soziale Tat«, sagte er bedächtig.

»Aber es ist unmöglich, mitten aus einer Produktions-Neuentwicklung, in der die Peltzner-Werke stehen, eine solche Summe einfach herauszuziehen. Wenn das so weiter geht, bedeutet das den Ruin.«

»Wir werden Fräulein Peltzner genau beobachten und untersuchen«, sagte er. Es klang, als wolle er sagen: Und nun geht! Ihr seid mir geradezu abscheulich gesund ...

»Und«, Ewald Peltzner ließ nicht locker, »wann können wir erfahren ...?«

»In etwa sechs Wochen. Frühestens.«

So lange, dachte Peltzner. Aber er sprach es nicht laut aus. Das wichtigste und schwerste Stück war ja geschafft. Hinter Gisela hatten sich die Türen der Anstalt geschlossen.

*

Als die Herren, voran Ewald Peltzner, wieder aus dem Haus kamen, waren die Insassen des zweiten Wagens ausgestiegen: Anna Fellgrub, die Tante Gisela Peltzners und Schwester ihres toten Vaters, und Monique Peltzner, die kapriziöse Tochter Ewald Peltzners. Monique schaute sich ausgesprochen gelangweilt um. Sie hielt nichts von Familienausflügen, ganz gleich, wohin sie führten und zu welchem Zweck sie veranstaltet wurden.

Anna Fellgrub konnte ihre Aufregung und Neugier in diesem Augenblick nicht mehr bezähmen. Mit großen Schritten stürzte sie auf ihren Bruder zu und ergriff ihn an den Rockaufschlägen.

»Nun?« fragte sie. »Nun? Mach den Mund auf, Ewald. Was ist denn?«

»Sie bleibt da.«

Anna Fellgrub ließ ihren Bruder mit einem Ruck los. »Weiter nichts? Die Entmündigung?«

An frühestens sechs Wochen. Sie wollen sie genau untersuchen.«

»Wieso denn das, Ewald? Ich dachte, die Diagnose von Doktor Vrobel und Dr. Oldenberg genügt.«

Ewald Peltzner zuckte die Schultern. »Anscheinend nicht.«

»Stümper!« sagte sie laut. »Ihr scheint alle Stümper zu sein.« Dr. Vrobel und Dr. Adenkoven sahen sich betreten an. »Und was nun, Ewald?« Anna Fellgrubs Stimme schwankte. Diese Frage war auf einmal viel leiser gekommen. Anna hatte Angst in den Augen. Dr. Adenkoven, der Anwalt, sah es, umklammerte seine Aktentasche und trat vor.

»Gnädige Frau, ich werde alle geeigneten Maßnahmen so durchführen, wie wir beschlossen haben. Bitte, machen Sie sich keine Sorgen!«

»Wirklich nicht, Herr Doktor?«

Anna Fellgrub sah hinüber zu dem großen weißen Haus. Am Fenster eines Seitenflügels stand ein älterer Mann und fing imaginäre Mücken. Mit exakt abgezirkelten Bewegungen fuhr seine gekrümmte Hand durch die klare Luft und schnappte unermüdlich zu. Dabei grinste er breit zu Anna Fellgrub hinab und streckte die Zunge heraus.

»Laß uns gehen, schnell«, sagte sie zu Ewald Peltzner und rannte zurück zu ihrem Wagen. Monique puderte sich gerade. Ihr hübsches, dummes Kulleraugengesicht war eine Farbkomposition von äußerster Verwegenheit.

»Hat Papa alles erreicht, Tante Anna?« fragte sie und leckte über ihre hellrot geschminkten, etwas fülligen Lippen. Ihr pechschwarzes Haar glänzte wie Lack.

»Steig ein – und weg von hier!«

Langsam, wie sie gekommen, rollten die beiden schwarzen Wagen den Weg zurück durch den Park. Wieder glitt das Tor, wie von Geisterhand betätigt, zur Seite und gab die Ausfahrt frei.

*

Als das Bewußtsein wiederkehrte, war auch die Sonne wieder da. Sie schien auf die Pariser Stühle, auf die zartblaue Tapete, auf die geblümte Couch und die Tür ohne Klinke.

Mit einem Ruck setzte sich Gisela Peltzner auf und sah in die Gesichter von Professor von Maggfeldt und Dr. Pade. Mit beiden Händen griff sie in ihr langes blondes Haar und drückte es zurecht. Der starre Glanz war aus ihren Augen gewichen. Jetzt war Leben in ihnen.

»Sie glauben also, ich sei verrückt?« fragte sie.

»Das glauben wir keineswegs«, sagte Professor von Maggfeldt.

»Mein Onkel hat es also fertiggebracht, mich hierherzubringen. Mit gefälschten Diagnosen, mit gekauften Ärzten! Es ist ein Verbrechen!«

»Vielleicht ist es ein Verbrechen«, sagte Professor von Maggfeldt und nickte ungewiß.

»Und trotzdem halten Sie mich hier fest?!«

»Aber niemand hält Sie hier fest, gnädiges Fräulein. Sie sind hier, damit die Wahrheit an den Tag kommt.«

»Welche Wahrheit denn?«

»Ob die Diagnose Ihrer … dieser Ärzte falsch oder richtig ist.«

»Sie ist falsch, Herr Professor.«

»Wollen Sie diese Untersuchung nicht lieber vertrauensvoll in unsere Hände legen?«

Die gütige, väterliche Stimme Maggfeldts wirkte wie hypnotisierend.

»Ich danke Ihnen, Herr Professor«, sagte sie fast unhörbar. »Sie haben mein Vertrauen. Ich bin bereit, mich den notwendigen Untersuchungen zu unterziehen. Ich bleibe.«

Professor von Maggfeldt erhob sich, ging hinüber zu Gisela, setzte sich neben sie und klopfte ihr auf die im Schoß gefalteten Hände.

»Ich bin glücklich«, sagte er, »ich bin sehr glücklich.«

Dr. Pade war inzwischen hinter die Couch gerückt. Von nun an würde er alle Unterhaltungen mitstenographieren. Auf den Knien öffnete er die neue Untersuchungsmappe. Er legte zwei Bogen nebeneinander. Noch waren sie leer. Nur in der linken oberen Ecke war etwas aufgedruckt: Blatt I – Familien-Anamnese. Blatt II – eigene Anamnese: a) biologische Vorgeschichte, b) soziale Vorgeschichte, c) jetzige Erkrankung.

Gisela Peltzner blickte den Professor lange nachdenklich an, als sei sie sich trotz seiner letzten Worte keineswegs klar über ihn.

»Herr Professor«, sagte sie bestimmt und beinahe abweisend. »Ich möchte nicht, daß sogleich neue Mißverständnisse aufkommen. Ich suche weder Schutz noch Heilung, wenn ich mich auch bereit erklärt habe, Ihre Angebote in dieser Richtung anzunehmen. Was ich allein suche, ist mein Recht!«

Mit leidenschaftlicher Bewegung fuhr sie fort: »Mein Vater hat mir die Werke vererbt! Mir allein! Mein Onkel und meine Tante dachten, ich sei ein dummes Schäfchen, das schöne Kleider liebt, schnelle Wagen, teure Pelze, Reisen, Bekanntschaften mit Männern! Es stimmt, ich hätte das alles haben können! Aber was habe ich getan? Ich habe die Bücher durchgesehen. Ich habe die Konten kontrolliert! Ich habe in drei Monaten alle Spesenabrechnungen durchrechnen lassen! Ich habe die Forschungskonten entschlüsselt. Allein hier fehlten 200 000 Mark, die mein Onkel in den Spielbanken verspielt hatte!«

Sie sprang auf und stellte sich vor Professor von Maggfeldt. Ihr schmales Gesicht war vom Zorn gerötet. »Deshalb bin ich hier! Ich wurde unbequem! Ich sah plötzlich zuviel an Familienschmutz! Und heiraten wollte ich auch. Damit wäre das gesamte Vermögen der Familie entzogen worden. Darum bin ich hier, nur darum! Erst hat man meinen Vater umgebracht … Der Professor und sein Oberarzt wechselten einen schnellen Blick. Maggfeldt dachte in diesem Augenblick an die 250 000 Mark für ein Waisenhaus. Es konnte in ein Bild passen: Unverständliche Impulshandlungen, wilde Entschlossenheit, Störungen objektiven Denkens.

»Das ist ziemlich ernst, was Sie da behaupten!« stellte Maggfeldt ruhig fest. »Kommen Sie, setzen Sie sich, trinken Sie noch ein Glas Orangensaft. Sie müssen mir das genau erzählen.«

»Gern.«

Gisela sah von einem Arzt zum anderen. Plötzlich wurde ihr wieder bewußt, in einem Irrenhaus zu sein, in dem ein Mensch soviel reden konnte, wie er wollte, ohne daß man ihm glaubte. Es schnürte ihr die Kehle zu. Sie griff an den Hals, und ihre Augen wurden starr. Angst stand in ihnen, helle Angst und Entsetzen.

»Bringen Sie mich nach Hause«, stammelte sie. »Bitte, bitte, ich werde Ihnen alles zeigen. Ich werde Ihnen beweisen, daß an mir ein Verbrechen geschieht. Warum glauben Sie mir denn nicht? Mein Gott, was soll ich denn tun, damit Sie mir glauben.« Sie weinte auf einmal. Mitten im Zimmer stehend, groß, schlank, mit hängenden Armen und zerwühlten blonden Haaren, hilflos ausgeliefert, weinte sie wie ein kleines, verirrtes Kind.

Oberarzt Dr. Pade machte sich eine Notiz. Spontane Depressionen, schrieb er, umrahmte die Worte und machte ein großes Fragezeichen dahinter. Professor von Maggfeldt schüttelte den Kopf und winkte Gisela, sich an seine Seite zu setzen.

»Kommen Sie, erzählen Sie mir alles der Reihe nach. Fangen wir ganz früh an, so früh, wie Sie sich erinnern können. Machen Sie sich Luft, erzählen Sie mir Ihr ganzes Leben. Erinnern Sie sich an die kleinste Kleinigkeit.«

Er beugte sich vor, ergriff Giselas schlaffe Hand, zog sie zu sich auf die Couch, nahm sein Taschentuch aus dem Rock und tupfte ihr die Tränen von den Augen.

»Meine erste Erinnerung?« Gisela Peltzner sah hinüber zum Fenster. »Ich muß vier Jahre alt gewesen sein. Mein Vater kam nach Hause, er war sehr wütend, warf seine Aktentasche auf den Tisch und schrie: ›Die Nazis verlangen, daß ich die Produktion auf Granatzünder umstelle! Eines Tages nimmt man uns die Fabrik noch ganz ab!‹«

Dr. Fade nickte. Auf seinen Testbogen notierte er: Erster Kindheitseindruck: Erregung. Unrecht. Sorge.

»Und weiter?« Maggfeldts Stimme war so beruhigend, daß der innere Druck sich in Giselas Körper löste und das Schluchzen allmählich aufhörte. »Sie müssen mir alles erzählen. Wir haben so viel Zeit.«

*

Damals, vor einem Jahr.

Eine fröhliche Jagdgesellschaft war in das Revier gezogen. Dr.-Ing. Bruno Peltzner, der alleinige Besitzer und kleine Gott der Peltzner-Werke, hatte ausländische Kunden, Diplomaten, Bankdirektoren und Wirtschaftler eingeladen, einige Böcke zur Strecke zu bringen. Zehn große Limousinen faßten die Gäste kaum. In einer Waldschneise warteten vier Geländewagen. Man stieg um, und durch verwachsene Talgründe, über Bäche, Schluchten, unbetretene Lichtungen wurden sie zu der einsamen Jagdhütte geschaukelt.

Dort war schon der große Bratspieß aufgebaut. Der Förster begrüßte die Herren, die ersten Flaschen wanderten von Hand zu Hand und wurden zünftig an den Mund gesetzt. Noch war es zu früh, um sich auf die Plätze zu verteilen.

Bruno Peltzner winkte seinem Bruder Ewald, dem Direktor seiner Stammwerke, zu und ging um die Hütte herum in den Wald. Er war ein mittelgroßer, kräftiger Mann mit den Schultern eines Athleten. Vor dreißig Jahren hatte er noch als Schmied hinter dem Amboß gestanden und das glühende Eisen geschlagen, daß die Funken stoben. Ewald Peltzner, sein Bruder, vom Bankfachmann als kaufmännischer Direktor in die brüderlichen Werke hinübergewechselt, folgte dem Wink Brunos, der sich langsam, nachdenklich von der Gesellschaft entfernte, ohne daß es auffiel. Etwa fünfzig Meter hinter der Hütte war ein Hochstand. Nicht zum Jagen, nur zur Beobachtung. Hier, auf einem freien, gerodeten Platz hatte Bruno Peltzner seine winterliche Wildfütterung aufgebaut.

Bruno Peltzner drehte sich um, als er den Hochstand erreicht hatte, und erwartete Ewald, der wegen seiner überschüssigen Pfunde ein wenig an Atemnot litt.

»Ich hatte keine Gelegenheit, dich noch vor der Abfahrt allein zu sprechen«, sagte Bruno Peltzner. Er sprach knapp, abgehackt, seine Worte sausten mit der Wucht eines Schmiedehammers auf den

Bruder nieder. »Zufällig kam mir der Werbe-Etat unter die Augen. Du hast 30 000 Mark für eine Werbung entnommen, die gar nicht stattgefunden hat. Du spielst also wieder.«

Ewald Peltzner wischte sich den Schweiß von der Stirn. Sein dickes, gerötetes Gesicht versuchte zu lächeln.

»Nein. Ich versichere dir, ich spiele nicht mehr.«

»Und das Geld? Wo ist das?«

»Bruno, du mußt verstehen. Natürlich hast du recht. Du hast immer recht. Du hast immer das Leben eines korrekten Mannes gelebt, manchmal zu korrekt. «

»Ich bin weit damit gekommen!« Bruno Peltzner legte die breiten Hände auf den Rücken. »Wo ist das Geld?«

»Ich muß da weiter ausholen, Bruno. Ich …«

»Das Geld!« schrie Peltzner. Die Stimme, die in seinem breiten Brustkasten saß, war gewaltig. Ewald Peltzner sah sich zur Hütte um. »Muß es jeder hören, Bruno?«

»Warum sollen sie nicht wissen, daß mein Bruder mich bestiehlt! Daß er spielt! Daß er sich Dirnen hält, ihnen Wohnungen einrichtet und sie fürstlich bezahlt. Wo sind die 30 000 Mark geblieben?«

»Bei Sylvia«, sagte Ewald leise. In seinem Blick stand blanker Haß. Du großkotziges Schwein, dachte er.

»Wofür?« fragte Bruno kalt.

»Das geht dich einen Dreck an!«

»Sylvia heißt das Weibsstück diesmal. Dann weiß ich schon.« Die Hände Bruno Peltzners schossen nach vorn. »Man sollte dir die Knochen brechen! Im nächsten Monat sind die 30 000 wieder in der Kasse!«

»Es wäre alles anders, wenn du uns – wie es andere auch tun bei einem Familienbetrieb – beteiligen würdest!«

»Beteiligen?« Bruno Peltzner lachte laut. Aber es war ein fast verzweifelte» Lachen. »Einen Lumpen beteiligen! Warum begehe ich nicht gleich Selbstmord?«

»Du emporgeschwemmtes Stück Mist!« sagte Ewald. Er zitterte am ganzen Körper.

Bruno Peltzner sah seinen Bruder fast verblüfft an. Dann begriff er erst, was er gehört hatte. Wortlos, holte er aus und schlug Ewald ins Gesicht. Es gab einen fetten, klatschenden Laut und dann einen dumpfen Fall.

Ewald war mit seinem ganzen Gesicht zu Boden gegangen. Er rollte ein paar Meter den abschüssigen Hang hinab. An einem Baumstumpf blieb er liegen.

Ohne sich um ihn zu kümmern, ging Bruno Peltzner zur Hütte zurück. Die Jagdgesellschaft begrüßte ihn mit Hallo und Steinhägerflaschen.

»Wann geht"s los?« rief ein französischer Diplomat.

»Gleich, meine Herren.« Bruno Peltzner nahm sein Gewehr aus der Hand seines Waldhüters. »Einen Schuß habe ich Ihnen schon voraus.«

Zwei Stunden später, nach einem fröhlichen Halali-Blasen, wurde Bruno Peltzner vermißt. Der Förster und auch Ewald Peltzner hatten ihn noch vor einer halben Stunde gesehen, wie er seinen Standort wechselte, um eine bessere Schußposition zu haben.

Der Förster ließ noch einmal das Halali schmettern, dann riefen die Gäste im Chor seinen Namen, schließlich saß man erstaunt und ein wenig bedrückt um den Bratspieß herum.

»Er ist bestimmt – wie sagt man hier – voll!« sagte ein südamerikanischer Diplomat. »Starker Schnaps, gut, aber gefährlich.«

»Mein Bruder trinkt während der Jagd keinen Schluck.« Ewald Peltzner erhob sich abrupt. »Ich habe ein ungutes Gefühl, meine Herren. Mein Bruder litt in der letzten Zeit an Kreislaufstörungen.« Er machte eine Pause. »Ich schlage vor, wir suchen ihn.«

Sie schwärmten aus, aber sie brauchten nicht lange umherzustolpern. Kaum hundert Meter von der Jagdhütte entfernt, am Rande eines Wildwechsels, lag Bruno Peltzner langgestreckt im hohen Farnkraut. Sein Gewehr hatte er mit beiden Händen umkrampft, die Augen waren weit aufgerissen. Unterhalb des Kinnes, im Hals, hatte er ein kleines Loch.

»Mein Gott, mein Gott«, stammelte Ewald Peltzner. Er kniete neben seinem Bruder nieder und drehte ihn herum. Am Nacken war die Kugel wieder hervorgetreten, nachdem sie einen Wirbel durchschlagen hatte. Bruno Peltzner mußte sofort tot gewesen sein.

Die Taschenlampe in der Hand des Försters zitterte. Langsam stand Ewald Peltzner wieder auf. In seinen Augen standen Tränen.

»Wie ist das möglich?« fragte jemand aus der Jagdgesellschaft. Der Förster nahm den Hut ab. Sein Gesicht zuckte.

»Es gibt nur eine Erklärung, Herr Peltzner ist in seiner Jagdleidenschaft zu nahe an den Wechsel herangekommen und ist in die Schußlinie geraten.« Er schluckte und würgte an den Worten. »Jeder von uns kann ihn erschossen haben. Wir standen alle hier vor dem Austritt der Böcke verteilt, alle, jeder von uns.«

Für Gisela Peltzner war der plötzliche Tod ihres Vaters der Zusammenbruch einer bisher sorglosen, glücklichen Welt. Sie befand sich gerade mit einigen Freundinnen in Ascona, als das Telegramm Ewald Peltzners eintraf.

»Rückkehr bitte sofort stop Vater erkrankt. Onkel Ewald.«

Als Gisela in den Park der Peltzner-Villa einfuhr, müde, mit Staub bedeckt, nach einer zwölfstündigen, rasenden Fahrt, sah sie die ersten Kränze auf dem Rasen neben der Auffahrt liegen. Tante Anna kam ihr weinend die Treppe herunter entgegen und umarmte sie theatralisch.

»Dein guter, guter Vater«, schluchzte sie.

Wie versteinert ging Gisela ins Haus und hinüber in die Bibliothek, wo man Bruno Peltzner aufgebahrt hatte. Sie trat an den Sarg und starrte in das ruhige Gesicht ihres Vaters. Ewald Peltzner war an der Tür stehengeblieben, mit gefalteten Händen und gesenktem Kopf.

»Man hat ihn also erschossen!«

Der Kopf Ewalds zuckte hoch. Er hatte alles erwartet. Tränen, Aufschreie, einen Zusammenbruch an der Bahre, aber nicht das. Die Stimme Giselas war klar und fast kalt.

»Ein Unfall.«

»Wer hat geschossen?«

»Wenn wir das wüßten. Alle kamen in Frage. Dein Vater ist in das Schußfeld des Kessels getreten. Es trifft keinen eine Schuld.«

Der Kopf Giselas sank herab. »Laß mich bitte mit Vater allein«, sagte sie leise.

Das Begräbnis Bruno Peltzners glich einem Staatsbegräbnis. Fahnen, Musik, Abordnungen, Diplomaten, die Feuerwehr, der Schützenverein, der Kegelklub, Kinder des Waisenhauses und der Kirchenvorstand zogen hinter dem hellen, mit Bronze beschlagenen Eichensarg her.

Anna Fellgrub weinte herzzerreißend und mußte von Ewald gestützt werden, als der Sarg unter den Klängen des Trauermarsches in die Familiengruft gesenkt wurde. Selbst Monique weinte. Es gehörte ebenso zu ihrem raffiniert geschnittenen schwarzen Kleid wie die üppige Perlenkette.

Gisela Peltzner stand mit steinernem Gesicht da. Auf ihrem Zimmer hatte sie in den vergangenen Nächten geweint – hier, vor aller Augen, war sie wie eine kühle Marmorstatue. Nur ihr Blick ging ab und zu hinüber zu Ewald Peltzner, der seine Schwester Anna festhielt. Mit seinem dicken, aufgeschwemmten Gesicht bemühte er sich, Trauer zu zeigen. Es widerte Gisela an, das zu beobachten.

Dann kam die lange Reihe der Kondolanten, mechanisch drückte Gisela Hunderte von Händen, hörte Worte, die sie gleich wieder vergaß, und blickte in Gesichter, die für sie nur ein heller Fleck vor einem blauen Himmel waren.

Als alle gegangen waren, trat Heinrich Fellgrub an ihre Seite und schob seinen Arm unter den ihren. Gisela zuckte zusammen.

»Komm«, sagte er leise. »Man wartet auf uns.«

»Wer wartet?«

»Die Gäste. Onkel Ewald hat ein großes Essen vorbereitet. Er meint, es gehöre sich so. Hundert berühmte Persönlichkeiten. Zu Ehren … Er sprach nicht weiter. Gisela sah ihn groß an. Dann zog sie den Arm aus dem seinen, wandte sich um und ging allein dem anderen, entgegengesetzt liegenden Ausgang des Friedhofs zu.

*

»Genug für heute» Professor Dr. Hubert von Maggfeldt war aufgestanden und schloß das Fenster. Der Abend lag golden über dem Park. Gisela saß auf der geblümten Couch, hatte den Kopf zurückgelehnt und starrte an die Decke.

Oberarzt Dr. Pade hatte seine Blätter dicht beschrieben. Die Familien- und Eigen-Anamnese war nahezu abgeschlossen.

Von all diesen Dingen ahnte Gisela nichts. Sie fühlte sich wieder müde und sehnte sich nach Ruhe.

»Wie lange brauchen Sie eigentlich noch, um festzustellen, daß ich nicht verrückt bin?« fragte sie.

Professor von Maggfeldt schlug in gespielter Verzweiflung die Hände über dem Kopf zusammen.

»Noch? Noch haben wir doch gar nicht angefangen. Einige Tage werden Sie schon hierbleiben müssen.«

»Einige Tage.« Die Augen Giselas weiteten sich vor Schrecken. »Ich, unter lauter Irren.«

»Sie werden keinen unserer Kranken sehen.«

»Ich habe Angst, Herr Professor!«

»Angst«, sagte er begütigend. »Gerade Sie brauchen doch keine Angst zu haben. Sie werden hier wohnen wie in einem großen Hotel. Mit allem Komfort. Sie bekommen ein Einzelzimmer.«

Oberarzt Dr. Pade notierte wieder. Isolation, Nr. 14, schrieb er. Dann stand er auf und ging hinaus, um dem Stationsarzt Bescheid zu sagen.

2

Die Testamentseröffnung fand im Nachlaßgericht statt. In schwarzen Kleidern und Anzügen saßen die Erben Bruno Peltzners vor dem breiten Schreibtisch. Anna Fellgrub, die verwitwete Schwester des Toten, zerfetzte zwischen ihren Fingern ein Taschentuch. Ewald Peltzners kapriziöse Tochter Monique kontrollierte immer wieder mit den Handballen den Sitz ihrer gelackten Locken. Gisela Peltzner starrte vor sich hin auf den Teppich. Der junge Heinrich Fellgrub neben seiner Cousine Gisela fingerte an seinem schwarzen Schlipsknoten. Nur Ewald Peltzner war ruhig. Man muß Siege ebenso ertragen können wie Niederlagen. Für ihn bedeutete diese Stunde den großen Schritt seines Lebens. Generaldirektor der

Peltzner AG. Unabhängig. Millionär. Kein Bruder mehr, der mahnte, der Vorhaltungen machen, der etwas fordern konnte.

Der Richter überblickte den kleinen Kreis, er konnte sich des Verdachts nicht erwehren. Er wußte, daß hier Trauer nur gespielt wurde. Gisela, Bruno Peltzners einzige Tochter, ausgenommen.

»Ich zerbreche vor Ihren Augen das Siegel des Testamentes«, sagte er laut. »Bitte, sehen Sie zu.«

Anna Fellgrub schluckte krampfhaft. Der Richter nahm den Brief hoch und zerbrach die roten, dicken Siegelkleckse. Dann öffnete er das Kuvert und entnahm ihm einige zusammengefaltete Bogen.

Monique reckte den Kopf. Ewald Peltzner war genötigt, ihr einen kleinen Rippenstoß zu geben. Schmollend ließ sie sich zurücksinken.

»Ich verlese jetzt«, sagte der Richter. »Eine Abschrift des Testaments wird jedem von Ihnen später zugestellt.«

»Wir hören!« sagte Ewald Peltzner, der neue Chef der Familie. Es klang wie eine Fanfare. Herbei, ihr Millionen

Der Richter hob das erste Blatt an die Augen.

»*Mein Letzter Wille.*

In meinem ganzen Leben war ich kein Mann, der viele Worte um Dinge machte, die selbstverständlich sind. So ist auch mein Testament knapp und klar, ich schreibe es im Vollbesitz meiner körperlichen und geistigen Kräfte, und ich verpflichte meinen Anwalt, Herrn Notar Dr. Michelberg, auf die genaue Ausführung meiner Bestimmungen zu achten. Vor allem meine Verwandtschaft soll dieses Testament respektieren.«

»Selbstverständlich!« warf Ewald Peltzner ein. Der Richter sah zweifelnd auf, ehe er weiterlas. Anna Fellgrub hatte ihr Taschentuch völlig zerfetzt, in kleinen Streifen lag es zwischen ihren zitternden Händen auf ihrem Schoß.

»*Zunächst das Wichtigste, was meine Hinterbliebenen besonders interessiert und was endlich zu erfahren sie wahrscheinlich kaum noch erwarten können, wenn sie vielleicht auch versuchen, sich gelassen, gleichgültig zu geben*«, las der Richter weiter.

Ewald Peltzner grinste verlegen. »So war der Bruno immer, spöttisch und ein wenig bissig. Selbst nach dem Tode piekt er uns noch!«

Der Richter atmete ein paarmal tief, ehe er weiterlas.

»Die Verteilung meines Vermögens ist denkbar einfach. Alle Besit-
zungen, alle Fabriken, alle Patente und deren Auswertungen und Li-
zenzen, alles Barvermögen auf den im Nachtrag aufgeführten Ban-
ken, kurz mein universales Vermögen erbt meine Tochter Gisela
Peltzner.«

»Oh!« sagte Anna Fellgrub und fegte die Taschentuchfetzen auf den
Teppich. Ewald Peltzner griff sich in den Kragen und zerrte, als bekäme er plötzlich keine Luft mehr.

»Ich habe dafür eine einfache Begründung«, kam die ungerührte
Stimme des Richters. *»Mein Bruder Ewald, der sich – falls er mich*
überlebt - schon als Millionär sieht, würde das Vermögen mit Wei-
bern und am Spieltisch verprassen. Er – ich bedaure, das von meinem
einzigen Bruder feststellen zu müssen – ist ein labiler Charakter, ein
Genußmensch und obendrein ein Rindvieh.«

Der Richter hielt an dieser Stelle inne.

»Das läßt du dir gefallen, Papa?« fragte Monique in die momenta-
ne Stille hinein.

»Halt den Mund!« sagte Ewald beinahe sanft. Nie hatte ihn jemand
so blaß gesehen. Er wandte sich jetzt an den Richter. »Steht noch
mehr solch gemeines Zeug drin?«

»Meine Schwester Anna«, fuhr der Richter fort, ohne auch nur
flüchtig aufzusehen, *»meine Schwester Anna – ich bedaure, das auch*
von meiner einzigen Schwester sagen zu müssen – ist zu dumm, um
mit Geld umzugehen. Sie würde als Millionärin überschnappen.«

»Heinrich.« Anna Fellgrub tastete zur Seite nach der Hand ihres
Sohnes.

»Dein Onkel beleidigt deine Mutter. Zeit meines Lebens habe
ich …«

»Onkel Bruno ist tot.« Heinrich Fellgrub biß die Zähne aufeinander. »Laß uns das Testament zu Ende hören.«

»Aber ich bin kein Barbar«, las der Richter. *»Ich habe trotz allem so*
etwas wie einen Familiensinn. Deshalb vermache ich meinem Bruder
Ewald Peltzner, der seinen Direktorenposten behält, sowie meiner
Schwester Anna, deren Sohn Heinrich ich zum 2. technischen Direk-

*tor ernenne, je einen Gewinnanteil von zehn Prozent aller Werkein-
künfte. Unter Aufsicht eines vereidigten Wirtschaftsprüfers sind je-
weils zum 20. April jeden Jahres die Gewinnanteile in bar auszuzah-
len. Mein Privatvermögen bleibt von dieser Regelung ausgeschlossen.
Es gehört ganz meiner Tochter Gisela. Von den Anteilen meines Bruders Ewald sind seine heimlichen Kassa-Entnahmen abzuziehen bis
zum völligen Ausgleich seines Kontos. Zur Zeit, da ich dieses Testament fixiere, sind es 137 000 Mark, die er veruntreut hat.«*

»Ewald!« Anna Fellgrub fuhr herum. »Ist das wahr?«

Ewald Peltzner saß zusammengesunken auf seinem Stuhl. Kalter
Schweiß perlte auf seiner breiten Stirn. Nur in seinen Augen stand
ein blanker Haß, der selbst Anna erschreckte.

»Ist das wahr?« wiederholte Monique. »Hundertsiebenunddreißig-
tausend?« Sie hatte sich unwillkürlich aufgerichtet.

Ewald Peltzner sprang auf. Sein dicker Körper bebte. »Ich mache
dieses Affentheater nicht mehr mit!« schrie er. »Schicken Sie mir die
Abschrift dieses Hinternwisches zu, Herr Richter. Das genügt mir!«
Er stieß seinen Stuhl zur Seite, trat ihn um und stampfte aus dem
Raum.

Der Richter ließ das Testament sinken. »Soll ich weiterlesen, oder
wünschen Sie alle eine Abschrift?«

»Ich verzichte ebenfalls darauf, das bis zum Schluß anzuhören!«
Anna Fellgrub erhob sich. »Dieses Testament ist kein Testament, es
ist eine einzige Rache.«

»Ich kann das nicht beurteilen, gnädige Frau.« Der Richter wartete,
bis Anna Fellgrub, ihr Sohn Heinrich und ihre Nichte Monique das
Zimmer verlassen hatten.

Gisela saß regungslos, wie zuvor, den Kopf gesenkt, nun allein im
Halbkreis der leeren Stühle. Sie weinte still vor sich hin.

»Ich lese Ihnen den Rest vor«, sagte der Richter.

Gisela nickte. »Ja, bitte. Es sind doch die letzten Worte meines
Vaters.«

Sie hörte Zahlen und Aufstellungen, Namen und Adressen, und sie
hörte doch nur den auf und nieder gehenden Klang, Stimme, ohne
die Worte zu begreifen. Sie begriff, daß Bruno Peltzner ihr mit al-

lem, was er ihr zugedacht hatte, eine ungeheure Last aufbürdete, von der sie nicht wußte, wie sie sie je tragen würde.

»Ihr Barvermögen beträgt 2,7 Millionen. Der Gesamtkomplex an Liegenschaften, Gebäuden, Maschinen ist nur schätzbar. Der Wert beträgt ungefähr 120 Millionen.«

Gisela nickte. Zahlen, dachte sie. Lauter Zahlen, die sich vor ihren Augen schneller und immer beängstigender zu drehen begannen.

»Zur Einarbeitung hat Ihnen Ihr verstorbener Vater zwei renommierte Wirtschaftsprüfer zur Seite gegeben«, sagte der Richter. »Sie stehen ab sofort für Sie zur Verfügung.« Er merkte, wie hilflos Gisela ihm gegenübersaß. »Haben Sie keine Angst vor dieser großen Aufgabe. Sie werden in sie hineinwachsen. Ich habe da gar keine Angst. Sie sind doch die Tochter Ihres Vaters. Beweisen Sie, daß er sich nicht in Ihnen getäuscht hat. Sie werden sehen, Sie schaffen es.«

Gisela konnte nur stumm nicken.

Unten, auf der Straße, wartete Ewald Peltzner auf Gisela.

Er war mit seinem Wagen in eine Seitenstraße abgebogen und hatte gewartet, bis die Verwandten mit Heinrichs Auto davongefahren waren. Dann war er zurückgekommen.

Nach dem Abklingen seiner ersten, überschäumenden Wut war er rasch zu der Einsicht gekommen, daß er sich sehr unklug benommen hatte. Gisela war die Alleinerbin. Sie hatte zwar keinen Überblick über die weit verzweigten finanziellen Transaktionen, und was die besten Wirtschaftsprüfer nicht gemerkt hatten – die geschickten Falschbuchungen, mit denen Ewald Peltzner ein Vermögen herausgezogen hatte – würde auch sie nicht entdecken. Auf alle Fälle war es jedoch besser, mit Gisela auf freundschaftlichem Fuß zu stehen, ihr Vertrauen zu besitzen.

Der Plan der AG war zerronnen. Aber ein neuer Plan gewann in Ewald goldene Gestalt. Wenn Heinrich Fellgrub seine Cousine Gisela heiratete, flog alles Vermögen in einen großen Topf, aus dem die Familie sich satt löffeln konnte.

*

»Ich habe mich schrecklich aufgeführt, Gisela«, sagte Ewald Peltzner, als er auf seine Nichte zutrat und sie unterfaßte. »Ich bitte dich um Verzeihung. Aber dein Vater ... Schwamm drüber. Er war eben so! Zehn Prozent sind eine Stange Geld. Ich freue mich für dich, daß nun alles in deiner Hand ist. Zu jeder Zeit kannst du mit meiner Hilfe und meinem Rat rechnen.«

»Danke, Onkel Ewald.« Sie schien über seine Reue nicht im geringsten gerührt. Ewald Peltzner sah Gisela erstaunt an.

»Wohin darf ich dich bringen?«

»Nach Hause, bitte. Und morgen sehen wir uns im Werk. Ich werde die beiden Wirtschaftsprüfer bestellen; sie sollen sich zuerst einmal alle Bücher, alle Konten gründlich besehen.«

Das kann heiter werden, dachte Ewald Peltzner. Er riß die Tür seines Wagens auf und ließ Gisela einsteigen. Er hatte mit einem größeren Spielraum gerechnet, er sah, daß er unverzüglich handeln mußte.

*

Der Familienrat war kurz, aber um so ereignisvoller. Man fand sich noch am späten Abend des Tages der Testamentseröffnung zusammen. Ewald Peltzner hatte darauf bestanden.

Gisela hatte sich längst zurückgezogen.

»Um es kurz zu machen«, sagte Ewald Peltzner mit gedämpfter Stimme. »Es gibt nur einen Ausweg aus dem Dilemma: Heinrich heiratet Gisela.«

»Du bist verrückt, Onkel!« sagte Heinrich Fellgrub, halb amüsiert.

»Ein genialer Plan!« Anna Fellgrub schüttelte den Kopf, als sie den bösen Blick ihres Sohnes sah. »Daß man die Kinder immer zu ihrem Glück zwingen muß! Natürlich – Heinrich heiratet Gisela. Ihr paßt wunderbar zueinander. Ich habe das immer schon heimlich gedacht. Mein Gott, wie schön wäre es, Heinrich!«

Heinrich begriff offenbar erst jetzt, daß der Vorschlag seines Onkels ernst gemeint war. »Ich glaube wirklich, ihr seid nicht bei Trost. Ich und Gisela heiraten? Jetzt sagt nur noch, daß ihr euch bereits mit ihr einig seid. Auslachen wird sie euch, auslachen, wie ihr es verdient.« Heinrich Fellgrub hatte sich in eine ehrliche Empörung hineingesteigert. Er sprang auf. »Wie denkt ihr euch das eigentlich?«

»Ganz einfach. Wir schicken euch auf Reisen. Es entwickelt sich alles von selbst. Erst Einzelzimmer, dann ausverkauftes Hotel, nur noch Doppelzimmer frei.«

»Pfui Teufel!« schrie Heinrich mit hochrotem Kopf.

»Offenbar bist du also doch ein Anfänger.« Ewald Peltzner wiegte resignierend den Kopf.

»Ich habe oft mit meiner Cousine in einem Zimmer geschlafen.«

Ewald Peltzner konnte über diese naive Äußerung nur gequält lachen.

Es war selbst Anna Fellgrub zuviel. »Geschlafen? Aber nicht so, mein Junge«, sagte sie mit mütterlicher Wärme. »Wenn man dann noch vorher ein bißchen getrunken hat.«

»Marsala«, warf Ewald ein. »Der macht die Frauen reif wie saftige Trauben.«

»Und vergiß nicht, sie zu streicheln«, sagte Monique erfahren. »Ein Mädchen, das auf sich hält, verlangt Marsala und Zärtlichkeit.«

Heinrich Fellgrub blieb an der Tür, die von der Bibliothek zur Diele führte, stehen.

»Ich schäme mich, mit euch verwandt zu sein!« rief er. »Seit Onkel Brunos Tod habt ihr anscheinend den Verstand verloren. Gisela und ich! Im Sandkasten haben wir zusammen gespielt.«

»Jetzt spielt ihr eben woanders zusammen! Jedes Alter hat seine Spielchen.«

»Gewiß, Onkel Ewald, wie du meinst. Wenigstens Giselas Ohrfeigen wirst du hoffentlich bereit sein, direkt zu kassieren!«

»Ich denke nicht daran!« Ewald Peltzner hieb mit der Faust auf den Tisch. »Und wenn du sie vergewaltigen mußt. Es gibt keinen anderen Ausweg, Brunos Erbschaft unter uns gerecht zu verteilen! Und es eilt, Junge!«

Heinrich Fellgrub wandte sich seiner Mutter zu. Anna Fellgrub starrte ihn mit großen flehenden Augen an. Es geht um Millionen, mein Junge, schrie dieser flackernde Blick.

Heinrich nickte. »Ich will"s versuchen«, sagte er dumpf. »Macht mich nicht verantwortlich, wenn es ein Fiasko wird.«

Zwischen den Bücherregalen der oberen Galerie bewegte sich ein Schatten und huschte davon. Das leise Zuklappen einer Tür hörten sie unten in der Bibliothek nicht. Ewald Peltzner entkorkte gerade eine Flasche.

Ein guter Plan ist wie ein Schiff. Er muß getauft werden.

*

Der zweite Tag der Untersuchung in der »Park-Klinik Prof. Dr. Hubertus von Maggfeldt« verlief weniger ruhig.

Gisela war früh aufgestanden. In ihrem breiten Kleiderschrank hatte sie alles gefunden, was sie für einen längeren Aufenthalt brauchte. Sie hatte gar nicht wahrgenommen, daß mit dem vorderen Wagen gestern eine Reihe von Koffern mitgekommen war und daß zwei Schwestern die Schränke eingeräumt hatten, während sie schlief.

Sie zog die Gardinen zur Seite und sah hinaus in den Park

Die Angst, die sie gestern schon gespürt hatte, das Grauen bei dem Gedanken, hier leben zu müssen, überfielen sie wieder. Die Schönheit des Parkes war weggewischt.

Hastig trat sie vom Fenster zurück und lief zur Tür. Das klinkenlose Schloß schien ins Riesenhafte zu wachsen. Panik erfaßte sie. Mit der flachen Hand drückte sie auf den Klingelknopf, der die Schwester alarmierte.

»Aufmachen!« rief sie dabei. »Aufmachen! Ich bin keine Irre. Warum sperrt man mich denn ein! «

»Sie haben geläutet, gnädiges Fräulein?«

»Ja. Ich möchte den Herrn Professor sprechen.«

»Er ist um neun Uhr im Haus. Ich werde es sofort bestellen, wenn er kommt. Darf ich Ihnen Ihr Frühstück bringen?«

»Ich möchte nichts essen.«

Fast lautlos entfernte sich die Schwester. Nach kurzer Zeit kam sie mit einem reich beladenen Teewagen zurück. Sie deckte den kleinen Tisch am Fenster und goß eine Tasse Kaffee ein.

Gisela wartete, bis die Schwester das Zimmer wieder verlassen hatte. Semmeln, Brot, Butter, Gelee, ein gekochtes Ei, Wurst, Schinken, Obst – Gisela hatte Hunger, einen unbändigen Hunger sogar. Seit drei Tagen hatte sie nur Flüssigkeiten zu sich genommen. Als Ewald Peltzner sie einsperrte und die Ärzte sie untersuchten, hatte sie aus Protest nichts mehr gegessen. »Nahrungsverweigerung« stand dann auch in der Diagnose.

Gisela nahm das Besteck in die Hand. Es bestand aus Weichplastik. Die Messerklinge war biegsam wie Hartgummi. Die Butter konnte man damit schmieren, aber nichts schneiden. Auch die Zinken der Gabel waren aus Plastik. Es war unmöglich, sich damit zu verletzen oder gar das Leben zu nehmen.

Als brenne das Besteck in ihren Fingern, so schnell warf sie es auf den Tisch zurück. Mit zitternder Hand trank sie die Tasse Kaffee – die Tasse war aus Hartplastik – und aß eine trockene Scheibe Brot. Alles andere rührte sie nicht an.

Kurz nach neun Uhr erschien Professor von Maggfeldt in Begleitung seines Oberarztes Dr. Pade. Lächelnd ging er auf Gisela zu, überflog mit einem schnellen Blick den Frühstückstisch und schüttelte den Kopf, als er ihr die Hand gab.

»Nur eine Scheibe Brot? Das ist zu wenig. Sie werden noch ganz von Kräften kommen.«

Gisela wandte sich ab. Sie drehte den Ärzten den Rücken zu.

»Ich möchte meinen Anwalt sprechen. Den Syndikus meiner Werke. Und ich möchte, daß man sofort Herrn Dr. Budde verständigt.«

»Ich werde das sofort veranlassen. Wer ist übrigens, wenn ich fragen darf, Dr. Budde?«

»Mein Verlobter.«

»Ach, Sie sind verlobt?« Der Professor setzte sich auf den Stuhl vor den Frühstückstisch. »Davon haben Sie uns gestern gar nichts erzählt.«

»Auch mein Onkel nicht?«

»Nein.«

»Meine Verlobung war der letzte und wichtigste Grund, mich zu

Ihnen abzuschieben. Mein Onkel ist sehr umsichtig und vorausschauend, er erkannte die heraufziehende Gefahr sofort. Ich sollte nämlich – das war Onkel Ewalds Plan, damit das Geld in der Familie bleibt – meinen Vetter Heinrich heiraten.«

»Den Vetter Heinrich. Das ist ja sehr interessant.« Professor von Maggfeldt nickte Oberarzt Dr. Pade zu. »Das müssen Sie mir alles genau erzählen, gnädiges Fräulein! Gehen wir hinüber zu mir. Während Herr Dr. Pade einige kleine Untersuchungen vornimmt, können wir uns weiter unterhalten.«

*

Um die gleiche Zeit saß auch die Familie Peltzner um den Frühstückstisch auf der Terrasse der Bruno Peltznerschen Villa. Ewald hatte sie ein halbes Jahr nach dem Tode seines Bruders bezogen.

»Was machen wir mit diesem Dr. Budde?« fragte Anna Fellgrub und ließ Honig auf ihr braunes Brötchen laufen. »Er war gestern wieder in der Fabrik. Langsam glaubt er nicht mehr, daß Gisela plötzlich verreisen mußte.«

»Ich werde ihn hinauswerfen, wenn er noch mal kommt.«

»Ob das klug ist?« warf Heinrich Fellgrub ein.

»Klug oder nicht, was kann uns noch passieren? In ein paar Wochen haben wir Gisela entmündigt, sie bleibt in der Anstalt. Glaubt ihr, daß so eine Handvoll Nichts wie dieser Dr. Budde die Mauern einer Irrenanstalt einrennen kann?«

»Vergiß nicht, daß Dr. Budde offiziell mit Gisela verlobt ist und einige Vollmachten hat!« Anna Fellgrub putzte sich den Honigmund mit der Serviette ab.

»Dann sollte man ihm sagen, daß seine Liebste schizophren ist. Das ist überhaupt ein Gedanke!«

Ewald Peltzner sprang auf und rannte mit den Armen fuchtelnd um den Frühstückstisch herum.

»Der Gedanke ist das! Ich werde alle Vollmachten für ungültig erklären lassen! Eine Verrückte kann doch keine Vollmachten geben! Wir werden diesen Dr. Budde aus den Werken hinauskatapultieren. Wie eine Wespe durch das offene Fenster jagen!«

Triumphierend, schnaufend ließ er sich wieder in den Korbsessel fallen.

»Ich würde ihn lieber gut abfinden, Onkel.«

Heinrich Fellgrub zündete sich eine Zigarette an und blies den Rauch in die Sonne hinein.

»Dieser Budde kennt Geld kaum vom Hörensagen. 20 000 Mark sind für ihn unvorstellbar! Man soll sich keine Feinde schaffen. Man soll sie sich kaufen. Das hat, glaub ich, schon der alte Talleyrand gesagt, und der war ein Meister der Diplomatie!«

»Könnte von mir sein!« sagte Ewald Peltzner anerkennend und schlug seinem Neffen auf die Schulter, daß er sich verschluckte und husten mußte. »Also gut, wir lassen es darauf ankommen, wie er sich benimmt.« Ewald trank seinen Cognac-Kaffee aus und knöpfte seine Jacke zu. Mit einem straffen Ruck, jetzt ganz Konzernherr, erhob er sich. Unten fuhr der Chauffeur vor.

*

Es war etwa ein Jahr her, da hatte diese Geschichte mit Gisela und Budde begonnen.

Über die Bundesstraße 70 schnurrte ein merkwürdiges Auto. Es hatte einen abgehackten Kühler, wippende Kotflügel, knirschende, große Speichenräder, eine Trichterhupe neben der Frontscheibe, runde, auf den vorderen Kotflügeln schwankende Scheinwerfer und einen dampfenden, knatternden Auspuff. Fachleute taxierten Modell 1910.

Der Mann, der dieses großväterliche Auto fuhr, hatte es sich nicht aus Snobismus angeschafft, er hatte es von seinem Onkel geerbt, der es fast 50 Jahre in einem Schuppen voll altem Gerümpel hatte stehen lassen. Erst als der Schuppen abgerissen wurde, entdeckte der alte Herr das Prunkstück von Benz wieder und vermachte es seinem Neffen. Der schmierte, entstaubte, wusch und putzte es drei Tage lang, und als er dann Benzin in den Tank gefüllt, Öl in Motor und Getriebe gegossen hatte und die Handkurbel kräftig drehte, knatterte der Wagen los, als seien gerade ein paar Wintermonate und keine fünfzig Jahre seit seiner letzten Fahrt vergangen.

29

Der Mann in diesem Vehikel war guter Laune. Er fuhr in den Urlaub. Er war nach Norderney unterwegs.

Hinter Papenburg, wo die Straße durch die Moore führt, drehte er sein Schnauferl auf Vollgas und ratterte durch den Sommertag wie ein ächzender Riesenkäfer.

Eine Viertelstunde später blieb er mit knirschenden Bremsen stehen. An die Seite gefahren, in einer Ausbuchtung des lichten Waldes, stand ein kleiner weißer Sportwagen. Ein schlankes, blondes Mädchen winkte mit beiden Armen. Es trug enge rote Hosen und einen weißen Pullover.

Der Autogroßvater ließ sich nicht lange bitten und hoppelte an die Seite des Sportwagens. »Kann ich Ihnen helfen?« fragte der Fahrer.

»Vielleicht!« Das Mädchen lachte, als sich die Tür des Vehikels quietschend öffnete. »Mir ist das Benzin ausgegangen. Nun sagen Sie bloß nicht: Typisch Frau am Steuer. Wozu gibt's eine Benzinuhr! – Die Uhr muß defekt sein. Sehen Sie, sie steht noch auf ein Viertel voll.«

»Natürlich kann ich Ihnen helfen.« Der Fahrer verbeugte sich korrekt. »Der Wagen ist zwar noch aus dem Kaiserreich – aber das Benzin ist von heute! Um 7 Uhr 14 getankt. Sie können es ohne Sorge annehmen. Wenn es Sie interessiert, mein Name ist Dr. Budde. Klaus Budde. Mutter nannte mich immer Kläuschen.«

»Sie scheinen ja bester Laune zu sein, Herr Doktor.«

»Ich fahre in Urlaub. Mit Max.«

Sie schaute ihn lachend an.

»Max ist mein Auto. Der erste Besitzer, mein Onkel, hieß so.«

Gisela setzte sich lachend auf den flachen Kofferraum ihres Sportwagens. Sie musterte Dr. Budde, während sie ihm ihre goldene Zigarettenschachtel hinhielt. Groß, Schlank, jungenhaft, mit braunen, kurz geschnittenen Haaren, einem völlig zerknautschten grauen Anzug und offenem Hemd.

»Sie passen wunderbar zusammen, Max und Sie«, sagte sie.

Dr. Budde nickte und nahm eine Zigarette aus dem Etui. »Das sagen alle, die mich kennen.«

Er klopfte mit dem Fingernagel auf das Etui. »Doublé?«

»Nein. Echt.«

»Gott segne den reichen Papa!«

Giselas Augen wurden dunkel. Sie wandte sich ab und zertrat ihre eben angezündete Zigarette.

»Mein Vater ist vor ein paar Monaten gestorben.«

»Oh, Verzeihung«, sagte Dr. Budde und streckte impulsiv die Hand hin. »Das ist mir peinlich. Wer konnte das ahnen, bei roter Hose und weißem Pulli.«

»Sie halten mich für pietätlos, nicht wahr? Aber warum soll die Trauer nach außen getragen werden? Ich werde meinen Vater nie vergessen, ob in schwarzen oder bunten Kleidern. Sie sind Jurist?«

»Nein. Dr. rer. pol. Ich habe mich auf Wirtschaftsprüfer spezialisiert. Im Augenblick bin ich die linke Hand meines Vorgesetzten. Ich darf Zahlenkolonnen auf einer Rechenmaschine addieren, und ihm Akten nachtragen. Und die Spesen kontrollieren. Bei sechs Fabriken, stellen Sie sich das vor! Es ist sozusagen eine Vertrauensstellung! Mit entsprechenden Einkünften. Immerhin ernähren sie mich so gut, daß mich mein Lebensmittelhändler grüßt und der Fleischer bei mir stehenbleibt und zu mir sagt: ›Am Dienstag habe ich wieder billige Leberwurst.‹«

Dr. Budde hatte den Tankdeckel abgeschraubt und sah hinüber zu seinem Max.

»Haben Sie einen Gummischlauch da?« fragte er Gisela.

»Nein!«

»Diese modernen Autofahrer! Wie soll ich das Benzin aus meinem Tank in Ihren umleiten? Aber warten Sie. Im Eingeweide von Max sind soviel Schläuche, die ich nicht kenne. Vielleicht kann er einen entbehren.«

»Aber Herr Doktor.« Gisela sah entsetzt, wie er sich daranmachte, aus dem Gewirr von Drähten und Leitungen ein Stück Schlauch mit dem Taschenmesser herauszuschneiden. »Sie wissen ja gar nicht, wozu dieser Schlauch da ist.«

»Max wird es verkraften. Er ist ein zäher Bursche!«

Doktor Budde blies den Schlauch durch. Dann holte er aus dem

Wagen einen Kochtopf, hielt ihn unter den Benzinstutzen, steckte den Schlauch bis in den Tank, sog an dem Gummi-Ende, spuckte das aufsteigende Benzin aus und ließ dann den Kochtopf vollaufen.

»Das wird reichen bis zur nächsten Tankstelle«, sagte er, als er das Benzin vorsichtig in den weißen Sportwagen füllte. Er schraubte den Verschluß wieder zu, klemmte den Topf unter den Arm und verbeugte sich wieder. »Gnädiges Fräulein, die Straße steht Ihnen wieder offen. Es war für Max und mich eine Ehre, Ihnen zu helfen.«

»Ich möchte Ihnen danken.« Gisela ließ offen, wie sie sich den Dank vorstellte und reichte ihm zögernd die Hand.

»Es ist Dank genug, daß Großvater Max als Blutspender einer so rassigen weißen Dame auftreten durfte. Das wird ihn beflügeln – um mindestens fünf bis sieben Kilometer die Stunde.«

»Sie sind unmöglich, Herr Dr. Budde!« Gisela stieg in ihren Wagen. Vom Sitz nahm sie eine runde, modische Lederkappe und setzte sie auf die langen, blonden Locken. »Sie fahren auch nach Norderney?« fragte sie.

»Ja.«

»Vielleicht sehen wir uns da?«

»Möglich. Ich bin ein schlechter Schwimmer. Sie auch?«

»Ich schwimme wie ein Fisch.«

»Wie tröstlich. Vielleicht lasse ich mich von Ihnen retten, dann sind wir quitt!«

Er blieb auf der Straße stehen und winkte Gisela nach, als sie lachend anfuhr und mit aufheulendem Motor davonraste.

Die Weiterfahrt Dr. Buddes war dramatisch. Max war anscheinend doch etwas empfindlich, er reagierte sauer auf den weggeschnittenen Gummischlauch. Nach vier Kilometern merkte Dr. Budde, daß die Kühlung des Motors unterbrochen war. Es dampfte und stank erbärmlich. Es blieb nichts übrig, als in kleinen Etappen mit Max nach Norddeich zum Schiff zu springen. Von Tankstelle zu Tankstelle, von Haus zu Haus ratterte Budde, goß Wasser über den rauchenden Motor, wedelte ihm auf freier Strecke Kühlung zu, bis er schließlich hinter Emden in einer Tankstelle einen Plastikschlauch einbauen ließ, um das Kühlwasser wieder in Umlauf zu bringen. Mit sehr viel Glück erreichte er das letzte Schiff nach Norderney. Max ließ er in die Garage schaffen.

*

Es wurden drei herrliche Wochen.

Die sozialen Unterschiede waren nur äußerlich. Dr. Budde wohnte privat in einem Insulanerhaus unter dem Dach, Gisela Peltzner in einer vornehmen Pension auf der Kaiserstraße. Dr. Budde aß im Fischrestaurant für eine Mark fünfzig in Öl gebackenes Fischfilet, Gisela bekam vier Gänge, auf Silber serviert.

Am Strand aber, im weißen Sand des Ostbads, umspült von den rauschenden Wellen und zugedeckt vom Flugsand, den der Wind über die ausgestreckten Körper trieb, waren sie nur zwei junge, glückliche Menschen, die Sonne und Meer genossen.

So sinnlos es Dr. Budde erschien, so selbstverständlich war es: Sie liebten sich.

Gleich nach ihrer Rückkehr offenbarte Gisela der Verwandtschaft die Neuigkeit.

»Ich werde heiraten!« sagte Gisela. Ihr braungebranntes Gesicht glänzte. Es wurde noch fröhlicher, als sie die verblüfften und entsetzten Gesichter Ewalds und Tante Annas sah. »Nicht Heinrich«, fügte sie hinzu. »Auch wenn ihr es beschlossen habt.«

»Wer sagt denn das?« wehrte Ewald Peltzner ab.

»Mein Bräutigam ist ein Dr. Budde. Er ist Wirtschaftsprüfer. Er wird nächsten Monat in die Werke eintreten und mit allen Vollmachten zur Kontrolle der Konten ausgestattet werden. Den bisherigen Prüfer werde ich entlassen. Er hat von dir, Onkel Ewald, genug Schmiergelder erhalten, um deine heimlichen Einnahmen zu übersehen.«

»Gisela!« Ewald Peltzner wurde hochrot. »Ich verbitte mir, daß du …«

»Herr Dr. Budde wird feststellen können, wie hoch die Summen sind. Ich glaube, du wirst Mühe haben, sie mit deinem Anteil, den dir Vater vererbt hat, abzudecken.«

Ohne eine weitere Entgegnung abzuwarten, drehte sie sich um und ging die Treppe hinauf in ihre Zimmer. Ewald Peltzner wartete, bis oben die Türen zuschlugen.

»Die Tochter ihres Vaters«, sagte Anna Fellgrub leise. »Was nun?«

»Es darf nicht passieren, Anna.«

»Was?«

»Daß sie diesen Budde heiratet. Sie nimmt Heinrich – oder keinen.«

»Hast du Angst?«

»Angst!« Ewald Peltzner ging zu der Barklappe des Bücherschrankes und goß sich einen großen Cognac ein. »Auch du verlierst Millionen, wenn Heinrich auf eine solch sinnlose Art aus dem Spiel gebracht wird. Dr. Budde! Wer ist dieser Dr. Budde? Woher kennt sie ihn? Von Norderney her, klar. Ein Sommerflirt, weiter nichts. So etwas heiratet man doch nicht!« Er schenkte sich noch ein Glas voll ein und stürzte es hinunter. »Verlaß dich darauf, daß ich ihr schon noch beibringe, daß man so etwas nicht heiratet.«

»Ach Ewald, ich fürchte, du überschätzt dich!« Anna Fellgrub sprang auf und rang die Hände. »Denke daran, daß sie sich geweigert hat, mit Heinrich zu verreisen. Daß sie Heinrich aus dem Weg geht. Daß er nie Gelegenheit bekommt, allein mit ihr zu sein. Daß er vergeblich versuchte … Dein Heinrich ist ein Esel!« Ewald Peltzner schielte die Treppe hoch. Mit gedämpfter Stimme sprach er weiter. »In seinem Alter wäre es ein Fall von zwei Wochen für mich gewesen. Aber er stellt sich an, als habe er noch nie … Es ist dein Sohn, Anna, nimm es mir nicht übel, aber er ist wirklich ein Esel. Und im übrigen glaube ich kein Wort, was sie von diesem mysteriösen Dr. Budde erzählt!«

*

Es war gegen zehn Uhr vormittags, als sich bei Direktor Ewald Peltzner ein Herr melden ließ.

Ewald Peltzner starrte auf die Visitenkarte, die seine Sekretärin hereingebracht hatte.

Dr. Klaus Budde.

»Das ist doch nicht möglich«, sagte Ewald Peltzner und warf die Besuchskarte in den Papierkorb neben sich. »Soll warten.«

Zwei Stunden hockte Dr. Budde im Vorzimmer und schwitzte. Trotzdem lächelte er Ewald Peltzner freundlich an, als er endlich vorgelassen wurde. Er hatte eine dicke Aktentasche in der Hand. Peltzner betrachtete sie mit gespannter Erwartung. Ein beklemmendes Angstgefühl mischte sich in die Arroganz, mit der er Dr. Budde sitzend empfing.

»Sie wünschen?« fragte er grob.

»Ich möchte mich meiner zukünftigen Verwandtschaft vorstellen«, sagte Dr. Budde fröhlich.

»Kommen Sie aus dem Irrenhaus?« Ewald Peltzner senkte den Kopf wie ein angreifender Stier.

»Nein. Aus der Hauptbuchhaltung.«

Für Ewald Peltzner wurde es kalt in dem großen Raum.

»Wer gibt Ihnen das Recht ...« Seine Stimme wurde laut. »Ich weiß. Sie haben sich in das Vertrauen meiner Nichte eingeschlichen. Sie haben ein anständiges, ahnungsloses Mädchen – als Sie wußten, wer es war – mit den Tricks, die alle Männer anwenden, dazu gebracht, sich in Sie zu verlieben und Ihnen Vertrauen zu schenken. Ich werde gleich mit meiner Nichte sprechen! Und nun verlassen Sie sofort mein Zimmer! Und das Haus!«

Dr. Budde verbeugte sich und ging. Was er von Gisela bisher gehört hatte, bestätigte sich erschreckend. Vier Verwandte hatten begonnen, der Alleinerbin Bruno Peltzners das Vermögen abzujagen.

Am Abend sagte Ewald Peltzner dann den grauenhaften Satz, der sich wie ein Eisnebel über die anderen Verwandten legte:

»Es gibt nur noch eine Möglichkeit: Wir müssen Gisela für verrückt erklären, in eine Irrenanstalt abschieben und entmündigen lassen.«

Anna Fellgrub fuhr sich mit beiden Händen an den Hals, als würge sie jemand. »Aber, aber, wie willst du das denn machen?« stotterte sie. Heinrich und sogar Monique sahen erbleichend zu Ewald Peltzner auf.

»Wie man das macht, Anna, das laß meine Sorge sein. Ich habe mich genau erkundigt. Ich wollte mich lediglich eures Einverständnisses vergewissern. Ich frage euch, wir sind doch alle einverstanden, nicht wahr?«

Er blickte in die Runde. Anna Fellgrub und ihr Sohn Heinrich hielten die Köpfe tief gesenkt. Sogar das kleine Puppengehirn Moniques schien zu begreifen, worum es ging.

»Na und?« fragte Peltzner dröhnend. – Niemand antwortete.

»Anna«, fauchte er. Anna Fellgrub zuckte zusammen wie unter einem Schlag. Ihre Lippen flatterten.

»Ewald. In eine Irrenanstalt, ich bitte dich. Überleg einen anderen Weg! «

»Ja oder nein? Es hängen für dich einige Millionen dran!«

»Mach, was du willst!« schrie Anna Fellgrub schrill und wandte sich ab.

»Heinrich?« Heinrich stand mit dem Gesicht zur Wand. Er konnte seinen Onkel nicht ansehen. Stumm nickte er mit dem Kopf. Dann schlug er die Hände vor die Augen, als könne er den Tag nicht mehr ertragen.

»Monique?« Monique Peltzner machte mit der Unterlippe ein Schüppchen. »Die arme Gisela. Ist sie denn verrückt?«

»Ja!« sagte Ewald Peltzner hart. »Ich schenke dir auch ein Haus an der Côte d"Azur.«

Monique hob die schmalen Schultern. Mit den rotlackierten Nägeln zerrte sie nervös an ihrem tiefen Ausschnitt.

»Von mir aus. Ich kann ja doch nichts ändern.«

»Dann sind wir uns alle einig.« Ewald Peltzner setzte sich und faltete seine dicken Hände. »Von heute ab behandeln wir Gisela höflich und nett, aber immer, als wenn sie sehr krank wäre. Du mußt Ruhe haben, nur Ruhe, das werden wir ständig zu ihr sagen. Und wenn sie aus der Haut platzt und tobt, um so besser! Für uns ist sie ab heute unheilbar krank, haben wir uns verstanden?«

Die anderen drei nickten stumm. Das Grauen saß ihnen in der Kehle.

»Wo, woher willst du die Ärzte bekommen, die dir bestätigen?« fragte Anna Fellgrub leise.

»Ich habe dir schon vorher gesagt: Laß das meine Sorge sein. Aber

36

wenn du es partout wissen willst – ich werde sie kaufen!« Ewald Peltzner knackte mit den Fingern. »Alles hat seinen Preis. Unter einigen tausend Ärzten werde ich wohl den einen und anderen finden, dem 100 000 Mark für eine einzige Unterschrift mehr wert sind als die ganze ärztliche Moral! Schweine gibt es überall und immer.«

3

Die Schädeluntersuchungen, die Tests der Gehirnnerven und die Feststellung der einzelnen Motorikphasen waren beendet. Oberarzt Dr. Pade war zufrieden. Was er im stillen erwartet hatte, konnte er jetzt bestätigen: Alles war normal. Es zeigten sich keinerlei Ansätze einer abnormen Reaktion.

Professor von Maggfeldt war weniger zufrieden. Die Unterhaltung mit Gisela Peltzner, die in der Krankengeschichte als »Psychischer Befund« eingetragen wurde, ergab keine befriedigenden Ansatzpunkte. Das Gesamtverhalten war klar, ein wenig depressiv, aber keineswegs psychotisch. Giselas Benehmen war zurückhaltend, höflich, aber mißtrauisch. Mimik und Gestik lebhaft, aber natürlich, die Sprechweise stockend, beeinflußt von der inneren Erregung. Die Stimmungslage war gedrückt; nur wenn sie von ihren Verwandten sprach, wurde sie gespannt, zornig, manchmal unsachlich. Hier schien die Krankheit zu liegen: Ein psychopatischer Verwandtenhaß, verbunden mit der Wahnidee, Opfer eines Verwandtenverbrechens zu sein.

Ein leichter Fall, dachte von Maggfeldt, als er nach zweistündigem Gespräch mit Gisela Peltzner sich erhob. Aber aus diesen Urgründen des Hasses kann ein Mord werden, die Wahnidee kann ihn als Selbstschutz motivieren, es kann zu einer Katastrophe kommen. Man weiß nie, wie Seele und Hirn reagieren. Plötzlich fallen die letzten Bremsklötze, und aus einem Engel wird ein Satan, aus einem friedlichen Bürger eine Bestie. Und niemand weiß, wer dieses Tor zur Hölle aufreißt.

»Nun? Bin ich verrückt?« fragte Gisela Peltzner, als sich der Professor erhob. Ihre Stimme war ungeheuer beherrscht.

»Aber ich bitte Sie!« Oberarzt Dr. Pade antwortete, bevor von Maggfeldt etwas sagen konnte. »Wir tun hier alles, um Ihnen das Gegenteil zu beweisen.«

»Und die Diagnosen von Dr. Vrobel und Dr. Oldenberg? Ich habe gehört, wie sie zu meinem Onkel sagten: Jetzt haben wir sie soweit.»

»Wir werden uns gegen Abend noch einmal zusammensetzen«, sagte er.

»Ich möchte meinen Anwalt und meinen Verlobten Dr. Budde sprechen.«

»Wir haben sie bereits benachrichtigt.«

Es war von Maggfeldts erste Lüge gegenüber Gisela. Er log um der Diagnose willen. Bei einem ruhigen Patienten kam man mit der Diagnose schneller weiter.

In Begleitung zweier Schwestern ging Gisela nach dem Mittagessen im Park spazieren. Sie schwamm auch ein paar Runden in dem grüngekachelten Schwimmbecken, ließ sich von der Sonne trocknen und ging dann am Rande des Wasserbeckens entlang, vorbei an Blumenrabatten und blühenden Büschen. Plötzlich blieb sie stehen. Vor ihr, durch ein Gebüsch wie ein Molch sich auf dem Bauche vorwärtsschiebend, kroch eine Frau. Ihr graues Haar bedeckte wie ein Schleier das faltige, spitze Gesicht. Mit den knochigen Händen schob sie einen dicken Stein vor sich her über den Waldboden, leise lachend und sich ab und zu vorbeugend und den Stein innig küssend. Unfähig, zurückzulaufen, zu rufen, gelähmt von dem Anblick, blieb Gisela stehen. Ihr Schatten fiel auf die kriechende Frau, der Kopf zuckte hoch, die grauen Haare flogen zur Seite, weit aufgerissene, hervorquellende, flatternde Augen starrten sie an, ein Mund, wie eine Hölle aufgerissen. Mit beiden Händen umklammerte die Irre den großen Stein und drückte ihn an die Brust. »Nicht wegnehmen«, keuchte sie. »Nicht wegnehmen. Ihr wollt mir nur meinen Ludwig wegnehmen. Ihr wollt ihn in Pulver tauchen und dann hochsprengen. Was seht ihr mich so an mit euren Kanonenaugen. Nein, nein, nicht wegnehmen, nicht meinen Ludwig nehmen.« Sie richtete sich auf den Knien auf, ergriff den großen Stein und schlug ihn sich mit beiden Händen auf den schwankenden Kopf. Immer wieder. Die Kopfhaut platzte auf, die Nase, das Gesicht. Das Blut floß aus zerfetztem Fleisch. »Schwester!« rief Gisela in abgründiger Angst. »Schwester!« Sie stürzte auf die Irre, sie wollte ihr den Stein entreißen, aber mit unmenschlicher Kraft umklammerte die Frau den Stein, sie trat und spuckte und schrie gellend. »Laßt mir meinen Ludwig, meinen Ludwig!« Sie hob den Stein hoch und schlug mit ihm nach Gisela. An der Schulter getroffen, fiel Gisela nach hinten in die Blumen. »Schwester!« schrie sie noch im Fallen. Mit einem Triumphgeheul rannte die Frau durch den Park davon, den Stein an ihre Brust pressend. Zwei Pfleger hetzten ihr nach. »Wie konnte so etwas vorkommen?« fragte Oberarzt Dr. Pade, als man Gisela ins Haus trug und auf ihr Bett legte. Er war außer sich. Eine massive Quetschung zeichnete sich an Giselas linker Schulter ab. Bis zur Brust färbte sie sich blau. »Wie kommt die Paulis in den Park?!« Frau Paulis, die Irre mit dem Wahn, man wolle ihr den einzigen Sohn wegnehmen, ihn in eine Uniform stecken und totschießen, hatte in einem Ausbruch, der sich durch nichts angekündigt hatte, die Putzfrau überrannt. Ehe die beiden anderen Zimmer-Insassinnen Frau Paulis festhalten konnten, war sie durch den Flur gehetzt, hatte die Tür des Pavillons aufgetreten und war in dem weiten Park verschwunden. Zwei Pfleger, die sofort alarmiert wurden, suchten verzweifelt nach der Geflüchteten, bis Gisela sie in den Büschen entdeckte.

Erst nachdem Frau Paulis wieder ruhig geworden war und es sich herausstellte, daß die Verletzung Gisela Peltzners nicht schwer war, meldete Dr. Pade seinem Chef den Vorfall.

»Sehr unangenehm, Herr Pade«, sagte Maggfeldt ärgerlich. »Das wirft uns um mindestens zwei Wochen zurück. Ehe Fräulein Peltzner über dieses Erlebnis hinweg ist, werden wir kaum mit ihr weiterkommen, wenn wir nicht überhaupt wieder ganz von vorn anfangen müssen. Gerade in ihrem Fall ist mir das ganz besonders peinlich.«

*

»Wo ist Gisela?«

Dr. Budde stand vor Ewald Peltzner. Er war nicht mehr der fröhliche, etwas schlaksige junge Mann. Sein Gesicht war kantig und blaß. Als er die Arme auf den Schreibtisch stützte, sah Peltzner, daß er die Fäuste geballt hatte.

»Das müssen Sie doch wissen. Schließlich sind Sie der Verlobte, nicht ich!«

»Seit vier Tagen ist sie nicht im Werk erschienen. Niemand hat sie mehr gesehen. Ich habe keinerlei Nachricht von ihr.«

»Die Launen einer kapriziösen, reichen jungen Dame!«

»Reden Sie nicht so dummes Zeug! Sie wissen, wo Gisela ist!«

»Ich versichere Ihnen – nein!« Ewald Peltzner versuchte zu lächeln. »So sind sie nun mal, die jungen Damen mit den Millionen. Oder glaubten Sie, Ihr persönlicher Charme wäre ausreichend, ein Mädchen wie Gisela auf die Dauer zu binden?« Peltzner hob die Arme. Er spiegelte den jovialen Ehrenmann vollendet. »Aber gut, ich bin kein Heide. Gisela ist verreist.«

»Verreist? Davon hat sie mir nie etwas erzählt! Wohin ist sie gefahren?«

»Ich bin nicht befugt, Ihnen das zu sagen.«

»Ich habe wichtige Unterschriften.«

»Geben Sie sie mir herein. Ich vertrete meine Nichte in ihrer Abwesenheit.«

»Haben Sie Vollmacht?«

»Vollmacht? Herr!« Ewald Peltzner brüllte plötzlich, daß man es durch die Polstertür im Sekretariat hören konnte. »Wenn jemand Peltzner heißt, ist das Vollmacht genug!«

Mißtrauisch sah Dr. Budde Ewald Peltzner in die Augen. Er fand nichts darin als blanken Haß. Er wandte sich ab und ging. In seinem Büro räumte er seinen Schreibtisch auf, verschloß ihn, dann verließ er das Hochhaus der Peltzner-Werke. Sie ist nicht verreist, dachte er. Irgend etwas anderes ist geschehen, etwas Schreckliches, ich fühle es, ich muß Gisela suchen.

Im Fahrstuhl, der ihn nach unten in die Eingangshalle brachte, fiel ihm ein, daß er irgendwo einmal im Vorbeigehen gehört hatte, wie

40

jemand zu seinem Kollegen gesagt hatte: Das arme Fräulein Peltzner. Auf einem Flur war es. Auf der dritten Etage, vor der Exportabteilung. Er erinnerte sich auf einmal klar. Es war ein Mann mit grauen, kurzen Haaren gewesen. Mit einer Hornbrille. Dummes Gequatsche, hatte er damals noch gedacht,

Bürogewäsch. Jetzt gewann die Erinnerung eine fast schreckliche Bedeutung. Wußten andere in diesem Riesenbau mehr von Gisela als er, der sie heiraten wollte?

Dr. Budde drückte auf den Knopf »Aus«. Der Fahrstuhl hing im Schacht fest. Dann schaltete er um und fuhr zum dritten Stockwerk zurück.

Die Exportabteilung nahm die ganze Etage ein. Dreihundert Menschen saßen in gläsernen Abteilungen. Vom Eingang aus konnte man sie alle überblicken.

Dr. Budde blieb an der Tür stehen und tastete sich mit dem Blick von Glaskasten zu Glaskasten. In der Mitte des Riesensaales bemerkte er endlich den grauen Männerkopf, die Hornbrille, die großen Ohren.

Er ging durch den breiten Mittelgang, drückte die Glastür der Kabine auf und trat ein. Der Export-Angestellte Franz Blauhert, Abteilung Frankreich und Kolonien, sah von seinen Akten auf. Der Blick flog über die Hornbrille zum Besucher.

»Bitte?« fragte Franz Blauhert. Er kannte Dr. Budde nicht. Wie konnte man in einem solchen Riesenbetrieb jeden kennen.

»Ich komme privat zu Ihnen.« Dr. Budde setzte sich. Herr Blauhert betrachtete ihn mißtrauisch. Er liebte solche Vertraulichkeiten nicht. So begannen Bestechungsversuche.

»Ich habe aber jetzt zu arbeiten«, wehrte Franz Blauhert ab.

»Es dauert nur fünf Minuten. Vor einiger Zeit ging ich auf dem Treppenflur an Ihnen vorbei. Sie standen mit Kollegen zusammen und sagten, als ich vorbeikam: Das arme Fräulein Peltzner. – Das läßt mir keine Ruhe. Wieso arm!«

Franz Blauhert musterte den Mann vor sich.

»Sind Sie hier auch angestellt?«

»Ja. In der Buchhaltung«, log Dr. Budde.

»Ach so. Bis dahin ist"s wohl noch nicht gedrungen? Mein Gott, das weiß doch jeder hier im Haus.«

»Was weiß jeder?« Nach Buddes Herz griff eine eiskalte Hand.

»Na, daß unser Fräulein Peltzner ... verdammt schade um sie.«

»Was ist mit ihr?« Dr. Budde spürte, wie er mit seiner Beherrschung gleich zu Ende sein würde.

»Unsere Chefin ist doch plemplem.«

»Was ist sie?« keuchte Dr. Budde.

»Nicht mehr zurechnungsfähig, sie soll einen Dachschaden haben. Schade um das schöne Mädchen.«

»Aber wer behauptet das denn?«

»Das wissen alle hier! Das hat sich 'rumgesprochen, wie das so in einem Betrieb ist.«

Dr. Budde sprang auf. Er gab Blauhert weder die Hand noch bedankte er sich, er rannte einfach davon.

Ewald Peltzner wollte gerade sein Chefzimmer verlassen, um in den Club zu fahren, in dessen Hinterzimmer man Poker spielte, als Dr. Budde hereingestürzt kam. Er faßte Ewald Peltzner ohne Worte an beiden Rockaufschlägen, schob ihn in das Zimmer zurück und schloß hinter ihm die Tür ab. Ewald Peltzner riß sich mit einem Ruck los und rannte hinter seinen Schreibtisch. Mit einem schnellen Griff riß er den langen, dolchartigen Brieföffner hoch und streckte ihn Dr. Budde entgegen. Helle Angst schlug aus seinen Augen.

»Ich rufe die Polizei!« schrie er. »Machen Sie die Tür auf! Was wollen Sie von mir?«

Dr. Buddes Gesicht war mit kaltem Schweiß überzogen. So sieht ein Mörder aus, durchfuhr es Ewald Peltzner. Er fühlte, wie seine Beine kraftlos wurden.

»Wo ist Gisela?« fragte Dr. Budde. Seine Stimme hatte keinen Klang mehr.

»Verreist.«

Langsam kam Budde näher, die Fäuste vorgestreckt. In Ewald Peltzner kroch das Entsetzen hoch. Er wollte zum Fenster stürzen, aber mit einem gewaltigen Sprung war Budde bei ihm und schleuderte ihn gegen den Schreibtisch zurück.

»Hilfe!« schrie Ewald Peltzner in blinder Angst. Seine Stimme überschlug sich und piepste wie die einer gejagten Maus. »Hilfe! Hilfe!«

»Was habt ihr mit Gisela gemacht?« Dr. Budde drückte Peltzner gegen die Wand. Über ihnen hing das Bild des Gründers der Peltzner-Werke.

»Wer hat gesagt, daß Gisela nicht mehr zurechnungsfähig ist?« brüllte Dr. Budde in das bleiche Gesicht Ewald Peltzners. »Welches Schwein hat das ausgestreut?«

»Wer hat Ihnen das gesagt?« wimmerte Ewald.

»Im ganzen Werk weiß man es!« Er drückte die Faust unter das Kinn Peltzners und hob das Gesicht damit zu sich empor. »Wo ist sie?« fragte er leise.

»Sie ist eingeliefert.«

»Eingeliefert?«

An die Klinik. Bei Professor von Maggfeldt. Drei Ärzte haben Geisteskrankheit festgestellt. Es ist schrecklich, für uns alle, aber es ging nicht mehr.«

Dr. Budde konnte nicht anders. Er holte weit aus und schlug Ewald Peltzner mitten in das fette Gesicht. Immer und immer wieder. Es klang, als wenn man nasse Wäsche ausschlägt.

Langsam wurde der Körper unter seinen Händen weich wie ein Schwamm. Budde ließ ihn zu Boden sinken, der Ekel schüttelte ihn.

*

Eine halbe Stunde später gellte eine Autohupe ununterbrochen vor dem Tor der »Park-Klinik«. Aber das automatische Tor öffnete sich nicht. Nur zwei Krankenpfleger kamen durch den Park heran und brüllten dem Mann im Auto zu:

»Wenn Sie nicht gleich aufhören, kommen Sie 'rein, aber in die geschlossene Abteilung! «

Dr. Budde hupte weiter. Mir ist alles egal, dachte er verzweifelt. Und wenn sie mich in eine Isolierzelle sperren. Nur hinein will ich, hinein zu Gisela. Er wollte die Schweigemauer der Gemeinheit einreißen. Er wollte beweisen, daß Gisela so gesund war wie er.

Die beiden Krankenpfleger gingen zurück in den Park.

Dr. Budde hupte noch immer. Ich werde stundenlang hupen, die ganze Nacht durch, dachte er wild. Ich will doch sehen, ob die nicht weich werden.

Auf einmal war der Gärtner mit seinem Rasenmäher da. Er grinste zu Dr. Budde hinüber, winkte und schwenkte den großen geflochtenen Strohhut.

»Du kommst nicht 'rein!« rief er durch die hohlen Hände. »Hier ist nichts für Verrückte.«

*

Der Elektroschock Frau Paulis' war für zehn Uhr vormittags angesetzt. Man hatte es ihr gesagt, nachdem sie sich wieder beruhigt hatte und durch Injektionen die Auswirkungen des Schubs abgedämpft waren. Nach einer gut durchschlafenen Nacht willigte sie in den sechsten Elektroschock ein.

Im Behandlungszimmer war alles vorbereitet. Ein Schock ist etwas Alltägliches in einer psychiatrischen Klinik. Neben der Milieu-Behandlung, der medikamentösen Therapie mit Psychopharmaka und der Psychoanalyse ist der Elektroschock immer noch die wirksamste Methode bei der Behandlung schwerer Geistesstörungen.

Frau Paulis betrat das schloßähnliche Gebäude, in dem die OPs lagen, an der Seite einer Pflegerin. Sie hatte die Haare gekämmt und aufgesteckt, ihr spitzes, vergrämtes Gesicht war bleich, aber nicht ängstlich. Der schreckliche, verzerrte Ausdruck war verschwunden. Sie war eine alte Frau wie tausend andere. Nur tief, ganz tief in ihrer Seele saß der ungeheuerliche Schmerz, der ab und zu nach oben brach wie Lava aus einem Vulkan. Der unheilbare, unfaßbare Schmerz: Sie haben mir meinen Ludwig genommen. Mit Pulver haben sie ihn in die Luft gesprengt.

»Ich habe eine Frau verletzt?« fragte sie, als sie durch den Vorbau gingen. »Ist es schlimm?«

»Nur eine Prellung«, sagte die Pflegerin beruhigend.

»Kann ich sie sehen?« Frau Paulis blieb im Treppenhaus stehen.

Die Pflegerin schüttelte den Kopf.

»Ich glaube nicht, daß der Herr Professor das will.«

»Ich möchte mich nur entschuldigen.«

Oberarzt Dr. Pade kam den Gang von den OPs entlang. Er winkte Frau Paulis freundlich zu.

»Da sind wir ja. Guten Morgen! Wie fühlen Sie sich?«

»Müde. So schrecklich müde.« Frau Paulis lächelte. Es war furchtbar, dieses Lächeln in einem zerstörten Gesicht. »Und ich habe auch gar keine Angst.«

»Angst? Aber wovor denn!« Dr. Pade winkte mit den Augen. Die Pflegerin ging voraus zu dem Behandlungsraum. Dr. Pade hakte Frau Paulis unter. »Nach jeder Elektrobehandlung ist es doch besser geworden. Wir wollen Sie ja ganz gesund machen.«

»Ich weiß es, Herr Doktor. Aber was war denn gestern?«

»Ein kleiner Rückfall. Sie haben gesungen, und dann haben Sie Ball gespielt. Aus Zufall packten Sie einen Stein und warfen ihn. Das ist alles.«

»Und ich habe damit eine Frau getroffen, nicht wahr?«

»Nur gestreift. Halb so schlimm. Machen Sie sich darüber gar keine Gedanken. Es ist alles in Ordnung«, sagte er schnell, bevor Frau Paulis weiter fragen konnte.

»Ich möchte mich bei ihr entschuldigen.«

»Aber Frau Paulis.«

»Jaja, ich weiß, was sich gehört. Oder ist sie so krank, daß ich sie nicht sehen darf?« Frau Paulis sagte krank, statt irr. Es war ihr in den normalen Passagen ihres Geistes schrecklich genug, unter Schizophrenen und Manisch-Depressiven, Paralytikern und Epileptikern leben zu müssen.

»Aber nein.« Ein Gedanke schoß Dr. Fade durch den Kopf. Vielleicht ist es gar nicht so schlecht, sie zu Gisela Peltzner zu führen. »Ich habe es mir überlegt. Gehen wir zu ihr.«

Während Dr. Ebert, der Stationsarzt von Pavillon 3, ungeduldig auf die Patientin für den Elektroschock wartete, standen sich in Giselas Zimmer Frau Paulis und Gisela gegenüber.

»Ich habe Sie gestern verletzt«, sagte Frau Paulis und hob bedau-

45

ernd beide Hände. »Ich wollte es nicht. Ich konnte nichts dafür. Ich bitte Sie um Verzeihung.«

»Es … es ist ja gar nichts geschehen«, stotterte Gisela mit weit aufgerissenen Augen.

»Das freut mich. Kommen Sie mich doch einmal besuchen. Pavillon 3, Zimmer 9. Es sind noch zwei andere Frauen da. Die Witwe eines Generals und eine russische Fürstin. Es wird bestimmt sehr fröhlich werden.«

»Bestimmt, ich komme sicher.«

Frau Paulis nickte ihr erfreut zu. Sie ging zur Tür zurück und wandte sich dort noch einmal um. »Auf Wiedersehen.«

»Auf Wiedersehen«, sagte Gisela erleichtert.

»Sind Sie auch eine Adelige?«

»Nein.« Gisela fiel auf diese plötzliche Frage keine Antwort ein. Aber sie sah, daß Frau Paulis darauf wartete. »Ich bin eine Millionärstochter«, sagte sie deshalb, nur um sie loszuwerden.

»Oh, dann passen wir ja wunderbar zusammen. Ich erwarte Sie.«

Auf dem Flur blieb Frau Paulis stehen. »Ein armes Mädchen«, sagte sie zu Dr. Pade. »Bildet sich ein, eine Millionärstochter zu sein, wie die Generalswitwe und die russische Fürstin. Es sind doch arme Menschen.«

Dr. Pade sah keine Veranlassung, die Wahrheit zu sagen. Er führte Frau

Paulis zum OP-Trakt zurück. Dr. Ebert stand in der Tür und scharrte mit den Füßen.

»Endlich!« sagte er ungeduldig.

Dr. Pade führte Frau Paulis in den Behandlungsraum. In der Mitte stand ein ganz normales Bett. Während Dr. Ebert hinter einem Wandschirm verschwand und dort an einem Schaltbrett die Stromdosierungen einstellte, die elektrische Apparatur vorbereitete und die Handelektroden bereithielt, rückte das Pflegepersonal mit nüchterner Sachlichkeit das Sauerstoffbeatmungsgerät, den fahrbaren Spritzentisch sowie Hilfsapparaturen für Narkosezwischenfälle an das Kopfende des Bettes heran, öffnete Ampullen und zog Spritzen nach den Anweisungen Dr. Pades auf.

Maggfeldt kam durch eine andere Tür in das Behandlungszimmer. Er begrüßte Frau Paulis – sichtlich um sie zu beruhigen – betont herzlich.

»Sind Sie auch nüchtern, Frau Paulis?« fragte Maggfeldt.

»Aber ja, Herr Professor.« Sie lag im Bett und sah nach oben auf die blitzenden Elektroden in den Händen Dr. Eberts.

»Nicht hinsehen, bitte. Ist ja alles nicht so schlimm. Nicht schlimmer als beim Zahnarzt. Jetzt bekommen wir erst mal eine schöne Spritze, dann werden wir müde und schlafen schön ein. Nur keine Angst! Wir wollen Ihnen ja helfen, nicht wahr?«

»Ich will es ja glauben, Herr Professor.« Frau Paulis lächelte ihn treuherzig an.

Die Vorbereitung zum Elektroschock begann.

Während der Professor einige Scherze machte, injizierte Dr. Pade ein Kurz-Narkotikum, dessen Wirkung sich fast schlagartig zeigte. Die Gesichtszüge Frau Paulis' entspannten sich, die Augenlider klappten langsam nach unten, und nach kurzem erregtem Atem fiel sie endlich in den Schlaf.

Unmittelbar danach drückte der Oberarzt einige Kubikzentimeter eines Muskelerschlaffungsmittels in die dünnen Venen Frau Paulis'. Sie schlief jetzt tief und gleichmäßig. Dr. Ebert stand mit der Sauerstoffmaske bereit. Die Patientin schnarchte leise. Professor von Maggfeldt kontrollierte noch einmal die Muskelerschlaffung. »Fertig!« sagte er.

Dr. Pade bettete den Kopf von Frau Paulis auf ein hartes Kissen. Dann feuchtete er die Schläfen mit einer Kochsalzlösung an und legte die blinkenden Elektroden fest an die Schläfen. Der Professor drehte an einigen Schaltern des Elektrotisches. Er stellte die Sekundenzeit ein, die Stromstärke und gleichzeitig auch ein Kreislauf-Kontrollgerät.

Der Oberarzt nickte. Er setzte sich neben Frau Paulis auf das Bett, um sofort eingreifen zu können, wenn unverhoffte Komplikationen auftraten.

Professor von Maggfeldt drückte auf einen Knopf des Schalttisches. Der elektrische Strom war frei.

100 Volt Wechselstrom in einer Stärke von etwa 400 Milliampere jagten in Stößen von Sekundenbruchteilen durch den Kopf von Frau Paulis. Mehrere Sekunden lang. Stoß auf Stoß.

Dr. Pade sah auf den abgemagerten Körper. Ein leichtes Schütteln trotz der anhaltenden Muskellähmung ging durch den Leib, die Bauchdecken zogen sich zusammen und erschlafften wieder, die Augenlider flatterten, rissen auf und zogen sich wieder zusammen über nach oben gedrehte, zitternde Augapfel. Dann lief das Zucken über das Gesicht, die Arme entlang zu den Händen, über den Bauch zu den Füßen und Zehen.

»Ende!« sagte Professor von Maggfeldt. Er drückte auf den Schaltknopf. Der Strom war ausgeschaltet. Ein Bett wurde in den Behandlungsraum gerollt. Zwei Schwestern hoben Frau Paulis hinein, deckten sie dick mit Decken zu und fuhren sie hinaus in einen »Wachraum«. Dort blieb Frau Paulis unter Aufsicht eines Arztes, bis sie aus der Narkose erwachte.

Professor von Maggfeldt wusch sich die Hände. Oberarzt Dr. Pade trug den Schock in die Patientenkartei ein.

»Ob sie wohl wieder ein halbes Jahr Ruhe hat?« fragte er, als er die einzelnen Schubintervalle miteinander verglich.

»Ich werde etwas anderes versuchen.« Maggfeldt trocknete sich die Hände ab. »Wir werden Frau Paulis einen großen Hund kaufen.«

»Einen Hund?« fragte Dr. Pade entgeistert.

»Einen Hund! Er kann gar nicht groß genug sein. Was ist gegenwärtig der größte Hund?«

»Ein Bernhardiner, oder eine deutsche Dogge. Vielleicht gibt's auch noch größere. Ich weiß es nicht.«

»Bernhardiner. Das ist gut. Schreiben Sie sofort an den Tierschutzverein, er soll uns eine Bernhardinerzucht nennen. Und dann kaufen wir einen, einen ausgewachsenen, mit schönem langem Haar, damit Frau Paulis auch recht viel Arbeit mit ihm hat. Und diesen Hund nennen wir – Ludwig.«

»Herr Professor!« Oberarzt Dr. Pade sah seinen Chef zweifelnd an. »Das löst einen neuen Schub aus.«

»Abwarten, Pade! Wenn ja – stellen wir sie ruhig und schocken sie wieder. Ich wette, daß sie sich an diesen neuen Ludwig gewöhnt. Sie bekommt eine neue Lebensaufgabe. Der neue Ludwig will gepflegt werden, er muß zu essen haben, er muß ausgeführt und mit Liebe umhegt werden. Sie sollen sehen, unsere Frau Paulis wächst in die neue Mutterrolle hinein und wird ihren Schmerz um den echten Ludwig vergessen. Wir decken ihren alten Wahn mit einer neuer-weckten Liebe zu.«

»Es klingt – verzeihen Sie mir, Herr Professor – es klingt zu phantastisch.«

»Wie lange sind Sie Psychiater, Herr Pade?«

»Zehn Jahre, Herr Professor.«

»Zehn Jahre! Und Sie haben in diesen zehn Jahren noch nie erlebt, daß in der Psychiatrie alles möglich ist? Bei uns wird das Phantastische zum Normalen, das Unmögliche zur manchmal einzigen Möglichkeit.«

Dr. Ebert rückte die Narkosegeräte weg, als der Professor das Zimmer verlassen hatte.

»Manchmal kommt er mir wie ein versponnener Idealist vor.«

Oberarzt Dr. Pade klappte die Krankengeschichte von Frau Paulis zu.

»Vielleicht muß man das sein?« sagte er nachdenklich. »Wie könnte man sonst 25 Jahre unter Irren leben und immer noch an den Menschen glauben.«

Dr. Budde sah auf seine Armbanduhr.

Seit zwei Stunden stand er vor dem Tor der Klinik und hupte.

In einigen Abständen waren mehrere Pfleger vorbeigekommen. Der Torwärter, der rechts vom Eingang in einem kleinen Haus saß und von dort den Öffnungsmechanismus betätigte, hatte bereits siebenmal mit der Verwaltung telefoniert.

»Wenn das nicht aufhört, könnt ihr mich selbst in eine geschlossene Abteilung bringen!« schrie er ins Telefon. »Ich sage es doch – hier draußen steht ein Idiot und hupt seit zwei Stunden ununterbrochen! Das hält ja keiner aus. Hier, bitte, überzeugen Sie sich.« Er hielt den Hörer aus dem Fenster.

»Huhuhuhuhu …«, gellte es drüben in der Verwaltung. Die Sekretärin wurde blaß. Ein Irrer vor der Haustür!

»Ich werde noch mal versuchen, den Herrn Professor zu erreichen. Er hat gerade geschockt.«

»Dann soll er warten! Ich komme! Ich bin auch gleich so weit.«

Eine Viertelstunde später kam ein Funkstreifenwagen. Da er von der Zentrale keine Unterstützung bekam, hatte der Pförtner zur Selbsthilfe gegriffen und die Polizei alarmiert.

Dr. Budde sah zur Seite, als die Polizisten aus dem Wagen sprangen. Aber er nahm den Finger nicht von der Hupe.

»Sind Sie verrückt?!« schnauzte der Polizist, der neben Dr. Budde die Wagentür aufriß. Er ergriff Buddes Arm und drückte ihn von der Hupe weg. Dr. Budde schlug ihm auf die Finger.

»Wenn Sie mich noch einmal grundlos angreifen, betrachte ich das als Körperverletzung!« sagte er laut. Er stieg aus dem Wagen. Aber der Polizist fackelte nicht lange und nahm Dr. Budde in den Polizeigriff. Aus »Sicherheitsgründen«, wie's später im Protokoll heißen würde. »Mitkommen! Der Wagen bleibt stehen! Ich werde Ihnen helfen, einen Beamten auf die Hand zu schlagen!«

Dr. Budde fügte sich. Er ließ sich zum Revier fahren.

Erst dort kontrollierte man seinen Paß, seinen Führerschein, forderte ihn auf, in die Alkoholtesttüte zu hauchen, vernahm erstaunt, daß dieser Dr. rer. pol. Klaus Budde unbedingt Einlaß in eine Irrenanstalt begehrte und bedeutete ihm, daß er gehen konnte. Natürlich brachte man ihn nicht wieder im Streifenwagen dorthin, wo man ihn abgeholt hatte. So weit geht der Dienst am deutschen Staatskunden nicht. Dr. Budde konnte sich ja ein Taxi nehmen. Er tat es, ließ sich zur »Park-Klinik« zurückfahren, grüßte freudig zu dem erbleichenden Pförtner hinüber, setzte sich hinter sein Steuer – und hupte weiter.

Um zwölf Uhr fuhr Professor von Maggfeldt in die Stadt zu einem reichen Privatpatienten. Notgedrungen mußte der Pförtner dazu das Tor öffnen. Während er durch einen Knopfdruck die Automatik betätigte, steckte er den Kopf weit aus dem Fenster. Was sich jetzt ereignen würde, wollte er um keinen Preis versäumen.

Dr. Budde sprang aus seinem Wagen, als von Maggfeldts großer schwarzer Straßenkreuzer lautlos aus dem Park glitt. Er stellte sich ihm mitten in den Weg. Der Professor bremste abrupt und riß die

50

Tür auf. Anders als andere Autofahrer, die auf eine solche Situation explosiv reagieren, lächelte er Dr. Budde zu. Er war eben ein Nervenarzt.

»Sie möchten überfahren werden?« fragte er freundlich.

Dr. Budde trat an den Wagen heran.

»Wenn das eine Möglichkeit ist, hier hereinzukommen, bitte, geben Sie Gas!«

»Das hier ist eine Nervenheilanstalt, mein Bester.«

»In einer Entbindungsanstalt wäre ich auch fehl am Platze. Ich muß Herrn Professor von Maggfeldt sprechen.«

»Das tun Sie bereits.« Der Professor musterte schnell sein Gegenüber. Ein netter junger Mann, stellte er fest. »Wie kann ich Ihnen helfen?«

»Mein Name ist Budde. Dr. Klaus Budde.«

Maggfeldt zeigte keinerlei Wirkung in seinem lächelnden Gesicht.

Das also ist er, der Verlobte Gisela Peltzners.

Was ich ihm sagen werde, muß ihn hart treffen.

»Kommen Sie, steigen Sie ein.« Der Professor öffnete die andere Wagentür. Dr. Budde ging um das Auto herum und setzte sich neben den Professor. »Ich habe Sie schon erwartet.«

»So?« fragte Budde. »Mir schien es nicht so. Seit über zwei Stunden stehe ich vor dem Tor.«

»Davon weiß ich ja gar nichts.« Von Maggfeldt fuhr an. Sein feines Gelehrtengesicht sah angespannt auf die Straße. »Sie wollen etwas über Fräulein Gisela Peltzner, Ihre Braut, wissen?«

»Ja.« Buddes Herz krampfte sich zusammen. »Wie geht es ihr?«

»Gut. Aber … « Professor von Maggfeldt drückte das Kinn an den Kragen. »Ich hoffe, daß Sie zuhören können, wenn ich Ihnen jetzt etwas erzähle.«

*

Bis zum Abend blieb Ewald Peltzner in seinem Büro. Er empfing niemanden, diktierte nichts mehr, er unterschrieb nicht. Er kühlte sein geschwollenes Gesicht, auf dem sich die Finger Dr. Buddes als dicke Streifen abzeichneten.

Erst als das Hochhaus leer war, als nur die Nachtwächter durch die Stockwerke schlurften, verließ er sein Zimmer und fuhr im Schutze der Dunkelheit nach Hause.

Er wußte noch nicht, wie er sich an Dr. Budde rächen sollte. Daß er diese Schmach nicht hinnahm, war ihm gewiß. Der Triumph, daß es so reibungslos geklappt hatte, Gisela in die Irrenanstalt abzuschieben, war nur noch ein halber Triumph. Solange ein Dr. Budde frei herumlief, war die Familie Peltzner keinen Augenblick sicher, daß nicht etwas passierte, was alle schönen Träume von der Millionenerbschaft jäh zunichte machte.

Man mußte diesem Burschen etwas nachweisen, dachte Ewald Peltzner, als er in der Bibliothek saß und seinen Cognac trank. Etwas Massives, etwas, das ihn für einige Monate ausschaltete. Bis die Entmündigung Giselas durchgesetzt war.

Nach sechs Cognacs arbeitete sein Gehirn mit einem unheimlichen Ideenausstoß. Er setzte sich ans Telefon und rief seinen Anwalt Dr. Adenkoven an.

»Lieber Doktor«, sagte Ewald Peltzner gemütlich. »Ich brauche Ihre Hilfe. Ihre schnelle Hilfe. Sie sind doch bestens eingeführt in Zuhälter- und Dirnenkreisen. Nein, tun Sie nicht entsetzt. Ich weiß es. Sie müssen mir zwei Mädchen besorgen … ja, zwei Mädchen. Alter zwölf, elf Jahre. Ja, Sie hören richtig. Meinetwegen zehn Jahre, je jünger, desto besser. Diese Mädchen müssen aussagen können, daß sie mit einem Dr. Budde … Sie wissen schon Mein Gott, haben Sie eine lange Leitung. Kommen Sie 'rüber zu mir ja, jetzt noch. Die Sache kann nicht lange aufgeschoben werden. Vielleicht haben Sie auf der Herfahrt schon zwei in Frage kommende Mädchen zur Hand.«

4

Ewald Peltzner hatte gerade sein geschwollenes Gesicht mit einer essigsauren Tonerdelösung gekühlt und im Spiegel voller Wut bemerkt, daß sich sein linkes Auge trotzdem zu schließen begann, als Dr. Adenkoven schon eintraf. Er mußte sofort in seinen Wagen gesprungen sein, als er den unerhörten Anruf Peltzners bekommen hatte.

»Na, Doktor?« fragte Peltzner und drückte ein nasses Taschentuch auf sein linkes Auge. »Wo sind die Mädchen?«

»Herr Peltzner, ich wollte mit Ihnen vorher noch …«

»Sprechen? Was?« Peltzner ließ den Arm sinken. »Sehen Sie sich mein Gesicht an! Dann wissen Sie, daß es nichts mehr zu besprechen geben kann. Außerdem habe ich Sie als meinen Anwalt engagiert und nicht als Moralprediger!« Ewald Peltzner drückte das nasse Taschentuch wieder auf das Auge. Als er sich abwandte, lächelte Dr. Adenkoven verstohlen. Man sollte diesem Dr. Budde die Hand drücken.

»Was ist mit den Mädchen?« rief Peltzner. Dr. Adenkoven sah auf den Teppich.

»Ich würde abraten, Herr Peltzner.«

»Abraten! Und so etwas bezahle ich!« Peltzner drosch mit der Faust auf den Tisch. »Dieser Bursche muß weg! Verstehen Sie? Er muß so gründlich ausgeschaltet werden, daß wir mindestens sechs Wochen von ihm weder etwas sehen noch hören! Bis die Entmündigung meiner Nichte Gisela ausgesprochen ist. Dann bekommt er einen Tritt in den Hintern, und er kann sich zum Teufel scheren. Wenn wir ihn jetzt erst einmal kaltstellen, müssen wir nur darauf achten, daß wir uns nicht die Finger schmutzig machen!«

»Eben, Herr Peltzner. Und die Sache mit den Mädchen ist mehr als schmutzig.«

»Wissen Sie etwas Besseres?«

»Man muß darüber nachdenken.«

»Wenn ich das schon höre! Man muß nachdenken! Mensch, begreifen Sie denn nicht: Wir haben keine Zeit mehr! Es muß schnell gehen! Dieser Budde ist mißtrauisch geworden! Er hat mir kein Wort von dem Märchen geglaubt, das ich ihm aufgetischt habe. Sähe ich sonst so aus?« Er feuchtete sein Taschentuch neu an.

Dr. Adenkoven setzte sich und goß sich ein Glas Cognac ein. Nach einem kurzen Schluck blickte er zu Peltzner empor, der unruhig vor ihm hin und her ging.

»Ich verstehe Ihre Besorgnis nicht. Fräulein Peltzner ist in der Klinik. Was kann Dr. Budde dagegen tun? Nichts!«

»Er kann in den Büchern rumschnüffeln«, sagte Peltzner mißmutig. »Wenn er auf bestimmte Posten stößt ...« Er spach nicht weiter, aber Dr. Adenkoven verstand ihn auch so. »Wir haben keine Zeit, Doktor!« wiederholte Peltzner laut.

»Ich habe da eine Idee.« Dr. Adenkoven trank den Cognac aus. »Aber wir brauchen dazu noch einen Mann!«

»Ich werde meinen Neffen anrufen.«

Dr. Adenkoven legte nachdenklich den Kopf zur Seite.

»Ob er das tut?«

»Warum denn nicht? Den Millionen, die man später in der Hand hält, sieht man nicht an, wie sie verdient wurden.«

Ewald Peltzner hob den Telefonhörer aus der Gabel und wählte die Nummer der Familie Fellgrub.

»Es gehören Nerven dazu«, sagte Dr. Adenkoven noch einmal. Peltzner winkte ab. Die Verbindung war da.

»Ja, Heinrich, bist du's? Komm 'rüber ... ja, sofort. Es ist dringend. Gut, in zwanzig Minuten.« Er warf den Hörer zurück auf die Gabel.

»Nerven«, sagte er gedehnt und goß Dr. Adenkoven das Glas wieder voll. »Wenn wir Peltzners Geld riechen, kennen wir keine Nerven. Aber wollen Sie mir nun vielleicht Ihre Idee verraten.«

*

Professor von Maggfeldt hatte in Gedanken schon umdisponiert. Seine Privatpatientin konnte er auch ein anderes Mal besuchen.

»Fahren wir ein bißchen aus der Stadt hinaus«, sagte der Professor zu Dr. Budde, als sie die Klinik nicht mehr sahen. »Mein Besuch hat Zeit.«

»Ist Gisela wirklich ...« Dr. Budde umklammerte den Haltegriff, der an das Armaturenbrett angeschraubt war. »Verschweigen Sie mir nichts, Herr Professor. Aber bevor Sie mir alles sagen, ich kann es nicht begreifen!«

Maggfeldt bog zu einem kleinen Ausflugslokal ab, das am Ufer eines Sees lag.

»Haben Sie nie bemerkt, daß sie verschwenderisch war?« fragte er.

»Gisela? Nein!«

»Außerdem war sie Schlafwandlerin. Viermal hat sie im Schlafwandel versucht, Feuer an ihr eigenes Haus zu legen.«

»Das, das ist unglaublich«, stammelte Dr. Budde.

»Ihr Onkel, Herr Peltzner, und die Tante, Frau Fellgrub, haben es jedesmal im letzten Augenblick verhindern können! Sie haben Fräulein Peltzner in ihr Zimmer zurückgeführt. Am nächsten Morgen wußte sie von nichts mehr. Auch andere Symptome deuten auf ein merkwürdiges Spaltungsirresein hin.«

»Andere Symptome?« Dr. Budde starrte hinaus auf den See, der sich aus einem Birkenwald herausschälte.

»Ich habe nie etwas bemerkt«, wiederholte er. »Ich kann es nicht glauben, Herr Professor.«

»Ich werde es Ihnen erklären. Es ist auch schwer für einen Liebenden, das zu verstehen. Ich gebe es zu.«

Erst als sie auf der Glasterrasse saßen und über den sonnenhellen See blickten, nahm Maggfeldt das Gespräch wieder auf.

»Wissen Sie, daß Fräulein Peltzner 250 000 Mark für ein Waisenhaus stiftete?« fragte der Professor.

»Ich sah es in den Büchern.« Dr. Budde schüttelte den Kopf. »Das ist doch eine gute Tat!«

»Unter normalen Umständen, gewiß. Aber kennen Sie die Hintergründe? Es geschah nur, weil sie ihren Onkel Ewald damit treffen wollte. Sie hegt einen krankhaften Haß gegen ihn. Herr Peltzner brauchte die Summe, um ein neues Patent aufzukaufen. Nur um ihren Onkel zu kränken, nahm Fräulein Peltzner das Geld und verschenkte es.«

Maggfeldt strich sich über seine weißen Haare. Es war ihm schmerzlich, die Illusion dieses sympathischen jungen Mannes neben sich zerstören zu müssen. Aber er war ihm diese Klarheit schuldig.

»Wissen Sie, daß Fräulein Peltzner vor zwei Jahren einen schweren Autounfall hatte? Mit einer langwierigen Gehirnerschütterung? Vielleicht ist dieser Unfall, diese traumatische Einwirkung auf das Hirn, der ursächliche Anlaß der Krankheit.«

»Ich habe das nie, nie bemerkt!« rief Dr. Budde. Seine nervöse Hand stieß das Whiskyglas um. Er fuhr sich über die kurzgeschnittenen Haare. »Was Sie mir da sagen, das ist so ungeheuerlich …«

»Blindheit ist das Paradies der Liebenden.« Professor von Maggfeldt legte die Hand beruhigend auf den Arm Dr. Buddes. »Sie müssen stark sein! Es ist nicht zu ändern. Im Augenblick nicht.«

»Und … und können Sie sie heilen?«

»Vielleicht. Ja, ich glaube, sicherlich! Mit einigen Elektroschocks.«

»Schocks.« Dr. Budde wurde blaß. »Sie wollen Gisela …«

»Der Elektroschock ist heute eine unserer wirksamsten Waffen gegen den Wahn! Medikamentös haben wir nur Mittel zur Ruhigstellung oder zur Aktivierung.

»Aber Gisela, und Elektroschock.« Dr. Buddes Hand lag in der Whiskylache auf dem Tisch. Er merkte es gar nicht. Das Entsetzen hatte ihn ganz ergriffen. »Kann ich nicht mit ihr sprechen? Vielleicht sagt sie mir mehr als Ihnen. Vielleicht ist alles nur ein Irrtum, eine vorübergehende Erregung.«

»Wir müssen sie erst genau untersuchen. Und das ist etwas komplizierter als das Abhorchen eines Herzens oder das Feststellen einer Bronchitis. Wir brauchen einige Wochen, um klarzusehen. Ich verspreche Ihnen, daß Sie Fräulein Peltzner sehen dürfen, wenn wir unsere Untersuchungen abgeschlossen haben.«

»Vorher nicht?«

»Nein. Wir wollen alle Erregungsmöglichkeiten ausschalten.«

»In einem Irrenhaus?«

»Gerade in einem Irrenhaus. Sie werden es nicht glauben, die glücklichsten Menschen sind die Irren.«

»Aber wenn Gisela gesund ist Es muß die Hölle für sie sein!«

»Die Hölle, nein!« Maggfeldt schüttelte den Kopf. »Falls sie sich nicht selber das Leben zur Hölle macht. Wenn sie wirklich gesund ist, Ihre Braut, werden wir es erkennen. Dieses Vertrauen müssen Sie uns entgegenbringen, lieber Herr Budde.«

»Und wann darf ich sie sehen?«

»Vielleicht in vier Wochen.«

»Vier Wochen. Darf ich ihr wenigstens schreiben?«

»Das dürfen Sie.« Natürlich würden die Briefe zurückgehalten werden, bis die Untersuchungen abgeschlossen waren. Aber das wollte
er Budde nicht auch noch sagen.

»Werden Sie sie von mir grüßen?« Maggfeldt sah Buddes flehende
Augen. Er nickte. Die Lüge war im Laufe seiner langen Praxis als
Psychiater zu einem Bestandteil seines Wesens geworden. Nicht im
schlechten Sinne, sondern als Schild vor der Schrecklichkeit der
Tatsachen. »Werden Sie ihr sagen, daß ich sie liebe, immer lieben
werde, auch so, wie sie jetzt ist?«

»Ich werde es ihr sagen. Auch wenn es nicht gerade klug ist.«

»Warum nicht?«

«Die Welt ist voller hübscher, junger, gesunder Mädchen.«

»Sprechen Sie nicht weiter, Professor!« schrie Dr. Budde. Er preßte
die Hände gegen seine Ohren. »Wenn ich an all das denke, könnte
ich selbst irr werden.«

*

Ein halbes Jahr zuvor.

Direktor Ewald Peltzner hatte in seinem Büro die Familie versam-
melt. Eine neue Panik war über die Peltzners und Fellgrubs hin-
weggezogen, die achte oder zehnte, sie hatten das Zählen aufgegeben. Und jede Panik zerstörte wieder ein Stück von der Hoffnung
auf das Vermögen Giselas.

Diesmal hatte es mit einer Aussprache zwischen Ewald Peltzner
und seiner Nichte Gisela begonnen.

Nach der Testamentseröffnung hatte sich Gisela in das verlassene
Generaldirektorszimmer ihres Vaters gesetzt und die Peltznerwerke
zu regieren begonnen, selbstbewußt und sicher, als habe sie nie etwas anderes getan. Sie empfing die ausländischen Kunden, sie ent-
schied über Kredite an afrikanische Länder, sie verhandelte mit einem internationalen Exportgremium, und sie fand trotzdem noch
Zeit, die Privatentnahmen der Familie Peltzner-Fellgrub zu kontrollieren. Dabei stieß sie auf einen Posten, der vor einer Woche eingetragen worden war: Ankauf eines neuen Patents von Dr. Fortmann.
Ein Automat, der die Produktion um 15 Prozent rationalisierte.

Beantragt und abgezeichnet waren DM 250 000 von Direktor Ewald Peltzner.

Gisela rief bei der Hauptbuchhaltung an. Die Anweisung an Dr. Fortmann war zwar ausgeschrieben, aber noch nicht an die Bank weitergegangen.

»Sofort stoppen!« sagte Gisela kurz.

Zwei Stunden später polterte Ewald Peltzner in ihr Zimmer. Er hatte einen hochroten Kopf und knallte eine dicke Mappe auf den breiten Schreibtisch Giselas.

»Was soll das, Gisela?« schrie er. »Ich habe das Glück, eine Erfindung von größter Bedeutung für ein Butterbrot aufzukaufen, und du sperrst die Überweisung! Wenn du schon den Platz deines Vaters einnehmen willst, dann mußt du auch seinen Weitblick haben!«

»Im Augenblick interessiere ich mich für das, was in meiner Nähe passiert. Und in deiner.« Sie sah auf die hingeworfene Mappe. Akte Dr. Fortmann, stand darauf. »Was ist das?« fragte Gisela und tippte mit dem Zeigefinger auf den Namen Fortmann.

»Die Erfindungsakte!«

»Wirklich gut erfunden!«

Ewald Peltzner verzog das Gesicht, als bekäme er Magenkrämpfe. Seine Wangen, eben noch rot vor Erregung, wurden blaß. Aber er schwieg.

»Ich habe eben die Bank angerufen«, sprach Gisela ruhig weiter. »Dr. Fortmann ist völlig unbekannt. Sein Konto besteht seit vierzehn Tagen und hat als Einlage fünfzig Mark. Dabei wohnt der Herr Doktor in St. Tropez. Villa Princesse. Sag mal, wohnt da nicht seit drei Wochen Cousine Monique?«

»Na und?« Peltzner ließ sich in einen der großen Ledersessel fallen.

»Hältst du mich wirklich für so ahnungslos?« Gisela schob die Akte Dr. Fortmann weg, als rieche sie übel. »Oder soll ich auch noch nachprüfen, ob es überhaupt einen Dr. Fortmann gibt? Die Anweisung habe ich annulliert.«

»Du schädigst die Firma!« rief Peltzner. Haßerfüllt sah er zu seiner Nichte hinüber. Er war sehr in Druck. Durch Beauftragte, die mit Schuldscheinen zahlten, hatte er auf verschiedenen europäischen

58

Rennplätzen Pferdewetten abgeschlossen und verloren. Am Ersten des Monats wurden die Scheine vorgelegt, und dann mußte Ewald Peltzner zahlen.

»Der Automat würde allein unsere Ausgaben für Arbeitslöhne um mehr als zehn Prozent senken. Dazu kommen ... Eine energische Handbewegung Giselas unterbrach Peltzner. Verblüfft sah er seine Nichte an. Sie nahm den Telefonhörer ab.

»Ich glaube«, sagte sie dabei und blickte ihrem Onkel unverwandt in die Augen, »wir sparen mehr ein, wenn ich diese angebliche Erfindung nicht kaufe. Ich weiß nicht, wofür du das Geld brauchst. Ich weiß auch nicht, wie mein Vater in dieser Situation gehandelt hätte. Aber ich habe auch etwas Eigeninitiative aufzubieten. Hör einmal her.« Sie drehte die Nummer der Hauptbuchhaltung und sagte dann langsam und ganz betont laut: »Hier Peltzner. Schreiben Sie bitte einen Verrechnungsscheck über 250 000 Mark aus und bringen Sie ihn mir zur Unterschrift herauf. Empfänger: Waisenhaus. Zweck: Stiftung der Peltzner-Werke.«

Ewald Peltzner schoß aus seinem Ledersessel heraus und stürzte auf den Schreibtisch zu. Er schlug mit der Faust auf die Telefongabel. Seine Augen flatterten.

»Bist du verrückt?« schrie er Gisela an.

»Nein!« Gisela legte den Hörer auf. »Aber lieber gebe ich das Geld elternlosen Kindern, als es für dein Vergnügen hinauszuwerfen! Das ist meine Erfindung.«

»Das wirst du noch bereuen«, sagte Ewald Peltzner leise.

Dann drehte er sich um und ging steif aus dem Zimmer.

Am Nachmittag tagte die Familie im Direktionsbüro. Monique fehlte. Sie segelte vor St. Tropez mit einigen Playboys herum und ließ ihren Körper bewundern. Anna Fellgrub trug noch immer züchtiges Schwarz. Man sollte sehen, wie ehrlich sie um den geliebten Bruder trauerte. Auch Heinrich Fellgrub trug noch seinen schwarzen Schlips.

»So geht es nicht weiter!« sagte Ewald Peltzner erregt und vor Zorn ein wenig außer Atem. »Die Göre macht uns fertig. Wir haben überhaupt nur noch einen Ausweg, wir müssen jetzt schleunigst auf den Plan zurückkommen, den wir als letzten Ausweg offen ließen.«

Anna Fellgrub senkte den Kopf. »Gott wird uns das nie verzeihen«, sagte sie leise.

»Wollen wir hier beten oder Millionen verdienen?« schrie Ewald Peltzner. »Man dreht uns den Hahn ab, was Bruno nie gelungen ist, weil er sich wenig um uns gekümmert hat, das macht seine Tochter souverän: Sie bringt uns an den Ruin, wenn wir länger zaudern. Ich werde sie für verrückt erklären lassen!«

»Aber das geht doch nicht!«

»Es geht!« Ewald Peltzner schlug eine Mappe auf, die er aus einem kleinen Wandtresor holte. Heinrich Fellgrub sah ihn mißtrauisch an.

»Hier habe ich den Hebel, den wir gegen Gisela ansetzen können!« Peltzner klopfte auf das dünne Aktenstück.

»Da bin ich aber gespannt!«

»Du hast auch allen Grund, mein lieber Neffe! Da haben wir den Dr. Vrobel. Er ist Nervenarzt. Monique hat ihn vor ein paar Monaten aufgesucht, weil sie glaubt, Psychoanalyse gehöre zum guten gesellschaftlichen Ton. Sie hat's in einer amerikanischen Zeitschrift gelesen. Dr. Vrobel hat sich etwas eingehend mit Monique befaßt.«

»Ewald! Du sprichst über deine Tochter.« Anna Fellgrub hob entrüstet den Kopf. Peltzner winkte mürrisch ab.

»Monique ist eben so. Da kann ein Vater auch nichts mehr tun! Immerhin, ein Nervenarzt ist da, der durch seine – na sagen wir – etwas sehr individuellen Behandlungsmethoden an Monique uns verpflichtet ist.«

»Auf gut deutsch heißt das: Du hast ihn in der Hand«, bemerkte Heinrich Fellgrub. Peltzner ging nicht darauf ein. Er sagte:

»Ferner ist da der Rechtsanwalt Dr. Adenkoven.«

»Mein Anwalt?« Heinrich Fellgrub fuhr auf. »Was soll das, Onkel Ewald?«

»Ich weiß, daß Dr. Adenkoven dir 10 000 Mark schuldet und daß er seine Wohnung mindestens siebenmal zur Verfügung stellte, um … na, ihr wißt schon.«

»Heinrich, Heinrich!« sagte Anna Fellgrub. Ihre Augen flackerten voll Angst. »Schämst du dich nicht?«

»Himmel noch mal! Machen wir uns doch nichts vor! Jeder von uns weiß, was er vom anderen zu halten hat! Und das ist wenig genug! Ich wiederhole: Dr. Adenkoven wird mitmachen, weil wir von seiner Kuppelei wissen. Adenkoven wiederum hat einen Freund, einen Dr. Markus Oldenberg, der eine gute, ja vorzügliche Praxis besitzt. Nur hat auch dieser Dr. Oldenburg einen Fleck auf der Weste. § 218 – ich kenne einige Damen, denen er ›geholfen‹ hat, wie er es nennt! Auch Adenkoven weiß es, und er als Anwalt hat seinem Freund Oldenberg geholfen, mit Schweigegeldern und mit Drohungen.« Ewald Peltzner ließ den dünnen Schnellhefter sinken und sah auf seine Verwandtschaft. »Das sind unsere drei Experten, die mir alles über Gisela bescheinigen werden, was ich will.«

»Es ist verdammt dreckig, Onkel!« sagte Heinrich Fellgrub laut. »Und ich wiederhole es immer wieder. Ich habe eine solche Achtung vor Gisela …«

»Man sollte euch in die Irrenanstalt bringen!« schrie Peltzner. »Da sitzt ihr vor den Millionen und habt Hemmungen zuzugreifen. Was hättest du mit den 250 000 Mark anfangen können, Anna, die das Waisenhaus bekommen hat, weil eine Närrin es so wollte?«

»Natürlich. Nur … Es ist besser, nicht daran zu denken«, sagte Anna Fellgrub stockend. Ihr spitzes, blasses Gesicht fuhr zu ihrem Sohn Heinrich herum. »Wenn man es so sieht, ist Gisela wirklich nicht normal. Es geht auch um dich, mein Junge. Wenn Gisela diesen Dr. Budde heiratet und Kinder bekommt, bleibst du für immer ein kleiner Angestellter mit einem Monatsgehalt. Du bleibst immer eine Null!«

»Ich werde die Herren zu mir bitten!« sagte Ewald Peltzner hart. »Morgen schon!«

»Wie du meinst, Onkel.« Heinrich Fellgrub erhob sich. »Bei dir könnte der Teufel noch was lernen!«

Ewald Peltzners schallendes Lachen traf ihn wie ein Hieb. Mit wütendem Schwung schlug er die Tür hinter sich zu.

*

Drei Wochen später erschien Dr. Fritz Vrobel in der Villa Bruno Peltzners und bat darum, Fräulein Peltzner sprechen zu dürfen. Es war am Abend. Verwundert ließ Gisela den ihr unbekannten Dr. Vrobel zu sich bitten. In der Halle trank Ewald Peltzner schnell zwei große Cognac.

»Hals- und Beinbruch, Doktor!« flüsterte er Dr. Vrobel an der Treppe zu.

»Wenn Sie wüßten …«, setzte Dr. Vrobel an.

»Quatschen Sie nicht, gehen Sie!« fauchte Ewald Peltzner. »Sie hatten doch auch keine Bedenken, meine Tochter zu verführen.«

Langsam und gebückt ging Dr. Vrobel die Treppe hinauf. Seine Arzttasche streifte fast die Stufen.

Gisela kam ihm lächelnd entgegen, als er nach kurzem Anklopfen in ihr großes Zimmer trat. Sie warf einen Blick auf die Tasche und sah Vrobel dann prüfend an.

»Sie sind Arzt?«

»Fritz Vrobel. Ja, gnädiges Fräulein. Ich bin im Außendienst des Gesundheitsamtes. Ich tue nur meine Pflicht.« Es war eine wohl einstudierte Rede, die Vrobel abrollen ließ. Sie strotzte von Unwahrheiten und Unmöglichkeiten, aber er vertraute darauf, daß Gisela Peltzner von den Aufgaben des Gesundheitsamtes keine Vorstellung hatte. »Uns liegt die Meldung vor, daß Sie einen Autounfall hatten mit einer schweren Commotio cerebri. Sie haben damals über sechs Wochen gelegen. Um Spätschäden vorzubeugen, sind wir den Versicherungen gegenüber verpflichtet, in größeren Zeitabständen Nachuntersuchungen vorzunehmen.«

Gisela hob die Schultern. »Wenn es sein muß.« Sie lächelte verbindlich. Dr. Vrobel atmete auf.

»Es geht ganz schnell«, sagte er und packte seine Tasche aus. Ein Schädelmeßzirkel, einige silberne Hämmerchen, eine Taschenlampe ein Stirnspiegel.

Gisela setzte sich auf einen Stuhl. »Warum sind Sie mir nicht angemeldet worden?« fragte sie.

»Das bin ich. Dreimal haben wir angerufen. Aber Sie waren nie da. Da haben wir die Nachricht bei Ihrem Herrn Onkel hinterlassen.«

»Und der hat's vergessen.« Gisela strich sich das volle blonde Haar aus der Stirn. »Im übrigen habe ich keinerlei Beschwerden mehr, Herr Doktor.«

»Das ist schön. Kein Kopfdruck? Bei Wetterumschlag keine Kopfschmerzen? Schwindelanfälle? Schweres Einschlafen? Angstträume?«

»Nichts!« Gisela lachte unbesorgt. Vrobel wagte nicht, sie anzusehen. Er beugte sich über seine Tasche und kramte in ihr herum, weil er einfach nicht die Kraft hatte, in das hübsche, offene Gesicht zu sehen, in diese strahlenden Augen, die voll Leben waren und voll unbekümmerter Jugend.

Dann gab er sich einen Ruck und trat hinter Gisela. Er setzte den Kopfmeßzirkel an und drückte mit den Fingerspitzen einzelne Kopfpartien ab. Die Schläfen, die Jochbeine, die Fontanellen, die oberen Nackenwirbel mit den Zentralnervensträngen.

Die Komödie einer eingehenden Untersuchung begann. Geduldig ließ Gisela sie über sich ergehen.

Am Ende bekam sie eine Injektion.

Dr. Vrobel zögerte, als er die Spritze aufgezogen hatte: Die Komödie war zu Ende, die Tragödie begann. Der Arzt Dr. Fritz Vrobel wurde Handlanger eines Verbrechens: Die zwei Kubikzentimeter wasserhelle Flüssigkeit, die er aufgezogen hatte, würde die Nerven Gisela Peltzners langsam blockieren. Einige Sensibilitätszentren des Gehirns würden abgeschwächt werden. Es war sogar möglich, daß eine Spontanreaktion entstand, ein manischer Ausbruch als Folge der Droge.

»Es sind noch immer einige Quellungen vorhanden«, sagte Dr. Vrobel. Seine Stimme war plötzlich heiser und tonlos. »Ich werde Ihnen eine Spritze zur Entquellung geben.«

»Traubenzucker?«

»Etwas Ähnliches.«

Dann war es vorbei. Vrobel packte hastig seine Instrumente ein, verabschiedete sich von Gisela mit einem Handkuß und verließ das Zimmer sehr schnell.

Unten, in der Halle, wartete die ganze Familie. Sogar Monique.

Man hatte sie aus St. Tropez zurückgeholt. Anna Fellgrub saß im Sessel mit gefalteten Händen. Das Bild einer mittelalterlichen Büßerin. Heinrich Fellgrub lief rauchend herum, Monique winkte Dr. Vrobel vergnügt und dümmlich lächelnd wie immer zu. Ewald Peltzner stürzte zur Treppe.

»Na?« fragte er leise. »Alles klar?«

Vrobel nickte. Sprechen konnte er nicht. Er kam sich elend vor. Brechreiz würgte tief unten in der Kehle. Den Scheck in Peltzners Hand übersah er. Er schob Ewald Peltzner einfach zur Seite und verließ das Haus.

Kopfschüttelnd goß sich Ewald Peltzner ein neue» Glas Cognac ein.

»Der Mann hat ja Charakter!« sagte er verblüfft.

Anna Fellgrub streckte die Hand aus.

»Gib mir auch einen!« sagte sie stockend. »Es ist mir wirklich auf den Magen geschlagen.«

*

Noch siebenmal erschien Dr. Vrobel. Bei den letzten Besuchen brachte er Dr. Oldenberg mit. Gisela fühlte sich immer schlechter. Tapfer verbarg sie es vor Dr. Budde. Er sollte nicht wissen, daß die dumme Sache mit dem Autounfall so lange Nachwirkungen hatte. Dieses Schweigen war ein Fehler, den sie erst einsah, als Ewald Peltzner ihr in Gegenwart der beiden Ärzte und Dr. Adenkovens mitteilte, daß sie auf Grund ihrer Erkrankung nicht mehr geschäftsfähig sei und alle Unterschriften nur von ihm getätigt werden könnten.

Aber da war es zu spät. Sie erkannte es, und die Verzweiflung schlug über ihr zusammen. »Ihr Verbrecher!« schrie sie und stieß Dr. Oldenberg zurück, als er sie beruhigend anfassen wollte. »Ihr Schufte! Jetzt weiß ich, was hier gespielt wird! Zu einer Verrückten wollt ihr mich machen! Aber da habt ihr euch getäuscht. Um mich verrückt zu machen, bin ich zu normal! Jetzt sollt ihr sehen, was …«

Mit den Fäusten hieb sie auf Dr. Vrobel ein, der sich ihr nähern wollte. Dann stürzte sie sich auf Dr. Adenkoven, drängte ihn zur Seite und riß die Tür auf.

»Festhalten!« schrie Ewald Peltzner grell. »Festhalten!«

Er rannte ihr nach, bekam sie an der Schulter zu fassen, aber sie schlug und trat nach ihm, und sie riß sich wieder los. In Peltzners Hand blieb nur ein Stück Stoff. »Festhalten!« schrie er wieder.

Gisela rannte über den oberen Flur und stürzte fast die Treppe hinunter. Unten, auf der dritten Stufe, stand ein Wall dunkler Leiber. Heinrich Fellgrub, Monique und sogar Anna Fellgrub versperrten ihr den Weg.

»Last mich durch!« schrie Gisela. »Ihr Diebe! Vaters Geld wollt ihr haben, weiter nichts! Aus dem Weg, oder ich trete auf euch ... Oben kamen Vrobel und Oldenberg gerannt. Ewald Peltzner humpelte hinterher. »Festhalten!« wimmerte er. »Heinrich, halt sie fest. Sie ist verrückt.«

Mit einem Sprung warf sich Gisela in die Menschenmauer. Im Fallen umklammerte sie Heinrich. Er versuchte, sie niederzudrücken, aber sie biß ihm in die Hand. Dann trat sie wieder um sich, Schlug, stieß mit dem Kopf gegen die Leiber, die sich über sie warfen.

Zuletzt sah sie Anna Fellgrub. Ihr spitzes, bleiches Gesicht und die großen, runden, starren Augen.

»Armes Kind«, sagte ihr breiter Mund. »Armes Kind.« Dann legte Anna Fellgrub ihre Hand fest auf den Mund Giselas. Sie preßte die Lippen zusammen, als Gisela sie wie ein wildes Tier in die Handfläche biß. Heinrich setzte sich auf Giselas ausgestreckten Arm, Dr. Oldenberg und Dr. Adenkoven hielten die Beine fest.

»Die Spritze«, stöhnte Ewald Peltzner. Er lehnte mit verzerrtem Gesicht am Treppengeländer.

Dr. Vrobel beugte sich zitternd über den Arm Giselas. Auf der dritten Treppenstufe gab er ihr die Injektion, während vier Männer das zuckende, schreiende Mädchen festhielten.

Largactil, intravenös.

Nach einigen Zuckungen ließ der Widerstand nach. Schweigend erhoben sich die Männer. Gisela lag auf der Treppenstufe, den Kopf nach unten. Ihre langen blonden Haare reichten fast bis zur letzten Stufe. Sie schlief, nur ihr Gesicht zuckte noch wie in schwerem Fieber.

Am nächsten Tag brachte man Gisela Peltzner, die Millionenerbin, in die Anstalt zu Professor von Maggfeldt. Ein fast willenloses Mädchen, das widerstandslos in das Haus ohne Türklinken schritt.

*

Dr. Budde saß mit hängendem Kopf auf der gläsernen Seeterrasse. Der Kellner hatte die whiskynasse Tischdecke abgenommen und Budde dabei kritisch angesehen. Er kannte Professor von Maggfeldt, und er begriff nicht ganz, warum sich der Arzt mit einem offensichtlich Betrunkenen abgab. Er meldete sich auch nicht, als die beiden das Lokal verließen, ohne zu bezahlen. Der Professor würde das beim nächsten Besuch erledigen.

»Sie werden es überwinden, Herr Budde«, sagte Maggfeldt, als sie wieder im Auto saßen und in die Stadt fuhren. »Es gibt Schlimmeres, glauben Sie mir. Wenn ich Sie einmal durch meine Pavillons führe, zu den Unheilbaren, den Paralytikern, den wirklich Wahnsinnigen, den Paranoikern, dann werden Sie wissen, daß wir alle Hoffnungen haben, Ihre Braut wieder zu heilen.« »Ich kann es nicht begreifen. Ich kann es einfach nicht begreifen. So plötzlich.«

»Ein Schub ist immer plötzlich. Das ist das Unheimliche an den Geisteskrankheiten.«

»Aber Gisela doch nicht«, stöhnte Budde. Er wollte weitersprechen, aber er konnte nur hilflos die Hände heben und den Kopf schütteln. »Wir werden Ihre Verlobte heilen«, sagte Maggfeldt. Mit dieser Hoffnung ließ er ihn vor dem Tor der »Park-Klinik« aussteigen. »Mann, Sie müssen jetzt einen klaren Kopf behalten!« sagte er noch, bevor das Tor wieder zuschlug. »In vier Wochen können Sie sie sehen.« Dr. Budde wartete, bis Professor von Maggfeldt nicht mehr zu sehen war. Dann stieg er in seinen Wagen, der auf der anderen Straßenseite stand, fuhr zu einer Spirituosenhandlung und kaufte sich zwei Flaschen Whisky. Anschließend fuhr er nach Hause, stellte den Wagen unter einer Laterne ab, ging hinauf in seine Wohnung und begann zu trinken.

*

In dieser Nacht schloß ein Mann in einem dunklen Mantel und mit einem dunklen Hut den vor der Tür stehenden Wagen Dr. Buddes auf, setzte sich hinein und fuhr ab.

Mitten in der Stadt, auf einer Hauptstraße, fuhr der Wagen bei Rot über die Kreuzung, streifte einen Fußgänger, warf ihn zur Seite. Der Mann am Steuer bückte sich tiefer, trat nach einer Schrecksekunde auf das Gaspedal und raste mit heulendem Motor davon.

Insgesamt neun Passanten hatten sich die Nummer gemerkt. Die Polizisten brauchten nicht einmal zu fragen. In ihrer Erbitterung drängten sich die Passanten förmlich als Zeugen auf.

Während der Krankenwagen den verletzten Fußgänger – er hatte einige Schürfwunden und eine leichte Gehirnerschütterung davongetragen – mit drehendem Blaulicht in das nächste Krankenhaus brachte, stellte die Polizei an Hand der Nummer den Besitzer des Autos fest.

Eine Stunde später bereits hielt ein Streifenwagen vor dem Haus Dr. Buddes.

Das Auto stand wieder unter der Laterne, als sei nichts geschehen. Nur der vordere linke Kotflügel war etwas eingedrückt. An der Stoßstange hing ein Fetzen Stoff.

»Ganz schön frech!« sagte der Hauptwachtmeister des Streifenwagens.

Sie schellten an der Tür Dr. Buddes, Als niemand öffnete, drückten die Beamten das Schloß ein. Rauchiger Whiskydunst wehte ihnen entgegen.

»Na also« sagte der Hauptwachtmeister bissig. »Das alte Lied.«

Im Wohnzimmer fanden sie den besinnungslos betrunkenen Dr. Budde. Sie schüttelten ihn durch, sie schrien ihn an. Als er nicht reagierte, trugen sie ihn hinunter in den Streifenwagen und fuhren ihn ins Untersuchungsgefängnis.

Dort wachte Dr. Budde am Mittag des nächsten Tages auf.

Er lag auf einer harten Pritsche, mit einer schmutzigen Decke zugedeckt. Mit einem Sprung war Budde auf den Beinen. Sein Schädel brummte, und die kahlen Wände um ihn schienen zu wanken. Etwas taumelnd lief er zur Tür und trommelte mit beiden Fäusten dagegen.

»Aufmachen!« rief er. »Aufmachen! Was ist denn los? Wie komme ich denn hierher? Wie komme ich denn … Eine halbe Stunde später stand Dr. Budde vor dem Untersuchungsrichter, gewaschen, rasiert, durch Kaffee etwas aufgemöbelt. Ungläubig hörte er, was der Richter mit monotoner Stimme verlas. Es war ein Routinefall, aber für Budde war es unbegreiflich.

Unfall? Fahrerflucht?« wiederholte er, als der Richter zu ihm aufblickte. ich …? Aber ich war doch vollkommen betrunken.«

»Eben! Fahrerflucht in Volltrunkenheit. Sie geben es zu?«

»Nein! Nie und nimmer. Ich habe zu Hause auf dem Sofa …«

»Reden Sie nicht solch einen Unsinn! Ihr Wagen stand ja vor der Tür, eingebeult, mit einem Stoffetzen aus der Hose des Angefahrenen.«

»Beule? Stoffetzen?« Dr. Budde starrte den Richter wie einen Geist an. Mit zitternden Händen fuhr er sich durch die kurzen Haare. »Bin ich denn auch verrückt?« stotterte er. »Ist hier ein Irrenhaus?«

»Die Frechheit wird Ihnen vergehen!« sagte der Richter eisig. »Sie bleiben in Haft.«

»Aber ich bin doch keinen Schritt gefahren«, schrie Dr. Budde. »Ich schwöre es.«

»Wir haben neun Zeugen, die dabei waren, als Sie den Mann umgefahren haben. Auf der Mittelstraße. Um 23.17 Uhr.«

»Da war ich längst betrunken.«

»Sie geben es also zu?«

»Daß ich betrunken war, ja! Aber ich bin nie mit dem Wagen weggefahren!«

»Vielleicht wissen Sie es nicht mehr. In der Volltrunkenheit setzt das Gedächtnis aus. Wir haben doch Zeugen.«

»Mein Gott!« Dr. Budde setzte sich schwer auf den harten Stuhl, der vor dem Richtertisch stand. »Sind wir denn alle verrückt? Ich möchte sofort Professor von Maggfeldt sprechen.«

»Das werden Sie sowieso. Er ist der amtliche Gutachter.«

Dr. Budde hob das Gesicht und sah den Richter aus großen Augen an, als glaube er ihm nicht.

»Dann komme ich in die Anstalt zur Beobachtung?«

»Ja.« Jetzt wurde der Blick des Richters ungläubig. Er sah das kleine, fast fröhliche Lächeln in Buddes Gesicht. »Glauben Sie bloß nicht, daß das ein Vergnügen ist«, sagte er ärgerlich.

Budde sprang auf. Wieder fuhr er sich mit den Händen durch die stoppeligen Haare. »In das Sanatorium von Professor von Maggfeldt komme ich? Ist das sicher? Können Sie mir das versprechen?«

»Herr! Wenn Sie hier Witze machen wollen!« Der Richter stand ebenfalls auf.

»Ich komme in die Anstalt! Ich danke Ihnen!« Ehe es der Richter verhindern konnte, hatte Dr. Budde seine Hand ergriffen und sie kräftig gedrückt. Dann erst riß der Haftrichter seine Hand los und versteckte sie hinter dem Rücken. Er trat einen Schritt zurück und betrachtete den Häftling voll Mitleid und Entsetzen. Als Budde wieder abgeführt worden war, atmete er befreit auf.

5

Gisela Peltzner stand am Fenster ihres Zimmers und sah hinaus in den Park. Jeden Augenblick mußte Professor von Maggfeldt auf dem Kiesweg auftauchen, wie jeden Morgen um neun Uhr, wie seit vierzehn Tagen.

Und wann würde er ihr endlich sagen, daß sie gesund war, nach Hause konnte? Sie hatte sich vorgenommen, geduldig zu sein. Allmählich ging es über ihre Kräfte.

Giselas Hände zitterten. Das schlimmste war, daß sich Klaus Budde nicht meldete. Was war mit ihrem Verlobten? Warum setzte er nicht alle Hebel in Bewegung, um ihr zu helfen? Gestern hatte sie sich schließlich überwunden, den Professor zu bitten, Klaus anzurufen.

Maggfeldts Klopfen riß Gisela aus ihren Gedanken.

»Ja, bitte«, rief sie leise und wandte sich um. Sie sah wieder mit schmerzhafter Deutlichkeit die Tür ohne Klinke, die nur von außen zu öffnen war und jetzt geöffnet wurde.

»Guten Morgen, Herr Professor!« Sie versuchte zu lächeln, aber sie schaffte es nicht, und ihre Handbewegung, mit der sie Maggfeldt zum Sitzen aufforderte, war matt und kraftlos.

Er küßte ihr die Hand und setzte sich in den Sessel neben dem Fenster.

»Sie haben also Doktor Budde nicht erreicht«, sagte Gisela übergangslos und setzte sich in den zweiten Sessel.

Professor von Maggfeldt sah sie forschend an. »Woher wissen Sie das?« fragte er.

»Ich hatte es so im Gefühl – ganz plötzlich.«

Maggfeldt nickte. »Doktor Budde ist verreist«, sagte er.

»Verreist? Ohne mich zu benachrichtigen? Ohne einen Gruß? Ohne … Sie konnte plötzlich nicht mehr sprechen, und Maggfeldt beugte sich aus seinem Sessel heraus zu ihr, legte seine Hand auf ihre Schulter und drückte sie sanft.

»Sie dürfen sich jetzt nicht aufregen«, sagte er. »Vielleicht ist er beruflich unterwegs. Außerdem – ich hatte ihm sehr dringend empfohlen, nicht an Sie zu schreiben, nicht anzurufen, alles zu vermeiden, was Sie erregen könnte. Ich brauche, um meine Untersuchungen richtig durchführen zu können, einen Patienten, der vollkommen ruhig ist, verstehen Sie das?«

Professor von Maggfeldt blieb an diesem Morgen nur ein paar Minuten. Er hatte noch einen Neuzugang zu untersuchen.

Und für Gisela begannen wieder die bedrückenden Gedanken: Werde ich das durchhalten? Werde ich beweisen können, daß ich normal bin? Oder werde ich unter den Verrückten auch langsam verrückt?

Langsam resignierte Gisela Peltzner. Und manchmal, wenn sie sich nicht ganz fest in der Hand hatte, spürte sie neben der dumpfen Resignation bereits die ersten Regungen greller Verzweiflung.

In der Klinik hatten sich zwei Gruppen gebildet. Oberarzt Dr. Pade vertrat die Ansicht, daß Gisela Peltzner gesund sei; er bemühte sich, sie nicht mit anderen Insassen in Berührung kommen zu lassen und alles von ihr abzudrängen, was ihr die entsetzliche Wahrheit immer wieder klarmachen mußte: Ich bin in einem Irrenhaus!

Auch die Oberpflegerin hielt Gisela für gesund. Sie war seit 35 Jahren Pflegerin in Heil- und Pflegeanstalten, und sie hatte unendlich viele Schicksale kennengelernt, und ihre Augen waren dabei scharf und klargeworden.

»Es wird sich alles als Irrtum herausstellen, glauben Sie mir«, sagte die Oberpflegerin zu Gisela. »Unser Professor ist nur sehr genau.«

»Aber ich bin doch gesund! Ich war immer gesund!«

»Das wissen wir. Nur – zwei Ärzte haben das Gegenteil behauptet.«

»Gekaufte Subjekte meines Onkels!«

Die Oberpflegerin schwieg. Wenn ihre Gespräche mit Gisela diesen Punkt erreichten, schwieg sie immer. Denn daß zwei Ärzte gemeinsam und bewußt eine Gesunde in eine Irrenanstalt sperrten, war für sie so ungeheuerlich und unglaubhaft, daß sie dann eher bereit war, an eine Erkrankung Giselas zu glauben.

Professor von Maggfeldt war sich nicht sicher, ob seine Verdacht-Diagnose einer paraphrenen Erkrankung richtig war. Vieles deutete darauf hin: Der absonderliche Haß gegenüber der Verwandtschaft, der augenscheinliche Verfolgungswahn, diese felsenfeste Überzeugung, ihre Familie denke sich nur Gemeinheiten gegen sie aus, die reaktiv dadurch ausgelöste und pseudomanisch anmutende Stiftung einer Viertelmillion für ein Waisenhaus, der von verschiedenen Zeugen bestätigte Nachtwandel, der sich allerdings in der Zeit des Klinikaufenthalts nicht wiederholt hatte. Zusammengenommen ergab dies den begründeten Verdacht einer nicht gerade harmlosen psychischen Störung, die dazu berechtigen mochte, die Geschäftsunfähigkeit anzunehmen und die Entmündigung zu befürworten.

Und doch zögerte Maggfeldt noch mit eincm endgültigen Urteil. Denn allzuviel dieser Symptomatik war allein auf Vorgeschichte und Fremdangaben gestützt Hinzu kam, daß sein Oberarzt mit Nachdruck erklärte:

»Ich bin der Ansicht, daß hier ein ganz schmutziges Spiel gespielt wird. Es wäre nicht der erste Fall, daß ein Gcsunder in eine Irrenanstalt kommt und zu einem lebenden Leichnam gemacht wird, nur um ihn kaltzustellen! Wir haben Beispiele, berühmte Beispiele.

Und meistens geht es um Geld, um ein Erbe, um eine Verschleierung.«

Maggfeldt wurde immer unsicherer. Aber je mehr sich in ihm die Zweifel regten, um so gründlicher wurden seine Untersuchungen. Er war Arzt, kein Kriminalist Und er hatte die Diagnosen von zwei Ärzten vorliegen, die er respektieren mußte.

*

In diesen Tagen des Zweifels kam der Bernhardiner für Frau Paulis an. Ein Wagen des Tierschutzvereins brachte ihn in die Klinik. Maggfeldt, Pade und Stationsarzt Dr. Ebert empfingen ihn wie einen neuen Patienten.

»Er heißt Bodo!« sagte der Mann vom Tierschutzverein, übergab schnell die Stammbaumpapiere, unterschrieb die Empfangsbescheinigung eines Schecks und beeilte sich, das weiße Schloß wieder zu verlassen. Er hatte genug gesehen.

Professor von Maggfeldt streichelte den breiten Kopf des Bernhardiners. Ergeben sahen ihn die etwas wäßrigen Augen des großen Hundes an.

»Ab heute heißt du Ludwig«, sagte Maggfeldt zu dem Bernhardiner.

»Das wird schwer sein, wenn er seither auf Bodo gehört hat!« Oberarzt Dr. Pade studierte die Ahnenreihe des Hundes. »Man könnte neidisch werden, wenn man diese adeligen Namen hört. Richtig heißt er Bodo von der Haardthöhe.«

»Ab heute heißt er Ludwig Paulis.«

»Wenn das gut geht, Herr Professor.« Dr. Ebert kraulte das dichte Nackenfell des Hundes. »Erstens hört er nicht auf Ludwig, zweitens wird Frau Paulis ihn nicht annehmen, drittens werden unsere anderen Patienten Jagd auf Ludwig machen.«

»Um so mehr hat Frau Paulis zu tun, das alles zu verhindern. Das genau will ich ja. Sie soll nur noch für Ludwig leben und darüber den anderen Ludwig vergessen. Kommen Sie, meine Herren, gehen wir hinüber zu ihr.«

Frau Paulis war nach dem letzten Elektroschock wieder völlig ansprechbar geworden. Sie zeigte nur tiefe Reue über all das, was sie in ihrem Anfall angerichtet hatte. Mit ihren beiden schizophrenen Zimmergenossinnen lebte sie in bester Eintracht und in relativer Freiheit, umsorgte sie, wenn sie ihre Schübe bekamen, oder sie holte die Schwestern zu Hilfe.

Auf diesem System der Selbstkontrolle hatte Maggfeldt seine ganze Klinik aufgebaut. Er brauchte keine Isolierzellen, keine Gitterbetten, keine Zwangsjacken, keine Abteilungen für Dauerbäder. Nur die Paralytiker, die im letzten Stadium ihres Hirnzerfalls nur mehr atmenden Fleischklumpen glichen, die sich am Boden wälzten oder gelähmt und sinnlos lallend herumsaßen oder lagen, machten da eine Ausnahme.

Frau Paulis saß am Fenster ihres Zimmers und malte. Malen war ihre Lieblingsbeschäftigung. Was sie mit Wasserfarben auf die großen Blätter pinselte, waren zwar naive Bilder, meistens Blumen und Wiesenstücke, Bäume und sanfte Hügel, aber sie war dabei ruhig und zufrieden.

Erstaunt legte sie Malblock und Pinsel weg, als sie den Professor auf Pavillon 3 zukommen sah, an seiner Seite der große, langhaarige Bernhardiner. Er trottete zwischen dem Professor und Oberarzt Dr. Pade mit heraushängender Zunge und wedelte mit dem dicken, buschigen Schwanz, als Frau Paulis verblüfft ausrief:

»Ja, was ist denn das? Ein Hund bei uns?«

Hinter ihr raschelte es im Bett. Die »russische Fürstin« versuchte sich aufzusetzen.

»Ich hatte auch einen Hund«, sagte sie mit gezierter Stimme. »Ein Windspiel. Babotschka nannte ich ihn. Schmetterling.«

»Meiner hieß Fürst Blücher«, sagte die Generalswitwe. Sie saß vor einem Schachspiel und spielte seit vier Monaten eine Partie mit sich selbst, ohne zu einem Ende zu kommen.

Frau Paulis riß die Tür auf, als sie Maggfeldt draußen hörte. Er kam mit dem Riesenhund in das Zimmer 9. Die »russische Fürstin« klatschte in die Hände.

»Mein Schmetterling!« Jauchzte sie. »Mein malenjkije slatkije Babotschka.«

73

Sie wollte aus dem Bett springen, aber Dr. Pade hielt sie fest. Maggfeldt schob den Hund, der sich vor dem Geplapper der alten Russin etwas sperrte, mit beiden Händen vorwärts.

Die Generalswitwe saß in strammer Haltung hinter ihrem Schachbrett. »Fürst Blücher war größer!« sagte sie würdevoll. »Er machte den I. Preis von Waterloo!,,

»Ich bin ganz Ihrer Meinung, Exzellenz.« Der Professor zeigte auf den hechelnden Bernhardiner. Die Augen der »russischen Fürstin« rollten wild. Ihr Mund war weit aufgerissen, und ihr schmächtiger, verwelkter Körper zuckte leicht.

Maggfeldt schien es zu übersehen. Er war ganz auf Frau Paulis konzentriert, und er setzte alles auf eine Karte. Auf dem Flur wartete die Stationsschwester neben Dr. Ebert mit einer fertig aufgezogenen Injektionsspritze.

»Ich bringe Ihnen einen neuen Zimmergenossen, Frau Paulis«, sagte der Professor mit seiner sanften Stimme. Dabei kraulte er den Bernhardiner. »Er wird bei Ihnen wohnen. Er ist Vollwaise, ganz allein auf der Welt, er weiß nicht, wohin er gehört, er kennt keine Liebe, kein Zuhause, keine Pflege. Das alles sollen Sie ihm geben, Frau Paulis. Sehen Sie nur seine Augen. Wie er Sie anbettelt, wie er Liebe sucht.«

Der Bernhardiner war langsam auf Frau Paulis zugetappt. Nun legte er seinen Kopf auf ihre Knie und sah sie aus großen, traurigen Augen an. Das Gesicht von Frau Paulis zuckte. Ihre Augen wurden feucht.

»Sie wollen ihn hierlassen, Herr Professor?« fragte sie leise. »Ich soll ihn haben?«

»Wenn Sie ihn mögen. Ich schenke ihn Ihnen.«

»Aber Herr Professor. Das Futter für ihn. Ich kann doch nicht ...«

»Das Futter stiftet die Klinik. Das heißt, die Zutaten. Kochen müssen Sie für ihn! Wir werden Ihnen einen Elektroherd ins Zimmer stellen, Kochtöpfe und alles, was man braucht.«

»Wie heißt er denn?« fragte Frau Paulis. Fast zaghaft legte sie ihre Hand auf den dicken Kopf des Hundes. Dr. Pade und Dr. Ebert hielten den Atem an.

»Ludwig«, sagte er laut. Es kam wie eine Explosion. Frau Paulis' Augen wurden unnatürlich weit. Dr. Pade ging zur Tür, um die Schwester hereinzuwinken. Jetzt geht es los, dachte er.

Aber es geschah nichts. Die Hand der blassen Frau blieb auf dem Kopf des Bernhardiners liegen. Sie zitterte nur stark. Der Hund deutete es als ein Streicheln. Er drehte den Kopf zur Seite und leckte ihr mit seiner großen, dicken Zunge über die Hand.

»Ludwig«, stammelte Frau Paulis. »Du heißt Ludwig.« Sie beugte sich über den Hund und legte ihren Kopf auf die Stirn des Bernhardiners. »Mein Kleiner, mein Heimatloser, jetzt bleibst du bei mir. Wir werden uns gut vertragen, nicht wahr? Wir werden immer beieinander sein, Ludwig.«

Ihr Körper fiel zusammen. Sie sank langsam über den Hund und wühlte ihr Gesicht in das dichte, langhaarige Fell. Der Bernhardiner stand wie angewurzelt und ließ alles mit sich geschehen.

Auf Zehenspitzen gingen die Ärzte aus dem Zimmer. Auf der Stirn Dr. Pades glänzten winzige Schweißperlen. Dr. Eberts Gesicht war bleich.

»Sie haben gewonnen, Herr Professor«, sagte der Oberarzt, als sie hinaus in den Garten traten. »Ich gratuliere.«

*

Nach zwei Tagen mußte Frau Paulis mit dem Bernhardiner zum Pavillon 1 umziehen. Dort bekam sie eine kleine eigene Wohnung. Schlafzimmer, einen als Bad dienenden Nebenraum und eine Küche. Es mußte sein, weil die »russische Fürstin« dem Bernhardiner keine Ruhe gelassen hatte. Frau Paulis war in der Nacht durch fremde Geräusche aufgewacht. Sie sah Ludwig bei der alten Russin stehen. Die Russin kniete auf ihrem Bett, dem Hund zugewandt, und sprach beschwörend auf ihn ein. Dann faltete sie die Hände, begann den Oberkörper hin und her zu wiegen und mit leiser, schmelzender Stimme ein tatarisches Liebeslied zu singen.

Die Nachtschwester gab der »Fürstin« zehn Milligramm Serpasil und legte sie sanft in die Kissen zurück. Sie schlief noch, als Frau Paulis am nächsten Morgen nach Pavillon I umzog. Als sie auf-

75

wachte, vermißte sie nur Frau Paulis. Die Generalswitwe winkte ab und machte einen sinnlosen Zug auf ihrem Schachbrett.

»Fürst Blücher ist über den Rhein gezogen!« sagte sie dunkel. Die »Fürstin« nickte zufrieden. Sie nahm ihre alte Tätigkeit wieder auf, die sie seit drei Jahren beschäftigte: Sie schrieb weiter an ihren Memoiren. Blatt um Blatt füllte sie damit, seit drei Jahren. Es waren immer nur die beiden Sätze:

»Ich bin Trefomina Alexandra Fürstin Alexejewa, geboren in St. Petersburg am 19. Juli 1897. Es war eine kalte Winternacht mit viel Schnee und 30 Grad Wärme.«

Drei Jahre lang, bisher fast zweieinhalbtausend Blatt Papier. Eng beschrieben mit einer zierlichen Handschrift.

*

Dr. Budde wartete auf seine psychiatrische Untersuchung. Im Untersuchungsgefängnis galt er als ein seltener Fall: Er war fröhlich, legte keine Haftbeschwerde ein, er tobte nicht, er drohte nicht mit Schadenersatzklagen. Nur eine Forderung hatte er, die dem Haftrichter geradezu unheimlich war: Er wollte zu Professor von Maggfeldt in die Anstalt eingewiesen werden.

Mit dem Anwalt, den Klaus Budde am zweiten Tag seiner Untersuchungshaft zu sich bestellte, hatte der Haftrichter eine lange Unterredung in seinem Arbeitszimmer.

»Ich höre, Sie sind ein Freund Dr. Buddes?«

Dr. Gerhard Hartung nickte. Er war ein großer, schlanker Mann mit schwarzen Locken und südländisch gebräunter Haut.

»Wir haben zusammen studiert, Klaus und ich«, sagte Hartung zu dem Haftrichter. Vor einer halben Stunde hatte er mit Budde gesprochen und ihn einen Idioten genannt. Erst langsam begriff er, daß das so infam ausgedachte und so reibungslos abgelaufene Attentat als ein Bumerang in die Familie Peltzner zurückkam. Statt Klaus Budde auszuschalten, wurde er in unmittelbare Nähe Giselas geschafft. »Du mußt dafür sorgen, daß ich psychiatrisch untersucht werde!« hatte er seinen Freund Hartung beschworen. »Unternimm alles, damit ich eingeliefert werde. Erzähle denen die

76

tollsten Märchen. Auf jeden Fall muß ich für einige Tage zu Maggfeldt.«

Der Haftrichter blätterte in den Akten Budde. »Sie kennen ihn also schon seit Jahren?« fragte er.

»Seit der Obersekunda. Er hat übrigens schon damals gesoffen.«

»Was hat er?« Der Richter sah verblüfft hoch. »Das sagen Sie, sein Anwalt!«

»Warum nicht? Ich glaube, wir kommen mit Ehrlichkeit am weitesten. Dem Angefahrenen ist nicht viel passiert. Er ist schon wieder aus dem Krankenhaus entlassen. Außer einer Beule und einem zerrissenen Anzug ist nichts geschehen. Das Bedenkliche ist nur, daß mein Freund zwar betrunken war, aber in diesem Zustand – ohne Erinnerungsvermögen – den Wagen fuhr. Wie soll man das zusammenreimen? Klaus war immer ein Säufer. Wir anderen Kommilitonen haben ihn immer abschleppen müssen. Aber er scheint letzt in jenem Stadium des chronischen Alkoholismus zu sein, wo das Gehirn alkoholintolerant wird und mit dem abnormen Zustandsbild des pathologischen Rausches reagiert. Auch die Polizei war ja fassungslos.«

»Aha!« Der Richter lächelte schwach. «Sie wollen auf den § 51 hinaus, auf Unzurechnungsfähigkeit.«

»Genau.«

»Dann müßte die Staatsanwaltschaft die Einweisung in eine psychiatrische Klinik gemäß § 81 StPO beantragen.«

»Eben darum wollte ich bitten!« sagte Hartung.

»Merkwürdig!« Der Haftrichter schloß die Akte mit einem Knall. »Auch Dr. Budde besteht darauf. Ich habe noch nie erlebt, daß es jemand so eilig hat, in die Klapsmühle zu kommen!«

*

Nach fünf Tagen Untersuchungshaft und Verhören wurde Dr. Klaus Budde in die psychiatrische Klinik übersteht. Sein Aktenstück wanderte mit und wurde von der Chefsekretärin auf den Schreibtisch Professor von Maggfeldts gelegt.

»Da hört denn doch alles auf!« rief er. »Wo ist der Bursche?«

»Unten, in der Aufnahme, Herr Professor!«

»Ist er ruhig?«

»Ruhig? Er erzählt Dr. Pade Witze.«

»Lassen Sie ihn 'raufbringen. Allein. Dr. Pade soll die Visite machen. Und lassen Sie im OP I alles für einen Alkoholtest vorbereiten. Herr Dr. Budde soll sich wundern.«

Während die Chefsekretärin hinunter zur Aufnahme telefonierte, band sich Maggfeldt eine bis zur Erde reichende helle Gummischürze um, zog Gummihandschuhe, an und schob ein rundes Operationskäppi auf die weißen Haare. Daß alles unsteril war, störte ihn nicht. Auf den Eindruck allein kam es an. Klaus Budde sollte vor der zu erwartenden Untersuchung einen heillosen und – heilsamen Schreck kriegen.

Als er klopfte, rief Maggfeldt mit dumpfer Stimme: «Herein!«

Fröhlich trat Klaus Budde ein und sagte: »Grüß Gott, Herr Professor!« Aber seine Unbekümmertheit ließ bereits nach. Mißtrauisch betrachtete er die Aufmachung Maggfeldts. »Wer hätte das gedacht, was?« Noch einmal versuchte er, burschikos zu wirken.

»Allerdings, wer hätte das gedacht!« Professor von Maggfeldt schob hinter sich die Tür auf, und Budde sah in einen Operationssaal mit einem blinkenden OP-Tisch und Schränken voll von Instrumenten. Zwei Schwestern nickten dem Professor zu: »Es ist alles vorbereitet, Herr Professor.«

»Darf ich bitten?« sagte Maggfeldt und trat zur Seite.

Budde rührte sich nicht von der Stelle. »Ich glaube, das muß ein Irrtum sein«, sagte er mit belegter Stimme. »Ich bin hier...«

»Sie sind eingeliefert worden, weil Sie in einem Anfall von Delirium tremens einen Mann umgefahren haben!«

»Das ist nicht wahr. Ich habe im Bett gelegen und ...«

»Sehr, sehr traurig.« Professor von Maggfeldt schüttelte den Kopf. »Solche Erinnerungsstörungen nennen wir das ›alkoholische Korsakowsyndrom‹.«

»Herr Professor, ich ...«

»Mitkommen!« schnauzte Maggfeldt unfreundlich. »Ich kenne Ihre Gerichtsakte! Wir werden Sie jetzt austesten. Magenaushebe-

rung, Alkoholtest, Blutuntersuchung, Liquoranalyse, Durchleuch-
tung der einzelnen Hirnkammern mit Kontrastmitteln, Intelligenz-
prüfung … los, kommen Sie mit. Oder soll ich Hilfe herbeirufen?«
Budde folgte dem Professor in den Operationsraum. Er setzte sich
mit kläglichem Gesicht auf den OP-Tisch und beobachtete, wie
Maggfeldt einen langen Gummischlauch herbeiholte und eine rie-
sengroße Spritze.

»Damit ziehe ich Ihnen das Gehirnwasser ab! Ihr Anwalt gab zu
Protokoll, es bestehe aus Schnaps.«

»Dieser Idiot!« Dr. Budde sprang vom OP-Tisch herunter und hielt
den Schlauch fest, mit dem Maggfeldt herumhantierte. »Lassen Sie
sich doch erklären, lieber Herr Professor, wie es dazu kam, daß ich
hier …«

»Ich bin erst Ihr ›lieber Professor‹, wenn die Untersuchung vorbei
ist. Sie ist von der Staatsanwaltschaft angeordnet! Wenn Sie sich
wehren …«

»Aber das ist doch Wahnsinn.«

»Deshalb befinden Sie sich ja auch in einem Sanatorium für Geisteskranke! Hinlegen! Marsch!«

Budde legte sich auf den OP-Tisch. Dabei sah er Maggfeldt mit dem
Gummischlauch kommen.

»Ich beiße Ihnen den Finger ab, wenn Sie versuchen, mir dieses
Monstrum in den Hals zu würgen!« sagte Budde ruhig.

»Auch dieses Symptom habe ich erwartet«, sagte der Professor un-
gerührt. »Gewalttätigkeit.« Er beugte sich über das Gesicht Buddes.
Mit Mundschutz und Kopfhaube sah er wie eine sprechende Mu-
mie aus. »Haben Sie Bewußtseinstrübungen?«

»Nein!« schrie Budde.

»Sehen Sie manchmal kleine Tierchen herumhüpfen? Oder um-
stürzende Wände?«

»Nein!«

»Haben Sie sich schon einmal eingebildet, ein Metzger zu sein?
Und dann kommt es plötzlich über Sie und Sie schlachten mit ein-
gebildeten Messern Schweine, die es überhaupt nicht gibt?«

»Zum Teufel – nein!«

»Teufel ist gut! Sie sehen Teufelchen? Sie hören Teufelchen? Kleine, nette, langschwänzige, haarige Teufelchen? Was sagen sie, die Teufelchen? Rufen Sie: Budde, Budde, trink noch ein Tröpfchen.«

Dr. Budde lächelte plötzlich. Er hob die Hand und riß mit einem Ruck den Mundschutz von Maggfeldts Gesicht. Er sah, daß auch der Professor breit grinste. Mit einem Ruck setzte sich Budde auf.

»Verdammt, ich bin kein ängstlicher Mensch, aber wenn ich wirklich verrückt wäre, ich würde aus Angst vor Ihnen vernünftig! Sie haben mich ganz schön schwitzen lassen!«

Professor von Maggfeldt band die Gummischürze ab und warf Handschuhe und Kopfhaube in die Ecke des OPs. »Warum haben Sie diesen Trick mit dem Auto gemacht, Herr Budde? Glauben Sie wirklich, Sie könnten auf diese Weise Ihre Braut eher sehen? Das ist doch eine billige Illusion! Dafür einen Menschen anfahren. Man sollte sagen: Schämen Sie sich!«

»Mein Gott, glauben Sie im Ernst, ich hätte zu diesem Trick gegriffen? Ich habe den Wagen wirklich nicht gefahren, und ich habe nie den Unfall gehabt.«

»Erlauben Sie mal. In den Akten steht …«

»Es steht viel Unsinn darin! Ich habe an diesem Abend – es war, als Sie mich zu Hause absetzten – meinen Kummer mit Alkohol ertränkt und geschlafen, als der Unfall geschah. Irgend jemand muß gesehen haben, wie ich mit ein paar Flaschen Schnaps heimgekommen bin. Und dieser Mensch hat vollkommen richtig kalkuliert. Er konnte sich ausrechnen, daß ich zwei Stunden später so blau war, daß ich den Weltuntergang verschlafen hätte. Also hat er sich in meinen Wagen gesetzt und für mich einen Unfall gebaut. Nach dem Unfall hat er die alte Mühle wieder vor mein Haus gestellt. Ein sauber durchdachter Plan. Man wollte mich ausschalten! Unschädlich machen, um Nachforschungen wegen Gisela zu verhindern. Seit dieser Nacht, Herr Professor, weiß ich, daß Gisela als Gesunde hier unter Irren lebt. Und wenn Sie mir noch soviel von psychotischen Syndromen erzählen. Ich glaube es nicht! Ich wurde gewissen Leuten gefährlich, als ich mich um den Verbleib Giselas kümmerte.«

»Wer sind diese gewissen Leute?«

»Die Familie Peltzner-Fellgrub!«

»Sie glauben auch an solche Ungeheuerlichkeiten?«

»Gisela hat Ihnen das gleiche gesagt?«

»Ja.«

»Herr Professor, und warum lassen Sie sich nicht überzeugen?«

»Zwei Ärzte haben Fräulein Peltzner mit einer eingehenden Diagnose zu mir geschickt.«

»Sie waren gekauft!«

»Bitte!« Professor von Maggfeldt hob abwehrend die Hände. »Ein Arzt kann sich irren, aber er wird nie wissentlich eine falsche Diagnose stellen. Das ist ganz ausgeschlossen. Das gibt es einfach nicht!«

Dr. Budde setzte sich wieder auf den OP-Tisch. Er fuhr sich mit beiden Händen verzweifelt durch die kurzen Haare.

»Ihre Ethik in allen Ehren, Herr Professor, und meine Hochachtung, daß Sie noch nicht Ihren Glauben an die Menschen verloren haben.«

»Es ist völlig ausgeschlossen, daß ein Psychiater wie Dr. Vrobel oder ein bekannter Arzt wie Dr. Oldenberg wissentlich eine Gesunde als Wahnsinnige abstempeln! Völlig absurd!« sagte Maggfeldt steif. Er war im Innersten beleidigt.

Budde hielt den Professor fest, als er erregt an ihm vorbeigehen wollte. Er klammerte sich an die Jacke. »Glauben Sie, daß ich den Unfall verursacht habe?« fragte er fast wütend.

»Darüber werden wir uns noch unterhalten. Sie werden sowieso drei Tage hierbleiben für das Gutachten.«

»Ich werde Ihnen alle Zusammenhänge genau erklären.«

»Nun gut. Wir haben ja Zeit genug. Kommen Sie mit in mein Büro.«

Mit einem Schulterzucken folgte Dr. Budde dem Professor.

*

»Nun heißt es schnell handeln!« sagte Ewald Peltzner, brannte sich eine Brasil an und rannte in seinem neuen Arbeitszimmer auf und ab. Dann blieb er vor Dr. Adenkoven stehen. »Noch in dieser Woche muß alles geschehen sein!« sagte er und hielt dem Anwalt eine dünne Mappe hin. »Nehmen Sie das mit zu Professor von Maggfeldt.«

Der Rechtsanwalt sah fragend auf den Schnellhefter. »Was ist das?« fragte er.

»Ein neuer Beweis der Geschäftsunfähigkeit meiner Nichte. Von ihr unterschriebene Schecks, die ich zurückziehen konnte.« Peltzner schlug den Schnellhefter auf und blätterte einige Scheckformulare um. »Hören Sie sich nur das an: 10 000 Mark für zwei Modellkleider, 17 000 Mark für einen Barockengel, 23 000 Mark für eine Madonna aus dem 14. Jahrhundert, eine Stiftung für eine Trinkerheilanstalt – 70 000 Mark …«

Dr. Adenkoven nahm die Mappe aus den Händen Peltzners. Mit verschlossenem Gesicht blätterte er in den Schecks, die nie eingelöst worden waren.

Wie kommen Sie an diese, na sagen wir es ruhig: Fälschungen?« fragte er hart.

Ewald Peltzner kaute auf seiner Zigarre herum. »Sie sollen nicht fragen, sondern die Schecks zu Professor von Maggfeldt in die ›Park-Klinik‹ tragen! Das ist alles.«

»Fräulein Peltzner wird beweisen können, daß sie diese Schecks nie selber ausgestellt hat!«

»Lächerlich. Man wird doch einer Irren nicht das Beweismaterial vorlegen.«

*

Professor von Maggfeldt blätterte die Schecks durch, die Adenkoven ihm vorgelegt hatte. Sein Gesicht war verschlossen. Vier Stunden hatte Dr. Budde versucht, ihm die Hintergründe des Dramas zu erklären, das sich um Gisela Peltzner abspielte. Am Ende war Maggfeldt geneigt gewesen, das ganze Problem von einer anderen Seite zu durchdenken. Nun kam dies hier: der Beweis krankhafter Verschwendungssucht.

Wieder senkte sich Dunkelheit über Gisela Peltzners Schicksal. Der Beweis für die Unzurechnungsfähigkeit ihres Charakters lag vor dem Arzt, der über ihre Zukunft zu bestimmen hatte, mit ihrer eigenen Unterschrift unter wahnsinnigen Zahlen, die sie sinnlos ausgeschrieben hatte.

»Ich danke Ihnen, Herr Adenkoven«, sagte Maggfeldt. Er zwang sich, »eine Erschütterung zu verbergen.

Die Peltznerwerke sind in eine Krise geraten. Es müssen klare Verhältnisse geschaffen werden, um den Betrieb voll arbeitsfähig zu halten. Wir müssen – so tragisch es ist und so sehr Herr Peltzner darunter persönlich leidet – darauf drängen, daß die Entmündigung Fräulein Peltzners bald erklärt wird. Es hängt nur noch von Ihrem Gutachten ab, Herr Professor. Das Amtsgericht ist nach Prüfung der vorliegenden Fakten bereit, nach § 6 BGB die Entmündigung auszusprechen, sobald Ihr Obergutachten vorliegt«

Dr. Adenkoven griff wieder in seine Tasche und holte einen vorgeschriebenen Bogen heraus. Er legte ihn vor Professor von Maggfeldt hin.

»Ich habe den Erstantrag schon vorgeschrieben.«

Der Professor sah mit vorgewölbter Unterlippe auf das Papier.

Zur Vorlage bei der Staatsanwaltschaft wird bescheinigt, daß Fräulein Gisela Maria Monika Peltzner aus Auenstadt, geboren am 14. Juni 1936 geistesgestört ist, ihre Angelegenheiten nicht zu besorgen vermag und daher die Voraussetzung zur Entmündung gegeben erscheint.

Ein eingehendes Fachgutachten nach 5 6 ZPO geht in Kürze dem Vormundschaftsgericht zu.

Maggfeldt nahm den Federhalter, um den kurzen Antrag zu unterschreiben. Doch kurz bevor er zur Unterschrift ansetzte, zögerte er und legte den Füllhalter wieder in die Federschale zurück.

Adenkoven zog verwundert die Augenbrauen hoch. »Ein Formfehler?« fragte er. »Der Antrag ist genau nach den Vorschriften ...«

»Ich will Fräulein Peltzner noch einmal untersuchen, ehe ich mich festlege«, sagte Maggfeldt gepreßt.

»Sie ist schon zwei Wochen bei Ihnen.«

Der Kopf des Professors fuhr hoch. »Wollen Sie mir vorrechnen, wie lange ich für eine Untersuchung brauchen darf, Herr Adenkoven?«

Das war deutlich. Dr. Adenkoven verabschiedete sich hastig und verließ die Anstalt.

*

Am Nachmittag des zweiten Tages seines Aufenthaltes in der Park-Klinik gelang es Dr. Budde, sich selbständig zu machen.

Im Pavillon zwölf, weit weg von dem weißen Schloß, hatte er ein Zimmer bekommen. Er teilte es mit zwei chronischen Alkoholikern, armen, verkommenen Süchtigen, die halb verblödet durch den Tag tappten, aufgezogenen Teddybären ähnlich, immer auf der Suche nach Alkohol.

Mit einem Schraubenzieher, den Klaus Budde einem der Gartenarbeiter abgeschwätzt hatte, öffnete er den Sperrhaken der grifflosen Fenster. Die beiden Trinker starrten ihn ungläubig an.

»Ich gehe Sprit besorgen!« sagte Budde und blinzelte ihnen zu. »Ich weiß, wo's hier welchen gibt. Und wenn einer kommt, dann sagt, ich bin mal eben austreten gegangen.«

»In Ordnung.« Die beiden Säufer nickten. Sie halfen Budde aus dem Fenster und drückten von innen den Fensterflügel wieder zu.

Budde rannte durch die Büsche. Er schlug einen weiten Bogen und näherte sich dem Hauptgebäude von hinten. Unterwegs kam er über eine Wiese, wo an langen Leinen Bettwäsche und weiße Kittel trockneten. Er nahm einen weißen Arztkittel von der Leine, zog ihn über, obwohl er noch feucht war, und ging dann ruhig weiter. Ein paar Gärtner grüßten ihn und sahen ihm nach. Ein Neuer, dachten sie. Noch nie gesehen. Vielleicht aus der Unruhigen-Abteilung.

Unangefochten erreichte Dr. Budde den Seitenflügel des Haupthauses. Eine hohe, dichte Weißdornhecke verwehrte ihm noch den Blick auf den Rosengarten, sonst hätte er schon in diesem Augenblick entdecken müssen, daß Gisela Peltzner, Frau Paulis und der Hund Ludwig genau auf ihn zukamen.

6

Sie spazierten durch den Rosengarten der »Park-Klinik«, Gisela Peltzner und Frau Paulis. Vor ihnen trottete der Bernhardiner Ludwig, und auch er schien die Ruhe des Nachmittags zu genießen.

Es war eine trügerische Ruhe.

Keine zwanzig Meter von den beiden Frauen entfernt und nur durch eine Hecke von ihnen getrennt, setzte Dr. Klaus Budde vorsichtig einen Fuß vor den anderen. Wann, fragte er sich, wird jemand meine lächerliche Maskerade durchschauen? Gewiß, die Kranken werden mich für einen neuen Arzt halten. Aber wenn mir Dr. Pade begegnet? Oder Dr. Ebert? Oder gar Professor von Maggfeldt? Unausdenkbar, eine Katastrophe.

Dabei stand ihm eine weit schlimmere Katastrophe unmittelbar bevor. Er sah die beiden Frauen jenseits der Hecke nicht, und die Frauen hatten ihn noch nicht entdeckt.

Plötzlich hörte Klaus Budde einen Hund knurren.

Und gleich darauf eine ihm fremde Frauenstimme: »Aber Ludwig, das ist der Onkel Doktor.«

Drüben beugte sich Frau Paulis nach vorn und beruhigte den Bernhardiner mit der Hand. Aber der Hund starrte unbeweglich nach der Hecke. Nur mit dem Knurren hörte er auf.

Klaus Budde war einen Augenblick wie versteinert stehengeblieben. Er hatte in der Richtung des knurrenden Hundes Gisela entdeckt. Sein erster Gedanke war, die Arme hochzureißen, zu winken, ihr zuzurufen. Doch dann besann er sich und schlich, einen Durchschlupf suchend, an der Buschreihe entlang.

Als er keine Lücke fand, begann er zu laufen. Er hetzte um die Hecke herum.

Die beiden Frauen sahen ihm wortlos entgegen, mehr verwundert als erschreckt. Ein Arzt, der durch den Garten rannte?

Auf einmal erkannte Gisela, wer da auf sie zustürzte.

»Klaus!« Es war ein greller, die friedliche Stille des Nachmittags hart durchschneidender Schrei. Sie streckte die Arme vor, taumelte ein paar Schritte mit weit aufgerissenen Augen, so, als könne sie

85

die Wahrheit nicht begreifen, als sei es ein Wahnbild, was sie sah. »Klaus!« schrie sie noch einmal. »Klaus! Du bist da! Hilf mir, Klaus!«

In diesem Augenblick schnellte der Bernhardiner vor. Wie ein abgeschossener Pfeil, fast elegant und leicht, flog er durch die Luft und prallte mit seiner ganzen Wucht gegen Buddes Oberkörper. »Gisela!« rief Klaus. Dann kippte er nach hinten über.

Budde lag auf dem Rücken. Er spürte das Gewicht des Hundes auf sich, er sah die gefletschten Zähne, zwischen denen die rote Zunge gefährlich spielte, und dann spürte er den Hieb. Er hatte den Kopf heben wollen, und da schlug der Bernhardiner Ludwig mit der Tatze zu. Er schlug nach Buddes Kopf, und er riß ihm die Kopfhaut auf vom linken Ohr her durchs Haar hindurch bis über die Stirn, schlug wieder zu und wieder.

Eine Zeitlang spürte Budde noch die Hiebe. Eine Zeitlang hörte er auch noch Gisela und Frau Paulis schreien. Dann hatte er das Gefühl, man ziehe sein Gesicht über ein Reibeisen. Blut floß über seine Augen und in seinen Mund.

Die Abwehrbewegungen seiner Arme wurden schwächer. Und die Schreie der beiden Frauen wurden leiser, setzten aus, kamen noch einmal, jetzt wie durch Watte gefiltert.

Dann schwamm Buddes Bewußtsein mit dem Blut weg, das aus seinem Kopf floß.

*

Die Bekanntschaft zwischen Gisela Peltzner und Frau Paulis war von Professor von Maggfeldt gefördert worden.

Dabei war es ein Risiko gewesen, Gisela mit Frau Paulis zusammenzubringen: Frau Paulis hatte Gisela mit einem harten Steinschlag gegen die Schulter nicht nur verletzt, sondern ihr auch auf drastische Weise gezeigt, wozu ein geisteskranker Mensch fähig sein kann.

Trotzdem hatte Oberarzt Dr. Pade das Experiment gewagt.

Es dauerte einige Tage, bis Gisela den Schock des Angriffes von Frau Paulis auf sie überwunden hatte. In diesen Tagen kam Dr.

Bernd Ebert, der Stationsarzt von Pavillon III, oft zu ihr. Er saß an ihrem Bett, er kontrollierte Puls und Herztätigkeit, er gab ihr die notwendigen Beruhigungsmittel, und er unterhielt sich lange mit ihr über Film, Theater, Reisen und – zum Erstaunen Giselas – über die Beziehungen der Geschlechter zueinander.

Vielleicht gehört das alles zur Untersuchung, dachte sie und ließ es geschehen, daß Dr. Ebert ihr über die Schultern strich, oder bei der Herzuntersuchung sein Ohr auf ihre Brust preßte. »Das ist die älteste, aber beste Methode der Herzschlagkontrolle«, sagte er scheinbar leichthin.

Tagelang hatte er Gisela beobachtet, die Untersuchungsprotokolle seines Chefs gelesen, jede freie Minute versucht, in ihre Nähe zu kommen. Über die »Panne« mit Frau Paulis hatte er eine gefährliche Freude empfunden, von der er genau wußte, daß sie mit ärztlicher Berufsethik nichts mehr zu tun hatte, ja ihr geradezu ins Gesicht schlug: Der Zwischenfall gab ihm die Möglichkeit, als Stationsarzt von Frau Paulis, sich mehr und vor allem mit durchaus glaubwürdigen Begründungen um Gisela zu kümmern, an ihrem Bett zu sitzen und sie bei den ersten Spaziergängen zu begleiten. Daß er sie damit lediglich an seine ständige Nähe gewöhnen wollte, konnte niemand merken oder auch nur vermuten.

Gisela ahnte nicht, welche Gründe die Freundlichkeit und Hilfsbereitschaft des jungen Stationsarztes wirklich hatten. Sie fand ihn unterhaltend, klug und charmant. Er hatte große dunkelbraune Augen und lockiges, fast schwarzes Haar. Auch seine feinnervigen Hände gefielen ihr. Aber wenn seine langen, schmalen Finger ihren Körper berührten, war es ihr, als müsse sie sich dagegen wehren. Bei keinem Arzt hatte sie dieses Gefühl gehabt, immer hatte sie die Berührung als sachlich empfunden, immer hatte ein Arzt vor ihr gestanden, nicht ein Mann. Ebert aber untersuchte nicht, er streichelte. Es war ein vibrierendes Gleiten seiner Fingerspitzen über ihre Haut. Und langsam bekam sie Angst vor den Visiten.

So unerschütterlich Dr. Ebert als einziger Arzt der Anstalt an die Gesundheit Gisela Peltzners glaubte, so vorsichtig, aber um so gründlicher versuchte er, in seinen Gesprächen sie davon zu über-

87

zeugen, daß sie möglicherweise doch an einer geringfügigen psychischen Störung leide, und daß es für sie das beste sei, einige Wochen in der völligen Ruhe der Klinik zu verbringen.

»Es war alles zuviel für Sie«, sagte Ebert und hatte Giselas Hand in seinen Schoß gelegt. »Der tragische Tod Ihres Vaters, die unangenehme Sache mit dem Testament, die Erbschaft, die Verantwortung, die auf einmal auf Sie hereinstürzte, die überschnelle Verlobung, der eingebildete Kampf gegen Ihre Verwandten …«

»Sie glauben mir also auch nicht«, sagte Gisela traurig. Sie zog ihre Hand zurück. »Was ich auch sage und erzähle, alle lächeln im stillen darüber. Auch der Professor. Mein Gott, wie soll ich denn beweisen, daß ich gesund bin? Mehr als die Wahrheit sagen kann ich doch nicht! Ich habe einen Anwalt verlangt. Man gibt ihn mir nicht! Warum?«

»Professor von Maggfeldt will sich unbeeinflußt sein eigenes Urteil bilden. Und außerdem, nur mit einem für Sie positiven Gutachten von Professor von Maggfeldt kann ein Anwalt etwas unternehmen.«

Gisela sprang auf.

»Und wenn man Sich irrt? Wenn man mich …« Sie konnte es nicht aussprechen.

Dr. Ebert verfolgte sie mit den Blicken. Sie waren voll von mühsam unterdrücktem Begehren. Er versuchte zu lächeln.

»Man irrt sich nie hier. Der Professor ist eine internationale Berühmtheit. Sie müssen ihm vertrauen, uns vertrauen. Sie sollten überhaupt viel aufgeschlossener sein. Glauben Sie nicht, das Leben wäre hinter diesen Mauern gestorben. Es hat nur einen anderen Rhythmus bekommen, eine andere Ausdrucksform, eine eigene Moral. Es hat sich von überlieferten gesellschaftlichen Floskeln gelöst. Es ist elementarer.«

»Sie sagen das«, antwortete Gisela langsam, »als müßte man Gott dafür danken, hier sein zu dürfen. Aber«, fuhr sie heftiger fort, »ich kann nicht dankbar dafür sein, daß man mich mit Irren zusammengesperrt hat.«

»Glauben Sie, daß diese – Irren nicht ebenso glücklich sind wie Sie oder ich? Vielleicht glücklicher? Sie haben eine ganze Welt für sich, in die keiner eindringt und auch nicht eindringen will. Sie sind Kaiser und Bettler zugleich. Ich weiß nicht, ob man ihnen einen Gefallen tut, wenn man sie mit etlichen Elektroschocks oder Insulinkuren, durch Leukotomie und Lobotomie in das andere Leben zurückführt.«

»Das sagen Sie als Psychiater?«

»Ja.« Dr. Ebert starrte auf die hohe, schlanke Gestalt des Mädchens. »Es soll Ihnen etwas Mut geben. Sie sollen sich hier bei uns froh und frei fühlen, in einer zwar anderen, aber doch – das müssen Sie zugeben schönen und ruhigen Welt. Und hier sollten Sie in vollen Zügen leben.«

»Was verstehen Sie darunter, Herr Doktor?«

»Alles, was. Leben heißt. Auch lieben.«

»Sie sind verrückt! Verzeihung, wenn ich das zu einem Irrenarzt sage!« Gisela wich zum Fenster zurück, als Dr. Ebert aufsprang und auf sie zukam. Seine dunklen Augen glänzten wie im Fieber.

»Sie sind doch ein gesundes Mädchen, Gisela.«

Plötzlich verstand Gisela Peltzner alles: Das Vibrieren seiner Finger auf ihrem Körper, seine Blicke, seine merkwürdigen Gespräche. Der Schreck, den sie in diesem Augenblick empfand, war fast noch schlimmer als bei der ersten Begegnung mit Frau Paulis. Aber diesmal hatte sie sich besser in der Hand. Sie preßte den Rücken an das Fenster und sah Ebert entgegen.

»Wenn Sie näher kommen, werfe ich Ihnen einen Stuhl an den Kopf!«

»Es wäre Dummheit«, sagte er. »Man könnte es als einen Tobsuchtsanfall auslegen. Gerade hier.«

»Gehen Sie! Sofort!« sagte Gisela laut.

»Sie sind schön!« antwortete Ebert leise. »Wollen Sie diese Schönheit verleugnen oder verdorren lassen?«

»Hinaus!«

»Sie sollten überlegen, in aller Ruhe. Vielleicht lernen Sie dann erkennen, daß in der Großzügigkeit der Moral die Erträglichkeit Ihres neuen Lebens liegt.« Er lächelte wieder und wußte, daß die fol-

genden Worte wie Faustschläge auf Gisela wirken würden. »Was zu
verlieren war, haben Sie verloren. Gewinnen Sie etwas zurück. Ihr
körperliches Leben. Nicht alle Irren haben diese Chance.«

*

Frau Paulis war bei ihrem ersten Besuch nur kurz geblieben. Sie
hatte Gisela erzählt, wie man und vor allem wer im Pavillon III lebte: Die »russische Fürstin«, die mit verzücktem Gesicht von ihren
Liebschaften mit Woiwoden und Bojaren erzählte, von Steppenrit-
ten und Liebesnächten in Kalmückenjurten und von einer Wölfin,
von der sie in Jarkutsk einen untreuen Liebhaber hatte zerreißen
lassen.

»Dabei stammt die ›Fürstin‹ aus Plauen«, sagte Frau Paulis. »Ihr
Vater hatte dort eine Spitzenfabrikation. Mit vierzig Jahren, bei der
Geburt des vierten Kindes, brach auf einmal die Krankheit aus ihr
heraus. Mit der Peitsche ist sie durch die Stadt gerannt, hat jeden
mit ›Schmutziger Muschik‹ angeredet und verlangt, daß die Männer vor ihr niederknieten und ihr die Fugknöchel küßten. Wer es
nicht tat, bekam die Peitsche zu spüren. Ja, und deshalb ist sie hierher gekommen. Jetzt, nach einigen Schocks, ist sie sanfter geworden und lebt nur noch in ihren fürstlichen Erinnerungen. «

Beim zweiten Besuch erzählte Frau Paulis die Geschichte der Generalswitwe, die eine unsterbliche Liebe zu Marschall Blücher empfand. Wenn im Zimmerradio Marschmusik ertönte, war sie nicht
mehr zu halten. Sie raffte ihr Kleid hoch und marschierte im Para-
deschritt vom Fenster zur Tür, von der Tür zum Fenster und wieder
zur Tür. Sonst saß sie still vor ihrem Schachbrett und spielte ihre
Dauerpartie. Sie war harmlos bis auf die Neujahrsnacht: Marschall
Blücher war in der Neujahrsnacht 1813/14 bei Kaub über den
Rhein gegangen. Und jährlich zu Silvester wiederholte die Generalswitwe diesen Rheinübergang auf ihre Weise. Sie schüttelte ei-
merweise Wasser in das Zimmer und schritt stolz durch die Rie-
senpfützen. Sehr zum Ärger der Ärzte hatte immer einer zu Silvester strammen Dienst, um im Pavillon III den »Rheinübergang« zu
verhindern. Aber die Generalswitwe fand immer neue Wege, ein

paar Eimer Wasser heranzuschmuggeln und im Kleiderschrank zu verstecken.

Frau Paulis erzählte das alles mit einem gewissen Humor, einer Art Galgenhumor, der ein Anklammern an eine verzweifelte Fröhlichkeit war. Frau Paulis wollte einfach nicht an ihr eigenes Schicksal denken. Auch Gisela empfand das. Ihr anfänglicher Schrecken vor Frau Paulis schwand. Nach einigen Tagen erzählte sie ihr, warum sie hier war. Und Frau Paulis nickte und streichelte Gisela tröstend, wenn sie weinte. Sie nahm sich vor, sie aufzuheitern. Sie, die von einer ihr unbegreifbaren Tragik Zerschlagene, suchte in sich die Kraft, die Verzweiflung des jungen Mädchens zu bekämpfen.

Als der Bernhardiner Ludwig in die Anstalt kam, wurde alles anders: Frau Paulis hatte von da an zwei große Aufgaben. Sie mußte für Ludwig sorgen, kochen, ihn waschen, seine langen Haare pflegen, mit ihm im Park spazierengehen und ihn beschäftigen, und sie betreute Gisela, nahm sie mit zu den Spaziergängen mit Ludwig, stellte sie an den Herd, um sie abzulenken oder bat sie, ihr zu helfen, den Hund zu baden.

Das alles ging gut, überraschend und erfreulich gut, bis zu jenem verhängnisvollen Nachmittag, an dem Klaus Budde aus seinem Zimmer ausbrach, um Gisela zu treffen. Bis zu jenem Augenblick, in dem der Bernhardiner Ludwig den ahnungslosen Budde ansprang, niederriß und ihm die Kopfhaut zerfetzte.

*

Während Professor von Maggfeldt Dr. Budde operierte, lag Gisela in tiefer Ohnmacht auf ihrem Zimmer.

Drei Schwestern hatten Mühe gehabt, Gisela von dem Hund zu reißen. Sie hatte sich in sein langes Fell verkrallt und schrie. Dann, als man sie weggezerrt hatte, als Frau Paulis zitternd und zaghaft Ludwig am Halsband nahm und der große Hund mit einem fast traurigen Blick sein Opfer freigab und zur Seite trat, brach Gisela in den Armen der Schwestern zusammen. Zwei Pfleger trugen Dr. Budde in das große weiße Haus. Professor von Maggfeldt eilte, mit fliegendem Kittel, durch den Vorbau der Gruppe entgegen.

Ihm folgte Dr. Pade in Hose und Hemd. Er hatte gerade duschen wollen.

»Sofort zum OP!« rief der Professor, als er den blutigen Kopf Buddes sah. Eiskaltes Erschrecken durchjagte ihn. Noch war in dem Blutschwall, der über Buddes Körper strömte, nicht zu sehen, wie die Verletzung war, ob eine Hirnarterie zerrissen war, ob eine Knochenverletzung vorlag.

Oberarzt Dr. Pade warf einen langen, prüfenden Blick auf Budde, dann einen kurzen auf den Bernhardiner, der an der Hand Frau Paulis' friedlich aus dem Rosengarten kam.

»Sofort erschießen!« rief er einem Pfleger zu.

»Nein!« schrie Frau Paulis schrill. »Ihr wollt mir wieder meinen Ludwig nehmen, meinen Ludwig!« Sie versuchte, den schweren Hund in ihre Arme zu heben und mit ihm wegzulaufen. Es gelang ihr nicht. Da kroch sie unter den Hund, umklammerte ihn von unten und schrie grell: »Nein, nein, laßt mir meinen Ludwig, ihr wollt mir meinen Ludwig nehmen.«

In ihr Gesicht trat wieder die Verzerrung des Wahns. Die Augäpfel quollen aus den Höhlen. Die Worte schäumten aus ihrem aufgerissenen Mund.

Maggfeldt sah seinen Oberarzt wütend an.

»Und so etwas nennt sich Nervenarzt!« brüllte er plötzlich los. Zum erstenmal hatte auch er seine überlegene Ruhe verloren. »Natürlich behält sie den Hund! Kein Haar wird ihm gekrümmt! Außerdem will ich in zehn Minuten wissen, wie dieser Herr Budde aus dem Zimmer gekommen ist und Fräulein Peltzner treffen konnte! Und nun sehen Sie zu, Pade, wie Sie Frau Paulis wieder zur Ruhe bringen!«

Er drehte sich auf dem Absatz um und lief den beiden Pflegern nach, die Klaus Budde in das Haus zum Operationssaal trugen.

Mit Gewalt mußte Dr. Pade Frau Paulis unter Ludwig wegzerren. Sie biß um sich, sie kratzte und spuckte.

Erst als ihr Dr. Pade die Hundeleine in die kratzenden Finger drückte, wurde sie ruhig. Wie eine Nachtwandlerin ließ sie sich davonführen, Ludwig an ihrer Seite. In ihrer neuen Wohnung erhielt sie ihre Spritze zur Ruhigstellung, eine Pflegerin zog sie aus und legte sie ins Bett. Kaum lag sie, wirkte das Neurolepticum, sie streckte sich und schlief sofort ein.

Ludwig saß neben ihrem Bett. Er hatte den Kopf auf die Matratze gelegt und schloß die Augen. Als Dr. Pade noch einmal ans Bett treten wollte, um zu sehen, ob Frau Paulis auch schlief, knurrte er leise und gefährlich. Da verließ Pade wortlos das Zimmer. Eine Schwester blieb als Wache zurück in der kleinen Küche.

*

Dr. Ebert hatte sich darum beworben, Gisela betreuen zu dürfen. Er saß neben ihrem Bett und hatte sie von der Schwester entkleiden lassen. Peinlich genau kontrollierte er Kreislauf und Herztätigkeit. Er injizierte Caramin, um das Herz anzuregen, und legte dann wieder das Ohr auf ihre Brust.

»Was macht der Chef?« fragte er dabei die Schwester.

»Er ist im OP und versorgt Dr. Budde.«

»Und Dr. Pade?«

»Bei Frau Paulis.«

Ebert nickte. »Es ist gut«, sagte er mit gepreßter Stimme. »Sie können gehen, Schwester. Ich bleibe hier.«

Die Schwester ging, und Dr. Ebert sah ihr nach zur Tür, und seine rechte Hand lag noch immer an Giselas Gelenk, aber er spürte ihren Puls nicht mehr. Er sah nur noch, daß die Schwester das Zimmer verließ und die Tür hinter sich zuzog.

In diesem Augenblick wünschte Ebert, die Tür sei nicht innen, sondern außen ohne Klinke. Er stand langsam vom Bettrand auf, steckte mit zitternden Händen den Schlüssel ins Loch und drehte ihn vorsichtig um. Dann ging er zurück zum Bett Er sah Gisela liegen, nie vorher war sie ihm schöner und begehrenswerter erschienen, und mit der exakten Beobachtungsgabe des geschulten Nervenarztes registrierte er jede Phase seines eigenen Zusammenbruchs. Er beugte sich über Gisela, er berührte sie, er legte sein Gesicht an ihren Hals, und er spürte, daß sie willenlos war.

Als er sie an sich riß und sie mit Küssen bedeckte, wachte sie plötzlich auf.

Gisela Peltzner stieß einen leisen, noch kraftlosen Schrei aus. Sie wälzte sich zur Seite, stieß mit den Beinen nach Ebert, schlug matt mit den Armen nach ihm.

Erst jetzt kehrte ihr Bewußtsein ganz zurück. Ihre Augen weiteten sich, sie starrten den Arzt an, sie glaubten noch nicht, aber sie sahen unmißverständlich, was dieser Mann wollte. Noch einmal trat Gisela um sich, diesmal bewußt, mit voller Wucht, und sie traf Dr. Ebert voll an die Brust. Er taumelte zurück, seine Füße verfingen sich in dem Teppich vor dem Bett, und dann stürzte er zu Boden.

Im gleichen Augenblick zerrte Gisela das Laken los, preßte ein Ende an sich und rollte sich einmal herum, so daß sie völlig bedeckt war.

»Was ... was wollen Sie?« stammelte sie. Es war eine dumme Frage, aber es war das einzige, was sie im Augenblick sagen und denken konnte.

Ebert erhob sich vom Boden. Seine letzten Gedanken waren ausgeschaltet. Er warf sich über die Patientin und drückte sie in die Kissen zurück.

Mit beiden Fäusten schlug Gisela auf ihn ein. Auf die Schulter, auf den Kopf, gegen den Rücken. Keuchend rang Dr. Ebert mit ihren schlagenden Armen. Er bog sie brutal nach oben und versuchte, Giselas Mund zu küssen. Wild biß sie ihn in die Oberlippe.

»Sie ... Sie sind wahnsinnig«, stammelte sie dabei. »Lassen Sie mich los. Ich schreie, seien Sie doch vernünftig. Ich schreie, daß das ganze Haus zusammenläuft.«

»Hier schreit jeder.« Es war das erste Wort, das Dr. Ebert sagte. Er wischte sich mit dem Handrücken das Blut von der Oberlippe und hielt mit der anderen Hand Giselas Arme noch immer fest umklammert. Ebert wußte, daß er seinen Beruf verraten hatte, aber es war ihm gleichgültig. Mit einem leisen Aufschrei stieß er den Kopf vor und versuchte abermals, sich ihrer ganz zu bemächtigen.

»Hilfe!« schrie Gisela grell. »Hilfe!«

Ebert hob den Kopf ein wenig und lächelte untergründig. »Warum wehrst du dich?« flüsterte er und legte den Kopf neben Giselas Ohr. »Es glaubt dir keiner, wenn du es dem Chef sagst. Keiner glaubt es!

Sie halten dich doch für eine Verrückte. Alles wird man dir als Wahn auslegen, als Verfolgungswahn, als sexuelle Halluzination. Warum wehrst du dich denn?«

»Nein!« schrie sie grell. »Nein! Sie sind verrückt! Sie ruinieren sich! Lassen Sie mich los.«

Mit einer letzten Kraftanstrengung riß sie sich los, trat wieder nach ihm, warf ihn erneut vom Bett auf den Zimmerboden und sprang auf. Sie raffte das Laken vor ihren Körper und griff nach einer Blumenvase, die auf der Fensterbank stand. Dr. Ebert hockte mit flakkernden Augen auf dem Boden. Er wußte, daß sie zuschlagen würde, wenn er aufstehen und einen einzigen Schritt auf sie zu wagen würde.

»Du bist zu schön, um hier zwischen Mumien zu verwelken«, sagte er leise. Er zog seine blutende Oberlippe zwischen die Zähne und stand ganz langsam und vorsichtig auf. Langsam ging er bis zur Tür zurück. Zwischen ihm und Gisela lag jetzt die ganze Breite des Zimmers. »Ich werde dich einsperren lassen, in eine Einzelzelle, wochenlang, bis du an die Wände trommelst vor Sehnsucht und die Männer anfällst, die zu dir in die Einsamkeit kommen. Um Liebe betteln sollst du noch.«

»Ich will den Professor sehen!«

Ebert nickte. Er strich seinen Anzug und seinen weißen Kittel glatt, kämmte sich sorgfältig und schloß die Tür wieder auf. Aber bevor er hinausging, stockte er und trat noch einmal an das Bett Giselas, riß das Bettuch ab und in kleine Fetzen, räumte die Matratzen aus und schmiß sie im Zimmer herum. Dann zog er mit einem Ruck das Laken, das sich Gisela vor den Körper hielt, aus ihren Händen und zerfetzte es, ehe Gisela wieder zugreifen konnte.

»So!« sagte Ebert dann. Sein Grinsen hatte nichts Menschliches mehr. »Jetzt kann der Professor kommen.«

Er stieß die Tür auf und rief in den Flur hinaus:

»Schwester! Schwester!«

»Sie sind gemein«, flüsterte Gisela fassungslos. Sie erkannte die Gefahr, in die Ebert sie gebracht hatte, und sie sah ebenso klar, daß sie keine andere Möglichkeit hatte als Beteuerungen. Worte, die in diesen dicken Mauern so gut wie nichts galten. Sie rannte zu den Matratzenteilen und versuchte, sie wieder ins Bett zu tragen. So traf die Schwester sie an, als sie ins Zimmer stürzte, Dr. Ebert deutete mit einer Kopfbewegung auf Gisela.

»Schwerer manischer Schub«, sagte er leise. »Ich hole den Chef.«
Gisela starrte ihn an. Sie konnte nicht einmal mehr weinen. »Was sind Sie nur für ein Mensch!« flüsterte sie. Und plötzlich riß sie den Kopfkeil der Matratze hoch und schleuderte ihn nach Ebert.

Die Schwester machte zwei kräftigen Pflegerinnen Platz. Sie kamen ins Zimmer, packten Gisela an Armen und Beinen und warfen sie aufs Bett zurück. Kaum lag sie, stieß die Schwester eine Spritze in ihren Oberschenkel und drückte den Glaskolben leer.

»Er wollte mir etwas antun, er wollte mich …«, schrie Gisela. »Als ich aufwachte, lag er … Sie merkte, wie ihre Zunge schwer wurde, dick und pelzig. Sie wehrte sich dagegen, sie nahm alle Kraft zusammen und schrie weiter, immer wieder die gleichen Worte: »Er wollte …« Aber sie verloren sich in ein Lallen, in unverständliches Röcheln. Dann verstummte auch das.

Dr. Ebert kam nach ein paar Minuten mit Professor von Maggfeldt zurück. Er hatte warten müssen, bis der Chef sich nach der Operation an Dr. Budde gewaschen hatte.

»Sehen Sie sich das an, Herr Professor!« sagte Dr. Ebert. Sie blieben in der Tür stehen und überblickten das heillose Durcheinander. »Ich kam gerade dazu, wie sie lostobte. Sie fiel mich an, zerrte mir die Kleider fast vom Leib. So habe ich es noch nie erlebt, wirklich noch nie. Als ich mich wehrte, hat sie angefangen zu toben, das Bett ausgeräumt, die Wäsche zerfetzt. Nun ja, dann habe ich sie mit Truxal ruhigstellen lassen. Was soll nun werden?«

Maggfeldt trat an das Bett Giselas. Sein Gesicht war voll Sorge und Trauer. Er strich ihr über die schweißnasse Stirn.

Gisela öffnete die Augen. Aber sie waren groß und leer, und sie schienen Maggfeldt nicht zu sehen. Sie hatte keinen Willen mehr.

Maggfeldt ging aus dem Zimmer und zog die Tür zu. Dr. Ebert folgte ihm und lehnte sich auf dem Flur an die weiße Wand.

»Wollen Sie schocken?« fragte er.

»Warten wir ab, wie sie sich morgen benimmt.« Maggfeldt winkte eine der Schwestern heran. »Lassen Sie Fräulein Peltzner nie außer Beobachtung. Es muß immer jemand bei ihr sein. Und sorgen Sie dafür, daß sie mindestens 24 Stunden schläft.«

»Ja, Herr Professor.«

Von Pavillon I kam Oberarzt Dr. Pade zurück ins Hauptgebäude. Sein Gesicht war noch immer von dem Zorn über den Zwischenfall mit dem Hund gezeichnet.

»Frau Paulis schläft«, sagte er knapp, als er vor dem Professor stand.

»Fräulein Peltzner auch«, sagte Dr. Ebert.

Pade sah verblüfft auf die Tür, durch die eine Schwester in Giselas Zimmer huschte.

»Was ist denn da los?«

»Da?« Ebert fuhr sich mit der Hand über die Stirn. »Wenn Sie das erlebt hätten. Eine Megäre ist ein Frühlingshauch dagegen!«

»Unmöglich!«

»Leider doch, lieber Kollege.« Professor von Maggfeldt hob die Schultern. »Neurotische Hypersexualität. Auch das noch!«

»Ich kann es nicht glauben!«

Dr. Pade öffnete vorsichtig die Tür. Gisela Peltzner war wieder eingeschlafen. Zwei Schwestern räumten leise das Zimmer auf. Langsam zog Pade die Tür wieder zu. Sein Gesicht war fahl und ausdruckslos.

»Ich begreife das einfach nicht!« sagte er noch einmal. »Sie war doch völlig gesund und normal.«

»Ich glaube, diese Ansicht müssen wir gründlich revidieren«, sagte Dr. Ebert schnell.

Maggfeldt nickte schwer. »Es wird nötig sein, leider.«

Kopfschüttelnd schritt er den Gang entlang zu seinem Zimmer.

*

Die letzten Zweifel waren ausgeräumt. Professor von Maggfeldt unterschrieb das Gutachten zur Entmündigung Giselas und schickte es an Dr. Adenkoven ab.

Zurück blieb bei allen Beteiligten ein Unwohlsein und eine tiefe Bedrückung. Schuld und Rätsel schwammen immer unentwirrbarer ineinander.

Die einzigen, die aufatmeten und sich eine ganze Nacht lang an Krimsekt betranken, waren die Angehörigen der Familie Peltzner-Fellgrub. Dr. Adenkoven hatte, gleich nach Eintreffen des Gutachtens, Ewald Peltzner angerufen.

»Sehr gut, sehr gut!« hatte Ewald Peltzner zufrieden und erleichtert geantwortet. »Leiten Sie jetzt alles ein. Beschleunigen Sie die Sache, Doktor Adenkoven. Ich danke Ihnen.«

Dann mußte er den Hörer auflegen, seine Stimme war nicht mehr zu halten. Er hieb mit beiden Fäusten auf den Schreibtisch. »Geschafft! Kinder – wir haben es geschafft!« Dann sprang er auf und lief in seinem großen Zimmer hin und her. Er rannte von Wand zu Wand und hatte das Gefühl, platzen zu müssen.

Anna Fellgrub dachte weniger überschwenglich. Sie tätschelte ihrem bleichen Sohn Heinrich die Hand, die er beruhigend auf ihre Schulter gelegt hatte. Am offenen Kamin der großen Halle des Peltznerschlosses saßen sie wieder um den runden Tisch. Der Sekt perlte in den schlanken Gläsern.

»Und was wird aus Gisela?« fragte Heinrich Fellgrub leise.

Ewald Peltzner drückte das Kinn an den Kragen. »Sie wird bei Professor von Maggfeldt bleiben. Sie soll sorglos leben. Ich werde ihr einen eigenen Pavillon im Klinikpark bauen lassen. Sie soll alles haben, was sie braucht, jeden Luxus. Schließlich sind wir ihr zu Dank verpflichtet, der Armen.«

Heinrich Fellgrub ging schweigend aus dem Zimmer. Ekel überkam ihn. Sein Gewissen drückte auf sein Herz und machte es ihm unmöglich, noch ein Wort zu sagen.

»Der Junge macht mir Sorgen«, sagte Ewald unten in der Halle zu seiner Schwester Anna. Er nahm ein neues Sektglas und füllte es. »Mir scheint, hier ist die kritische Stelle unserer Zukunft«

Anna Fellgrub starrte ihren Bruder an. Ihre statuenhafte Unbeweglichkeit irritierte ihn maßlos. Um so schneller ging er in der Halle hin und her.

»Laß Heinrich aus dem Spiel«, sagte Anna Fellgrub böse. »Und wenn der Gedanke noch so schön für dich ist, laß ihn ungedacht. Heinrich wirst du nie für irr erklären lassen. Nicht, solange ich lebe. Eher verzichte ich auf alles Geld. Und was das bedeutet, kannst du dir ausrechnen.«

Ewald Peltzner blieb ruckartig stehen. Sein breites Gesicht sah plötzlich aus, als sei es weiß bemalt.

7

»Für jetzt und für alle Zukunft gilt nur eines: Wir dürfen die Nerven nicht verlieren!« sagte Ewald Peltzner zu seiner Schwester. »Ich denke, das mit Gisela ist klar. Sie ist entmündigt, wir haben freie Hand.«

»Vergiß diesen Dr. Budde nicht!«

»Der sitzt doch!«

»Nicht mehr lange. Jeden Tag kann die Wahrheit herauskommen. Budde ist nun mal unschuldig – da können wir anstellen, was wir wollen! Wir haben erreicht, was zu erreichen war, mehr ist nicht zu machen!« Ewald Peltzner blieb in der Mitte der Halle stehen und sah in sein leeres Glas. »Die weiche Stelle ist dein Sohn Heinrich! Der Junge hat Ideale und das, was man einen guten Charakter nennt!«

»Du kannst Heinrich zum Chef der Londoner Filiale machen!« Anna Fellgrub sah auf ihre gefalteten Hände. Die Trennung von ihrem Sohn bedeutete das Ende des Traumes, ihren Lebensabend an seiner Seite zu verbringen. Aber sie war klug genug, einzusehen, daß eine Millionenerbschaft dieses Opfer wert war.

»Das sollte man sich wirklich überlegen!« Ewald Peltzner schob die Unterlippe vor. »London! Ich werde morgen anrufen. Eine blendende Idee, Anna.«

»Es ist ein großes Opfer für mich.«

»Ich weiß.« Ewald Peltzner sah seine Schwester mokant lächelnd an. »Das Privatvermögen unseres armen Bruders beträgt in bar etwas über 6 Millionen nach dem letzten Kontoauszug«, sagte er leichthin.

Anna Fellgrub hob die Augenbrauen. Ihr Gesicht wurde lang vor Verwunderung. »Das sind für jeden von uns 3 Millionen, außer den Fabriken.« Sie schluckte. Dabei stellte sie sich die Zahl geschrieben vor, eine drei mit sechs Nullen. Es war fast unvorstellbar. Ewald Peltzner erriet ihre Gedanken, und es war ihm ein Bedürfnis, jetzt seiner Schwester einen Stich zu versetzen.

»Jawohl, drei Millionen«, sagte er mit sanfter Stimme. »Ein wirklich annehmbarer Preis für den Verkauf eines Sohnes.«

*

Im Krankenrevier des Untersuchungsgefängnisses lag Dr. Klaus Budde mit dick verbundenem Kopf und hörte sich an, was sein Freund, Dr. Gerd Hartung, der bei seinen Kollegen am Gericht der »eiskalte Gerd« hieß, bis jetzt erreichen konnte.

Dr. Hartung hatte in allen Zeitungen eine große Anzeige aufgegeben: Wer hat in der Nacht vom 14. zum 15. beobachtet, wie ein Mann vor dem Hause Ellertstraße 4 einen graublauen Wagen aufschloß und damit abfuhr?

Es meldeten sich vier Personen: Ein Mann, der schräg gegenüber wohnte und der nach dem Schlafengehen noch einmal aufgestanden war, um Natron zu nehmen, weil er Sodbrennen hatte. Dabei hatte er zufällig aus dem Fenster gesehen. Zwei Frauen, die von einer Spätschicht heimkamen, und Susi, ein leichtes Mädchen, das an der Straßenecke auf und ab ging und gehofft hatte, der fremde Mann würde weitergehen und in ihre Einflußsphäre kommen. Statt dessen war er in den Wagen, der – wie das Mädchen wußte – dem schlaksigen Dr. Budde gehörte, eingestiegen.

Auch die drei anderen Zeugen berichteten übereinstimmend, daß ein Mann, der weder aus dem Haus kam noch einen betrunkenen Eindruck machte, den Wagen Dr. Buddes aufgeschlossen hatte und damit weggefahren war.

Diese Aussagen machten den Untersuchungsrichter und auch die Staatsanwaltschaft nachdenklich. Die Angaben Dr. Buddes schienen sich zu bewahrheiten. Er behauptete nach wie vor, daß er an diesem Abend betrunken in seiner Wohnung gelegen hatte.

»Ich muß hier 'raus!« sagte Klaus Budde zu seinem Freund Hartung. »Gisela ist bei Professor von Maggfeldt. Aus allem, was ich hörte, habe ich entnehmen müssen, daß man sie für irre hält! Das ist so unglaublich, so …« Er faßte sich an den brummenden, schmerzenden Kopf. »Du mußt mich so schnell wie möglich frei bekommen!«

»Und dann?« Dr. Hartung schüttelte den Kopf. »Mach dir keine Illusionen, mein Junge! Noch einmal kommst du in die Anstalt nicht hinein!«

»Mann, sie kann doch nicht für den Rest ihres Lebens als Gesunde unter Irren eingesperrt bleiben«, Schrie Budde. Er sprang aus dem Bett und faßte sich mit beiden Händen an den schmerzenden Kopf. »Es muß doch Möglichkeiten geben, ein Verbrechen zu verhindern!«

»Wenn du beweisen kannst, daß es ein Verbrechen ist! Aber kannst du das? Jetzt, in diesem Augenblick? Oder morgen? Wir haben nichts in der Hand als einen Verdacht. Und dem stehen die Fachgutachten und das Obergutachten gegenüber.«

»Aber Gisela kann und darf nicht …« Dr. Budde sprach nicht weiter. Er sah die Ausweglosigkeit seiner Lage ein.

»Ich muß hier 'raus!« sagte er noch einmal. »Und dann werde ich Herrn Ewald Feltzner so lange auf die Gurgel drücken, bis er alles herauswimmert.«

»Dann ist es besser, du bleibst noch einmal ein paar Wochen hier drin!« Hartung packte seine Akten in die Mappe und schloß sie. »Mit Gewalt ist nichts zu machen, Junge! Ganz im Gegenteil! Sie sind die Stärkeren, begreif es doch endlich! Sie haben alles – Experten, Nerven, Gemeinheit, Geld und einen gewaltigen Vorsprung »Überleg es dir. Und wenn du mit dir selbst einig bist, hole ich dich hier heraus! Eher nicht!«

*

Für Oberarzt Dr. Pade war mit dem Abschluß des Gutachtens der Fall Gisela Peltzner noch nicht beendet. Er respektierte die Ansicht seines Chefs und vermied es, über das Gutachten mit ihm zu diskutieren. Eine andere Sache war Giselas »Liebestollheit«, der Dr. Ebert beinahe zum Opfer gefallen wäre und vor der er sich angeblich nur mit Mühe und starker Moral zu retten vermocht hatte. An diese ganze Geschichte glaubte Fade nicht.

Aber ein Zweifel blieb, und Pade war nicht der Mann, der mit Zweifeln im Herzen schlafen konnte.

Am Tag nach dem Vorfall besuchte er Gisela allein. Sie lag matt im Bett, noch gedämpft von den Injektionen, die die Nachtschwester ihr gegeben hatte, so oft sie unruhig geworden war. Ihre Augen sahen Fade mit fiebrigem Glanz an, als er sich an ihr Bett setzte und ihre schlaffe, kalte Hand in seine kräftigen Hände nahm.

»Na, wie geht's denn?« fragte er lächelnd.

»Das fragen Sie?«

»Was war eigentlich gestern los?«

Gisela drehte den Kopf zur Seite. Über ihr bleiches Gesicht flog eine hektische Röte.

»Sie glauben es mir ja doch nicht. Keiner glaubt mir hier. Ich gelte ja als Irre.«

Dr. Fade hielt ihre Hand fest, die sie ihm entziehen wollte.

»Sie sollten Vertrauen haben«, sagte er leise.

Gisela sah ihn von der Seite an. Forschend, fragend, in seinen Gesichtszügen lesend.

»Was hat der Herr Doktor …« Sie zögerte, sprach Eberts Namen nicht aus und begann wieder: »Was hat er Ihnen und dem Professor erzählt?«

»Eine Geschichte, die ich ihm nicht glaube.«

»Er war so gemein! Er hat mich angefallen, als ich in Ohnmacht lag. Wäre ich nicht aufgewacht …« Sie schwieg und drehte den Kopf wieder weg.

»Sie müssen mir alles erzählen, so schwer es auch sein mag. Können Sie sich genau erinnern?«

»Ja.« Gisela Peltzner sprach stockend und mit abgewandtem Gesicht. »Ich lag … auf dem Bett, und er … beugte sich über mich, als ich aufwachte. Es war eindeutig, was er wollte. Ich stieß ihn weg, er kam wieder …« Sie zog die Decke bis zum Kinn. »Wollen Sie noch

102

mehr wissen?« flüsterte sie. Die Erinnerung nahm ihr fast die Stimme.

»Und dann?« fragte Fade ruhig und sachlich.

»Ich habe mich gewehrt, mit Händen und Füßen. Er war wie ein wildes Tier! ›Du kannst machen, was du willst, du bist irr!‹ hat er immer wieder gesagt. ›Keiner wird es dir glauben!‹ Und es glaubt mir ja auch keiner. Er hatte recht.«

Gisela zog die Decke über ihr Gesicht und weinte.

Leise verließ Dr. Pade das Zimmer. Er ging hinüber zur Station. Dr. Ebert war gerade dabei, einen Neueingang zu untersuchen.

»Kommen Sie mal mit, Herr Kollege!« sagte Dr. Pade hart und unvermittelt. »Ich habe mit Ihnen zu reden.«

Verblüfft über diese unpersönliche Art der Rede folgte Ebert seinem Oberarzt.

In Pades Zimmer waren sie allein hinter einer dick gepolsterten Tür. Ein wenig unsicher blieb Ebert an der Wand stehen.

»Etwas Besonderes?« fragte er.

»Ich komme von Gisela Peltzner, Herr Kollege.«

»Und? Auch angefallen worden?«

»Wir sind unter uns.« Pades Stimme sank zu einem leisen Zischen herab. »Haben Sie mir nichts zu erklären, Dr. Ebert?«

»Wie kommen Sie mir vor?« Dr. Ebert rettete sich in die Frechheit. »Wenn in einem Irrenhaus den Irren mehr geglaubt wird als den Ärzten, dann lassen Sie uns doch die Fronten wechseln. Wir ziehen in die Pavillons und die Irren praktizieren.«

»Was soll den Irren geglaubt werden?« fragte Dr. Pade wieder laut. Ebert zuckte zusammen. Er erkannte den Fehler, den er gemacht hatte. Er war nicht mehr zu reparieren. Brüsk drehte er sich ab und griff zur Tür. Sie waren wie alle Türen von innen klinkenlos. Der Schlüssel war abgezogen. Dr. Ebert fuhr wie von einem Schlag getroffen herum.

»Schließen Sie sofort auf, Dr. Pade!« sagte er. Plötzlich stand blanke Angst in seinen Augen. Seine Finger spreizten und schlossen sich wieder.

»Ich erwarte Ihre Erklärung!«

»Wenn Sie nicht sofort …« Dr. Ebert ballte die Faust. Er trat ein paar Schritte vor und hob sie hoch. Dr. Pade wich keinen Schritt zurück. Er sah Dr. Ebert mit großen Augen an, und in diesem Blick las Dr. Ebert ein Urteil, das seine Arme schlaff werden ließ.

»Sie haben keine Beweise«, stotterte er. »Überhaupt nichts haben Sie.«

»Das stimmt. Ich habe nur das Geständnis eines Mannes, den ich nicht mehr länger als Arzt betrachte! Ich werde Fräulein Peltzner ermutigen, bei der Staatsanwaltschaft Anzeige wegen versuchter Notzucht zu erstatten, und ich werde die Anzeige selber weiterleiten! Im übrigen nehme ich an, Sie ziehen es vor, vorher aus der Anstalt auszuscheiden. Sie können es dem Chef gleich sagen.«

Dr. Pade ging an Dr. Ebert vorbei, als sei er schon längst nicht mehr da. Er schloß die Tür auf und trat zurück.

Wortlos verließ Dr. Ebert das Zimmer des Oberarztes. Noch im Gang zog er seinen weißen Kittel aus. Dann eilte er in sein Zimmer, rief in der Stadt an und verließ kurz darauf mit seinem Wagen in schneller Fahrt das Klinikgelände.

*

Dr. Ebert kam nach drei Stunden in die Anstalt zurück. Er war zufrieden, zog seinen weißen Kittel wieder an und meldete sich bei Professor von Maggfeldt. Als er eintrat, sah er Oberarzt Dr. Pade hinter dem Professor stehen. Verbindlich lächelte Dr. Ebert seinen Chef an.

Maggfeldt räusperte sich. Sein Gelehrtengesicht zeigte Spuren tiefster Enttäuschung und Erschütterung. Was Dr. Pade ihm berichtet hatte, war wie ein Schock gewesen. Sofort war er zu Gisela Peltzner gegangen und hatte sich den Vorfall berichten lassen.

»Ich dachte, Sie wollten mir eine Erklärung abgeben, Dr. Ebert?« sagte er schwerfällig.

»Ich wüßte nicht, welche, Herr Professor. Es sei denn, ich wollte mich über das unkollegiale Verhalten des Herrn Oberarztes beschweren.«

»Das ist doch wohl das letzte!« Pade schoß um den Schreibtisch herum auf Ebert zu. »Ein verkommener Arzt, der eine ohnmächtige Patientin …«

»Herr Professor!« Dr. Ebert hob beide Hände. »Ich weiß, daß ich in einer Irrenanstalt bin«, sagte er anzüglich. Doch bevor er weitersprechen konnte, unterbrach ihn die laute Stimme Maggfeldts. Sie hatte alle kollegiale Rücksichtnahme verloren, sie war kalt und duldete keinen Widerspruch mehr.

»Ich werde die Sache nicht auf sich beruhen lassen! Sie sind in die Männerabteilung, Block 3, versetzt! Wäre diese Entgleisung nicht gerade in einer Heilanstalt geschehen, würde ich Sie öffentlich zur Rechenschaft ziehen! Nicht auszudenken, wenn bekannt würde, daß in einer Heilanstalt für Geisteskranke die weiblichen Patienten von den Ärzten angefallen werden!«

Der Professor atmete tief. Die Erregung lastete auf seinem Herzen. »Gehen Sie jetzt. Das andere findet sich noch!«

Mit gesenktem Kopf entfernte sich Dr. Ebert. Block 3 war die gefürchtetste, die verhaßteste Station der Anstalt. Die Sammelstelle der Delirium-tremens-Kranken und der progressiven Paralytiker. Ein Inferno zerstörten Geistes. Eine kleine Hölle.

*

Die Anzeige Giselas brachte Dr. Pade selber zur Post. Sie ging zur Aufsichtsbehörde der Anstalt, die sie sofort zur Nachprüfung an den Amtsarzt weiterleitete.

Im Vorzimmer des Amtsarztes saß ein grünäugiges Mädchen, keß, hochbeinig und formenreich. Tagsüber arbeitete sie als medizinisch-technische Assistentin, nach Dienstschluß als Freizeitbeschäftigung ihres Chefs. Sie hieß Herta Ebert und war die jüngste Schwester Dr. Bernd Eberts.

Als die Post eintraf, suchte sie den Brief der Aufsichtsbehörde heraus, steckte ihn in ihre Handtasche und brachte die anderen Briefe zu ihrem Chef. »Ich habe mit dir nachher etwas zu besprechen«, sagte sie. »Es ist mir sehr wichtig.«

»Na, rück schon 'raus mit der Sprache – 'n Kleid, Schuhe, 'ne Handtasche?« fragte der Amtsarzt.

105

»Nein. Es handelt sich um Bernd.«

»Um deinen Bruder?«

»Ja. Er ist in eine dumme Situation gekommen. Ganz unschuldig. Ich muß dir das nachher genau erklären. Du hast bestimmt Verständnis dafür.«

»Hat er Dummheiten gemacht?« fragte er weiter.

»Dummheiten!« Herta Ebert zog einen Schmollmund. »Er hat eine schöne Patientin untersucht und dabei scheint etwas vorgekommen zu sein. Sie hatte es drauf angelegt, und Bernd hat halt was für schöne Frauen übrig.«

»Das ist eine ganz verdammte Geschichte!« rief der Amtsarzt. »Wie hast du es denn erfahren?«

»Er war vorgestern bei mir. Und heute ist ein Brief gekommen, von der Aufsichtsbehörde.« Sie setzte sich auf die Schreibtischkante und küßte den Arzt auf die Augen. Dabei hatte sie die Schuhe abgestreift und strich mit den Fußsohlen zärtlich an seinen Beinen entlang. »Aber so etwas kann doch mal passieren. Nicht wahr? Und zu reparieren ist es auch.«

»Gib den Brief her!« sagte er. Er schob ihre Füße weg, so heftig, daß Herta fast von der Schreibtischkante gestürzt wäre. »Du weißt doch, was so eine Anzeige bedeutet! Ausgerechnet in einer Heilanstalt.«

»Aber das macht's doch auch leichter! Das Mädchen ist verrückt! Eine Nymphomanin! Ein hypererotisches Luder! Glaubt man einer Verrückten denn mehr als einem anständigen Arzt?«

Nachdenklich las der Amtsarzt den Brief Giselas und eine kurze Stellungnahme des Oberarztes Dr. Pade: Ihren Aussagen ist der Wert der Wahrheit zuzuerkennen, schrieb er ganz klar.

»Eine scheußliche Sache, mein Kind!« sagte der Amtsarzt und stützte den Kopf in beide Hände. »Man muß das genau überlegen.«

Am nächsten Morgen wurde das Schreiben Gisela Peltzners urschriftlich zurückgeschickt. Der Begleittext war sehr grob. Es sei nicht Aufgabe der Behörde, sich mit der sexuellen Phantasie von Geisteskranken zu beschäftigen. Wenn die Anstaltleitung wirklich an eine Verfehlung ihres Assistenzarztes glaube, so sei der Weg zur Staatsanwaltschaft ja offen. Aber auch dort werde man wohl kaum anders denken, schon, weil die Anzeigende durch Fachgutachten, sogar durch ein Obergutachten des Chefs der Anstalt ...

Maggfeldt las die wenigen Zeilen und warf den Brief auf einen Aktenstoß. Er wagte es nicht, seinen Oberarzt anzusehen. Denn er wußte, daß er in dessen Blick die Anklage lesen würde: Dich trifft die Schuld – du hast Gisela Peltzner für krank und unzurechnungsfähig erklärt!«

»Dr. Ebert bleibt im Block 3!« sagte der Professor mit schwerer Stimme. »Oder wollen Sie ein Ehrengerichtsverfahren? Für die Klinik und für unseren ganzen Beruf wäre es ...«

Pade senkte den Kopf. »Sie haben recht, Herr Professor. Was käme dabei heraus? Aber vielleicht geht Dr. Ebert von selbst.«

»Legen Sie es ihm nahe, Herr Pade.«

»Ihn bitten? Um eine Selbstverständlichkeit auch noch bitten? Nein!« Sein Gesicht wurde hart. Maggfeldt hatte es noch nie so gesehen. »Ich werde ihn von Nachtwache zu Nachtwache hetzen, bis er am Ende ist! Wozu sind wir in einer Irrenanstalt?«

*

Frau Paulis bekam noch einmal einen Elektroschock.

Er wurde zu einem Problem. Weniger durch ihren Widerstand als durch die Anhänglichkeit des Bernhardiners Ludwig. Er saß neben dem Bett Frau Paulis' und ließ keinen Arzt, keinen Pfleger und keine Schwester heran.

Am zweiten Tag griff Professor Maggfeldt selbst ein.

Aber auch für ihn galt das Gesetz Ludwigs: Bis zur Tür und nicht weiter. Frau Paulis lag im Bett, müde und der Verzweiflung nahe. Hilflos hob sie die Hände.

»Es ist schrecklich!« sagte sie. »Ludwig folgt nicht. Er knurrt selbst mich an, wenn ich ihn zurückhalten will. Was soll ich tun?«

Etwas in der Stimme seiner Patientin ließ Professor von Maggfeldt aufhorchen: Sie klang nicht weinerlich wie sonst, sondern volltönend und fest. In ihr war ein Umwandlungsprozeß vor sich gegangen, ganz still, völlig unauffällig. Nur der erfahrene Psychiater konnte die Verwandlung auf Anhieb erkennen.

107

»Es ist Ihre Schuld, Frau Paulis !« Maggfeldt sprach heftig, als rede er mit einem Gesunden. Er wußte, daß er wieder ein Risiko einging. Aber er wagte es. »Sie haben den Hund falsch erzogen! Wenn ich morgen wiederkomme, läßt er mich herein, oder wir nehmen ihn wieder weg!«

Es war ein Stichwort, das früher ohne Zögern den Schub ausgelöst hätte: Wegnehmen!

Aber Frau Paulis nickte nur.

»Ich werde ihm zeigen, was es heißt, aufsässig zu sein«, sagte sie ruhig. Und dann, mit strenger Stimme, zu dem Hund: »Na, warte.«

Am Abend nahm sich Frau Paulis den Bernhardiner vor. Zum erstenmal hob sie die lederne Peitsche und zog sie ihm über den Rükken, als er wieder Anstalten machte, bei der Visite auf den Assistenzarzt loszugehen. Erstaunt blieb Ludwig stehen, senkte dann den Kopf und legte sich seufzend zu Frau Paulis' Füßen.

Am Tag darauf trottete er friedlich zum Hauptgebäude mit und wartete draußen im Zimmer, während Frau Paulis nebenan ihren letzten Elektroschock bekam.

Am nächsten Morgen fühlte sich Frau Paulis so wohl wie nie in den vergangenen Jahren. Ihr Blick war frei und nicht mehr flackernd, sogar ihre Haut schien besser durchblutet zu sein, sie war rosiger, nicht mehr von der Farbe alten, vergilbten Pergamentes. Es war, als gehe in ihr ein Licht auf und erleuchte den ganzen Körper.

»Sie ist geheilt«, sagte von Maggfeldt zu Oberarzt Dr. Pade, als er von der Morgenvisite zurückkehrte. »Sie ist eine der seltenen Fälle, bei denen ich nicht nur sagen kann: Sie ist gebessert, sie kann in den sozialen Prozeß wieder eingereiht werden, nein, ich kann sagen: Sie ist geheilt! Wir werden Frau Paulis noch sechs Wochen zur Beobachtung hierbehalten und dann kann sie entlassen werden, mit Ludwig.«

»Gott sei Dank!« Dr. Pade seufzte. »Ich hatte schon die Befürchtung, daß wir jetzt auch eine Station für schwierige Hunde einrichten.«

*

Gisela Peltzner wurde eine Woche später verlegt.

Sie kam in den Pavillon I und erhielt das Zimmer 11. Nach der endgültigen Einstufung in die Krankheitsgruppe, nach der erklärten Entmündigung, war sie eine Patientin wie jede andere, die in den Pavillons im herrlichen Park des weißen Schlosses wohnten.

Zwar war sie eine Patientin 1. Klasse, für die Ewald Peltzner jeden Monat dreitausend Mark an Professor von Maggfeldt überwies mit der Bitte, es der armen, kranken Nichte an nichts fehlen zu lassen. Aber sie war bei allem Luxus, der sie umgab, eine Gefangene.

Nach dem Selbstkontrollsystem der Anstalt mußte Gisela nach ihrer Verlegung in den Pavillon I mit zwei wirklich geisteskranken Frauen zusammenleben.

Die eine war ein verhältnismäßig harmloser Fall und begrüßte sie mit freudigem Handschlag. Sie hieß Monika Durrmar, hatte ihr Abitur in einer Klosterschule gemacht und war mit dem Wahn nach Hause zurückgekehrt, eine Braut Christi zu sein und von ihm jede Nacht besucht zu werden.

Die zweite Kranke hieß Else Pulaczek, war in Krakau geboren und litt seit ihrer Entlassung aus dem Frauen-KZ Ravensbrück an krankhaft übersteigerter Angst vor Bakterien. Überall sah sie Bakterien, im Staub, am Fenster, in der Blumenerde, im Bettuch, im Haar der anderen Frauen, am Eßbesteck, am Mantel der Stationsschwester, unter ihren Fingernägeln, die sie mit jedem Instrument, das sie fand, zu entfernen versuchte. Im KZ Ravensbrück hatte man sie mit Cholerabazillen geimpft, sie war gerettet worden, aber der Schock saß in ihrer Seele und zerstörte sie von Jahr zu Jahr mehr.

Mit diesen beiden Frauen hatte Gisela nun zu leben. Sie setzte sich auf ihr Bett.

Klaus, dachte sie, wo bist du jetzt? Wirst du mich hier herausholen? Aber es muß bald, sehr bald sein, sonst hat meine Familie erreicht, was sie wollte, und ich bin wirklich wahnsinnig.

Langsam sank Gisela auf dem Bett zurück. Sie weinte.

Es dauerte doch noch fast zwei Wochen, bis die Beweise für Dr. Buddes Unschuld so zwingend waren, daß er freigelassen werden mußte.

Rechtsanwalt Dr. Hartung holte seinen Freund aus dem Gefängnis ab, den unförmigen Schädelverband hatte man Budde abgenommen. Nur ein breites Heftpflaster klebte noch schräg auf seiner linken Stirnhälfte.

»Die Welt hat sich verändert!« sagte Dr. Hartung, als sie im Wagen saßen und langsam zu Buddes Wohnung fuhren. »Vetter Heinrich Fellgrub ist in London, Anna Fellgrub hat eine klotzige Villa am Stadtpark gekauft, Ewald Peltzner hat eine neue Mätresse, und Gisela ist in Pavillon I gekommen. Sie ist in die Gemeinschaft der Irren aufgenommen worden. Nur Cousinchen Monique amüsiert sich nach wie vor in St. Tropez.«

Noch ehe Hartung aussprechen konnte, hatte Budde ihm ins Steuerrad gegriffen. Mit voller Kraft trat Hartung die Bremse durch. Sie schlidderten über die Straße, haarscharf an zwei Radfahrern vorbei.

»Sofort in die Park-Klinik zu Maggfeldt!« rief Budde.

»Verrückter Hund!« Hartung fuhr an den Bordstein und hielt. »Nun hör einmal zu, mein Lieber: Solange ich am Steuer sitze, fahre ich auch. Und was Fräulein Peltzner betrifft, nehme ich das Steuer, glaube ich, auch in die Hand. Wir werden vorerst überhaupt nichts tun. Auch nicht bei Maggfeldt. Ich sage es dir zum letzten Male! Gisela geht es gut.«

»Gut! Unter Irren!«

»Mann – hör’ doch endlich damit auf! Bei Professor Maggfeldt ist sie wenigstens vor ihrer Familie sicher! Kannst du das nicht einsehen?«

»Halb nur.« Klaus Budde steckte sich eine Zigarette an. Seine Hand zitterte. »Wir müssen doch irgend etwas tun, Gerd.«

»Wir werden auch etwas tun! Ich fahre nach St. Tropez und du nach London! Ich werde mich um Monique kümmern. Sie kennt mich nicht. Und du hast in London keine andere Aufgabe, als dich ab und zu Herrn Heinrich Fellgrub zu zeigen. Von weitem. Es wird nicht lange dauern, und Ewald Peltzner wird nervös werden. Er wird’s mit der Angst zu tun kriegen. Und das warten wir ab! Je kälter und gelassener wir sind, um so eher wird er eine Dummheit machen.«

»Und du glaubst nicht, daß es wenigstens möglich ist, Gisela eine Nachricht zukommen zu lassen?« fragte Klaus Budde leise.

»Nein. Nach dem, was passiert ist. Maggfeldt wird sich hüten.«

»Auch für dich als Anwalt nicht?«

»Wen vertrete ich denn? Die Familie?« Und als Budde ratlos schwieg: »Na also. Alle anderen Interessen zählen nicht! Sogar deine Verlobung hat man annulliert.«

»Was?« Dr. Budde fuhr herum. »Die können doch nicht einfach …«

»Die können wunderbar! Durch die Unmündigkeitserklärung hat man eine Handhabe, alle Handlungen Giselas zu revidieren. Deine Vollmachten, die du von ihr hattest, deine Anstellung als Wirtschaftsprüfer in den Peltzner-Werken, alles ist futsch! Ewald Peltzner war gründlich.«

»Fahr' mich zu den Peltzner-Werken, Gerd.«

Dr. Gerd Hartung hob die Schultern. »Wenn du unbedingt willst. Vielleicht ist es gut so! Du wirst bei der Gelegenheit wenigstens einsehen, daß Schweigen das einzige Mittel ist, Gisela zu helfen.«

Er reihte sich wieder in den Straßenverkehr ein.

»Keine Dummheiten, Klaus!« mahnte Hartung noch einmal, als sie vor der Einfahrt hielten. »Jede Beleidigung, jede Tätlichkeit bringt dich abermals hinter Gitter, und wir verlieren Zeit.«

*

»Ah, da sind Sie ja wieder!« sagte Ewald Peltzner gemütlich und winkte Dr. Budde zu wie einem alten Freund. »Sie wollen Ihre Sachen packen? Haben Sie meinen Brief bekommen?«

»Nein. Ich komme direkt vom Gefängnis.«

»Dann muß ich das wiederholen, was ich Ihnen schrieb: Sie sind ab sofort entlassen, Sie haben keine Vollmachten mehr; alle von meiner Nichte eingeführten Neuerungen sind hinfällig! Fräulein Peltzner ist entmündigt worden. Wir haben lange gezögert, Sie anzuzeigen, Herr Budde, denn es besteht durchaus der Verdacht, daß Sie den Irrsinn meiner armen Nichte erkannt und für sich ausgenutzt haben! Wenn Sie Ihre persönlichen Dinge aus Ihrem Büro abgeholt haben, will ich Sie nie wiedersehen! So, junger Mann, und nun gehen Sie!«

»Sofort.« Dr. Budde zwang sich, die Hände auf den Rücken zu legen. Er spürte die Gefahr, daß er Ewald Peltzner an die Gurgel greifen würde, wenn er die Hände vorn ließe.

»Was ist denn noch?« Peltzner sah Budde ungeduldig an. Gewarnt durch den letzten Angriff schob er sich hinter seinen Schreibtisch und legte den Finger auf die Alarmglocke.

»Angst haben Sie also doch«, sagte Dr. Budde ruhig.

»Hinaus, Sie Flegel!«

»Leben Sie wirklich in dem Wahn, daß Sie damit ein altes Leben abschließen und ein neues Leben beginnen können?«

»Wenn es Sie beruhigt – ja!« Peltzner bleckte die Zähne. Er war zufrieden.

Dr. Budde ging ohne ein weiteres Wort.

In seinem Büro war bereits alles zusammengestellt worden. Sein Schreibtisch war aufgeräumt, seine wenigen persönlichen Dinge lagen in zwei leeren Zigarrenkisten.

Dr. Budde lächelte schwach. Er sah auf die dicke Wand und auf das kleine Loch in einem deutlich sichtbaren Viereck der Tapete. Der eingebaute Wandtresor. Zu ihm gab es nur einen Schlüssel, und diesen trug er in seiner Geldbörse bei sich.

An kleinen Kratzern um das runde Schloß herum sah Budde, daß man versucht hatte, mit anderen Schlüsseln und Werkzeugen den Tresor zu öffnen.

Dr. Budde holte den Schlüssel aus seiner Geldbörse, schloß den Tresor auf und nahm eine dünne Mappe aus dem stählernen Fach. Als er sie durchblätterte, empfand er einen stillen Triumph. In der Hand eines Eingeweihten wie Dr. Klaus Budde konnte dieser unscheinbare Aktenhefter zu einer tödlichen Waffe gegen Ewald Peltzner werden.

Minuten später läutete bei Peltzner das Telefon. Er hob den Hörer auf und vernahm die untertänige Stimme des Hauptportiers.

»Herr Dr. Budde hat soeben das Haus verlassen, Herr Generaldirektor!« sagte er. »Ja, er ist mit dem Auto fortgefahren.«

Ewald Peltzner warf den Hörer hin und hastete los. Dann stand er, heftig atmend, im verlassenen Büro Dr. Buddes. Er sah den weit offenstehenden Tresor und wußte, warum er so demonstrativ ins Auge fallen sollte. Zum erstenmal fühlte sich Ewald Peltzner seiner Sache nicht mehr ganz so sicher.

8

Rechtsanwalt Dr. Gerd Hartung legte den unscheinbaren Aktenhefter, den ihm sein Freund Klaus Budde gegeben hatte, in den Tresor und ließ das Kombinationsschloß zuschnappen. Die vielleicht tödliche Waffe gegen Ewald Peltzner war in Sicherheit.

»Schön und gut«, sagte Hartung, »aber sehr viel haben wir bis jetzt auch damit nicht in der Hand.« Und als Budde ihn fragend ansah: »Mann, die Familie Peltzner-Fellgrub hat jede Menge Geld, und wir haben keins. Man kann das nicht illusionslos genug sehen. Dazu gehört, endlich zu kapieren, daß Gisela Peltzner jetzt auch amtlich für verrückt erklärt und entmündigt wurde. «

»Das heißt?« Klaus Budde starrte seinen Freund an.

»Das heißt ganz hart: Es kann sein, daß Gisela ein oder zwei oder drei Jahre in der Anstalt bleiben muß, ehe wir zu einem Ergebnis kommen.«

»Nein, Gerd. Das darf nicht sein, das darf einfach nicht sein.«

»Wie willst du es ändern? Willst du sie vielleicht entführen?«

»Das wäre eine Möglichkeit«, sagte Budde und schien durch Hartung hindurchzusehen.

»Idiotie wäre das! Man würde uns um die ganze Welt jagen!« Dr. Hartung setzte sich, nahm einen neuen Block Papier und einen Kugelschreiber. »Ich bin Jurist, Klaus«, sagte er, »und wir Juristen müssen verdammt nüchterne Menschen sein, auch wenn es um Menschenschicksale geht! Rechnen wir also einmal los: Was verdienst du?«

»Im Augenblick nichts! Peltzner hat mir gekündigt«, sagte Dr. Budde laut.

»Also Fehlanzeige! Hast du Rücklagen?«

»Knapp 2000 Mark.«

»Das ist ein Klacks!« Dr. Hartung notierte Zahlen. »Ich habe etwa 10 000 Mark auf der Kasse. Meine Praxis geht leidlich, sie bringt im Monat einen Reingewinn von etwa 2000 Mark. Aber wenn ich in der Weltgeschichte herumreise, um Gisela zu helfen, kann ich keine Praxis mehr machen! Und nun die Gegenseite. Die brauchen überhaupt nichts zu tun, und ihr Vermögen wächst trotzdem. Es ist ein ungleicher Kampf, findest du nicht?«

Budde ging erregt im Zimmer auf und ab. Er war nicht in der Lage, nüchtern zu denken.

»Was soll deine Rechnerei? Damit holst du Gisela bestimmt nicht aus dem Irrenhaus!« sagte er dumpf. »Wir müssen beweisen, daß sie gesund ist. Das ist der einzige Weg.!«

»Bitte, dann beweis' es! Hast du Beweise? Einen Verdacht – man lacht dich aus.«

»Aber was sollen wir denn machen, Gerd? Zusehen, wie Gisela wirklich irrsinnig wird? Langsam werd' ich's selbst.«

»Wir werden einen Kredit aufnehmen. Ohne Geld brauchen wir gar nicht erst anzufangen. Aber wenn wir Geld haben, fährst du nach London und ich nach St. Tropez. Was hast du als Sicherheiten für einen Kredit anzubieten?«

»Meinen Wagen. Ja, und Max.«

»Was? Max existiert noch immer?«

»Er steht in der Garage und bekommt sein Gnadenbrot.«

»Das wäre etwas!« Hartung notierte eine Zahl. »Beleihung des neuen Wagens. Auf Max bekommst du höchstens einen Krankenschein! Es sei denn …« Er machte eine Pause und überlegte.

»Was?« fragte Budde drängend.

»Du verkaufst ihn. Die Karre ist doch alt wie Methusalem. Und Liebhaber zahlen für so ein Stück Autogeschichte wie deinen Max mitunter ganz schöne Preise!«

Am Nachmittag war Max verkauft. Für siebentausend Mark. Ein steinreicher Autonarr hat sich sofort in Max vergafft, zahlte in bar und nahm ihn gleich mit. Es war ein trauriger Abschied.

Eine Woche später verließen Dr. Gerd Hartung und Dr. Klaus Budde die Stadt. Der eine fuhr an die französische Riviera, der andere in das nebelige, feuchte London.

Ewald Peltzner, der Dr. Budde ab und zu beobachten ließ, wußte es zwei Tage später. Er ist verreist, dachte er zufrieden. Daß Buddes Ziel London war, blieb ihm verborgen.

Peltzner atmete auf. Er suchte seine Schwester Anna Fellgrub auf, teilte ihr die neue Lage mit und fand, daß die neue Villa geschmackvoll eingerichtet war. Was ihm weit weniger gefiel, war ein Butler, der ihm die Tür öffnete. Ein hochgewachsener, schöner, starker junger Mann, dem der graue Butlercut wie ein Frack auf dem Körper saß.

»Was soll das, Anna?« fragte Ewald Peltzner unwirsch, als er mit seiner Schwester allein war. »Du bist jetzt 52. Man sollte annehmen, daß du ruhiger geworden bist. Was soll der junge Bursche da in seiner dummen Butleruniform? Er könnte dein Sohn sein.«

»Ewald!« rief Anna Fellgrub warnend. »Ich kann mir einen Butler nehmen, so alt, wie ich will! Er ist ein reizender Junge.«

»Der Knabe soll bleiben, wenn ich dich richtig verstehe.«

»René wird weiter Dienst als Butler tun!«

»Ach, René heißt der Gigolo!« höhnte Peltzner. »Du wirst ihm eine schöne Stange Geld zahlen müssen, wenn du ihn mal wieder loswerden willst.«

»Wie man so etwas macht, weißt du ja am besten. Vielleicht werde ich dich gelegentlich um Rat bitten«, sagte sie hart.

Sehr nachdenklich verließ Ewald Peltzner wenig später die herrliche Villa seiner Schwester. Den Butler René, der ihn zum Wagen begleitete und die Tür aufriß, packte er bei den Goldknöpfen seiner Jacke.

»Wie teuer sind Sie, René?« fragte er. Der Butler zuckte nicht einmal zusammen. Er schien die Frage erwartet zu haben. Mit einem leisen Lächeln sah er auf Peltzner hinab in den Wagen.

»Ich habe bisher nicht darüber nachgedacht, mein Herr«, antwortete er. Er hafte eine sonore, fast singende Stimme.

Anna Fellgrub stand an der Tür und beobachtete die beiden scharf.

Sie sah, wie René den Wagen schloß und sich leicht verbeugte, als Peltzner anfuhr.

»Was wollte er von dir, Liebling?« fragte sie flüsternd, als René zurück ins Haus kam.

»Nichts von Bedeutung.« René lächelte. »Er hat nur gefragt, woher ich käme.«

»Und du hast es ihm gesagt?«

»Nein, obwohl es nicht meine Art ist, zu lügen.«

»Du bist ein so lieber Junge!« Anna Fellgrub hob sich auf die Zehenspitzen und küßte ihn. René ließ es geschehen. Er umfaßte sogar Annas Schulter und zog sie an sich.

Sie wußte, daß sie jeden Kuß bezahlen mußte. Aber es war ihr gleichgültig. Wofür hatte sie um Giselas Millionen gekämpft?

*

»Herr Generaldirektor Peltzner möchte Sie sprechen, Herr Professor.«

»Herr Peltzner?« wiederholte er ungläubig.

»Ja, Herr Professor. Er wartet draußen.«

»Ich lasse bitten.«

Die Sekretärin verschwand, und gleich darauf erschien schon Ewald Peltzner in der Tür.

»Ich bin erfreut, mit Ihnen einmal alles durchsprechen zu können«, sagte der Professor, als Ewald Peltzner in einem der Sessel vor Maggfeldts Tisch Platz genommen hatte.

»Ist etwas nicht in Ordnung?« fragte er.

Maggfeldt schüttelte den schmalen, weißhaarigen Gelehrtenkopf.

»Ganz im Gegenteil. Ihrer Nichte geht es gut. Seit Wochen untersuchen wir sie mit aller Gründlichkeit. Und bis jetzt ist das Ergebnis sehr erfreulich: Ihre Nichte befindet sich zwar in einer seelischen Verkrampfung, aber was die beiden einweisenden Kollegen diagnostizierten ...«

Ewald Peltzner war es, als lege sich ein Eisenring um sein Herz.

»Sie meinen also, Gisela sei völlig normal?« fragte er stockend.

»Unsere Untersuchungen gehen auch nach der Erstellung des Obergutachtens weiter, solange wir nicht ein klares und eindeutiges Bild von der Patientin haben, Herr Peltzner. Ich sehe bis jetzt keinen zwingenden Grund, Ihre Nichte auf die Dauer hier festzuhalten. Soweit heute schon überhaupt etwas vermutet werden kann, ist sie ein leichter Fall, der sofort in häusliche Pflege entlassen werden müßte, wenn man uns nicht der Freiheitsberaubung bezichtigen will.«

Ewald Peltzners Gedanken arbeiteten präzise und schnell.

Gisela nach Hause, das war ausgeschlossen! Außerhalb dieser Mauern, in der Freiheit, hatte sie alle Möglichkeiten, den ungeheuerlichen Betrug aufzudecken, der an ihr begangen worden war. Für ihn, Ewald Peltzner, würde das wirtschaftlichen und gesellschaftlichen Ruin bedeuten, Anklage, Strafe, vielleicht Gefängnis.

»Man weiß also nie, wie sich so ein armer Mensch entwickelt, nicht wahr? Können Sie garantieren, daß Gisela harmlos ist, völlig harmlos? Daß sie nicht eines Tages doch gewalttätig wird, mich oder meine Schwester oder sonst wen angreift und umbringen will?«

»Garantieren? Ein Mensch ist kein Industrieprodukt, für das man eine Werkgarantie übernehmen kann!« sagte er laut.

Ewald Peltzner nickte traurig. »Sehen Sie!« sagte er. »Indirekt teilen Sie meine Befürchtungen. Trotzdem wollen Sie meine Nichte entlassen, weil sie nicht gefährlich ist.«

»Ich bitte Sie, Herr Peltzner.«

»Da gibt es nichts zu bitten!« Peltzners Stimme wurde hart. »Mir geht es um die Sicherheit meiner Familie.«

»Dann mieten Sie Ihre Nichte irgendwo anders ein, in der Schweiz, in Italien, auf Mallorca, es gibt so viele schöne Plätze.«

»Sie lebt doch in dem Wahn, sich an uns rächen zu müssen, und deshalb wird sie um die halbe Erde rasen, um uns zu treffen!«

»Sie haben Angst, Herr Peltzner?«

»Ja! Ich glaube, ich habe das deutlich genug gesagt.«

Ewald Peltzner war gerissen genug, diesen ihm unabsichtlich zugespielten Ball anzunehmen. Angst ist immer etwas, wofür die Leute Verständnis haben.

»Wir können keinen Patienten nur auf einen Verdacht hin einsperren!« sagte Maggfeldt.

Ewald Peltzner erhob sich. Er griff in die Rocktasche, holte ein Scheckbuch heraus und legte es auf den Tisch. Er wußte genau, daß alles verloren war, wenn er jetzt eine einzige Geste machte, die den Professor nachdenklich stimmen mußte.

»Ich habe Angst«, sagte Peltzner. Er hielt diese menschliche Schwäche jetzt wie einen Schild vor sich und versteckte dahinter seine wirklichen Gedanken und Gefühle. »Ich sehe ein, daß Gisela in Ihren normalen Pavillons nicht bleiben kann. Sie brauchen Raum, Sie haben zu wenig Betten, zu wenig Personal. Es ist wie überall. Das Wirtschaftswunder ist an der Kultur und der Krankenpflege fast spurlos vorbeigegangen. Ich will Ihnen helfen, um Platz für Gisela zu schaffen und meine Angst zu beruhigen. Mir liegt sehr viel daran, daß gerade Sie, Herr Professor, die Behandlung und Beobachtung meiner Nichte weiter übernehmen. Darf ich Ihnen für Erweiterungsbauten einen Beitrag von 150 000 Mark überreichen?«

Er beugte sich über sein Scheckheft, füllte schnell die Zahl aus und riß das Scheckblatt heraus. Der wohlüberlegte Auftritt wirkte spontan und überzeugend.

»Ich kann das nicht annehmen«, sagte Maggfeldt stockend. »Ich will Ihre Notlage nicht ausnutzen.«

»Es ist eine Stiftung der Peltzner-Werke, Herr Professor! Andere Unternehmer haben auch schon Kliniken finanziert.«

»Geld anzunehmen ist nicht so einfach, Herr Peltzner. Ich muß mit meinen Ärzten noch einmal die medizinische und rechtliche Lage Ihrer Nichte durchsprechen.«

Ewald Peltzner legte den Scheck auf den Schreibtisch Maggfeldts.

»Wollen Sie übrigens Ihre Nichte sprechen?« fragte der Professor.

»Sprechen? Nein!« Peltzner knöpfte seinen Rock zu. »Sie müssen verstehen, daß ich mich dem noch nicht gewachsen fühle. Später einmal. Aber wenn ich sie sehen könnte?«

»Natürlich können Sie das.« Maggfeldt wandte sich einem Plan an der Wand neben seinem Schreibtisch zu. Es war der Therapieplan der einzelnen Stationen, bei denen eine Behandlung noch Erfolg versprach.

118

»Ja, doch, es geht sogar sehr gut. Sie sind gerade beim Fernsehen«,
sagte Maggfeldt.

»Sie haben Fernsehen für die Kranken?« fragte Peltzner verblüfft.

»Gemeinschaftsfernsehen, in einem großen Saal. Kino, Theater,
Musikvorträge. Sie glauben nicht, wie brav und aufnahmefähig die
Kranken bei den meisten Darbietungen sind.«

Daß sie sich dem Kinosaal näherten, hörten sie schon von weitem.
Gelächter, unartikuliertes Gekreische und Stimmengewirr flog ihnen entgegen. Ewald Peltzner blieb wie angewurzelt stehen.

»Was ist denn das?«

»So etwas kommt vor«, antwortete Maggfeldt. »Es hört sich schlim-
mer an, als es ist. Das sind die leicht Verblödeten und ein paar
Schizophrene, die beim Fernsehen mitspielen. Keine Angst, Herr
Peltzner!«

Sie waren am Eingang zum Saal angekommen.

Als Maggfeldt eine der kleinen Seitentüren zu einem Spalt geöffnet
hatte, winkte er Ewald Peltzner heran.

»Ihre Nichte sitzt in der vierten Reihe. Sie können sie ganz deutlich
sehen. Sie hat eine rote Wolljacke an.«

Der Saal war etwa zehn Meter breit und doppelt so lang. Die zwölf
quer laufenden Bankreihen waren gut zur Hälfte besetzt. Obwohl
genügend Platz zur Verfügung stand, drängten sich die geisteskranken Frauen auf den vorderen Bänken zusammen. Die einen
fuchtelten mit den Armen in der Luft herum, andere spuckten um
sich, glotzten stumpfsinnig auf den flimmernden Bildschirm, wieder andere sangen mit, rauften den vor ihnen sitzenden Frauen die
Haare oder kicherten. Eine üppige Frau hatte sich die Bluse aufgerissen und ging vor dem Fernsehapparat hin und her. Manchmal
blieb sie stehen und kehrte sich stolz den anderen zu.

Mitten in dieser Hölle saß Gisela Peltzner. Sie hatte die Hände im
Schoß gefaltet, den Kopf mit den aufgesteckten blonden Haaren
hoch erhoben und sah auf den Bildschirm und die Sängerin, die
dort einen Schlager sang. Es war, als wäre um sie herum eine un-
sichtbare Wand aufgerichtet worden, als ginge das Geschrei und
Gekeife der anderen Frauen an ihr vorbei, als höre sie es überhaupt

nicht. Aber die Starrheit und die Blässe ihres Gesichtes verrieten, wie schmerzhaft deutlich ihre Umwelt für sie vorhanden war.

Ewald Peltzner zog die Tür mit einem Ruck zu und lehnte sich mit zitternden Knien an die Wand.

»Wie sie das aushält. Wie das überhaupt ein Mensch aushält«, stotterte er. Jetzt spielte Ewald Peltzner nicht mehr. Er hatte seiner eigenen Gemeinheit schaudernd ins Gesicht gesehen.

»Es sind die Harmlosen, die Sie gesehen haben«, sagte Professor von Maggfeldt und steckte die Hände in den weißen Kittel. »Wenn ich Ihnen die Station mit den schweren Fällen zeigen soll.«

»Um Gottes willen – nein! Das kann doch kein Mensch sehen.«

In der Nacht träumte Peltzner, er sei einer der Insassen des Kinosaales, der bespuckt wurde und andere bespuckte, und immerfort fühlte er Giselas große, ernste Augen anklagend auf sich ruhen.

*

Schon am Tag seiner Ankunft in St. Tropez begegnete Dr. Hartung der schönen Monique Peltzner. Er hatte sie nie vorher gesehen, aber Dr. Budde hatte ihm ihre hervorstechendsten Eigenheiten genannt: schwarzhaarig, auffallend gut gewachsen, herausfordernd, einen Zug von Dummheit im hübschen Puppengesicht und stets auf der Suche nach Männern. An diesen Merkmalen erkannte er sie.

Mit gelöstem Haar, in einem knappen weißen Bikini, die Hände im Wasser nachziehend, trieb sie auf einem Gummifloß vor dem Strand in einer schützenden Felsenbucht.

Dr. Hartung stand am Strand und sah hinüber auf das Gummifloß. Er hatte Schwimmflossen an den Füßen, die Tauchermaske auf die Stirn geschoben und eine leichte Harpune in der Hand.

Er handelte sofort, Schob die Tauchermaske vors Gesicht und sprang ins Wasser, genau auf das Floß zu.

Er tauchte unter, bis er die Umrisse des Gummifloßes genau sah, legte die Harpune an und schoß. Es gab einen zischenden Laut, Luftperlen stiegen auf, das Floß schrumpfte zusammen, und Monique Peltzner verschwand mit einem spitzen Aufschrei in den sanft spielenden Wellen.

Hartung ließ die Harpune fallen. Später würde er sie wieder holen. Jetzt griff er nach dem Mädchen, riß es empor und schwamm mit ihr auf eine der Klippen zu, die überall aus dem Wasser ragten. Dort zog er Monique auf die Steine, legte ihren Kopf auf seine Gummimaske und begann Wiederbelebungsversuche zu machen, die Arme hoch- und herunterzureißen und den Brustkorb einzudrücken und wieder hochschnellen zu lassen.

Er war ernstlich besorgt. So gefährlich hatte er sich seinen Scherz nicht vorgestellt. Aber als er eine Sekunde verschnaufen wollte, riß ihn die Stimme Moniques aus seinen beginnenden Selbstvorwürfen heraus.

»Schon schlapp? Sie sind mir ein Held! Merken Sie gar nicht, daß ich überhaupt kein Wasser geschluckt habe? Wo ist mein Floß?«

»Das liegt mit drei kleinen Löchern im Bauch bei den Polypen. Ich habe es harpuniert.»

»Sie haben es …« Monique sprang auf.

»Tja, es war ein Irrtum. Ich schwamm unter Wasser und sah etwas Großes auf mich zukommen. Eine Krake oder ein Tintenfisch, glaubte ich. Ich bin noch neu hier, wissen Sie. Deshalb habe ich wohl etwas übereilt geschossen. Und was habe ich getroffen? Eine allerliebste Krabbe.»

»Sie sollten von den Südfranzosen oder Italienern lernen, wie man Komplimente macht!« sagte Monique.

Sie setzte sich wieder auf die Klippen. Der enge, nasse Bikini lag wie eine zweite Haut an ihrem Körper. Es war aufregend, sie anzusehen.

»Wer sind Sie eigentlich?« fragte Monique.

»Ich heiße Hartung. Dr. Gerd Hartung. Freunde nennen mich ›Bumsti‹. Warum, weiß ich nicht.«

»Bumsti. Wie ein Teddybär!« Monique lachte und bog sich zurück.

»Ich bin Monique Peltzner. Mit ›tz‹, wenn ich bitten darf.»

»Schade, Pelz ohne ›t‹ klingt so anschmiegsam, so weich, so zärtlich.« Er legte den Arm um ihre Schulter.

Monique ließ es zu, aber als er sie küssen wollte, hob sie rasch die Hand. »Ich müßte Ihnen jetzt eine 'runterhauen, Herr Dr. Hartung! Finden Sie nicht auch?«

»Wenn Sie mich so direkt fragen, ich bin ganz Ihrer Meinung. Bitte, tun Sie Ihren Gefühlen keinen Zwang an!« Er hielt ihr das Gesicht hin, und Monique ließ die schmale, kleine Puppenhand auf seine Wange klatschen. Nicht fest, ganz leicht nur.

»Danke«, sagte Dr. Hartung. »Jetzt bin ich schon bestraft für etwas, was ich noch gar nicht getan habe!«

Er zog Monique schnell an sich, und ehe sie die Arme gegen seine Brust stemmen konnte, hatte er ihren Kopf nach hinten gebeugt und küßte sie. Er küßte sie mit Hingabe und echter Freude, und Monique wehrte sich zuerst Schwach, dann überhaupt nicht mehr. Ihre Arme wurden schlaff und legten sich schließlich sanft um Hartungs Nacken.

Eine Stunde später schwammen sie zum Strand zurück. Nebeneinander. Manchmal berührten sich ihre Hände.

Er ist keiner von den üblichen Playboys, dachte Monique beim Schwimmen. Er ist ein Mann, in den man sich verlieben könnte.

Sie tauchte das Gesicht ins Wasser und schnellte vor wie ein silberner Fisch.

Er schwamm ihr nach, und dann wateten sie an den Strand.

»Das Floß mußt du mir bezahlen!» sagte sie und schüttelte das Wasser aus ihren langen schwarzen Haaren.

Dr. Hartung nickte. Jetzt ist sie wieder Peltzners Tochter, dachte er. Und er war froh darüber.

*

In London war Dr. Klaus Budde weniger der Gefahr ausgesetzt, durch private Vergnügen von seinen geschäftlichen Pflichten abgelenkt zu werden. Er mietete sich in einem kleinen, billigen Hotel ein, suchte auf dem Stadtplan die Straße, wo die Peltzner-Niederlassung ihren Sitz hatte und fuhr dann mit dem Omnibus in die City.

Am zweiten Tage sah er Heinrich Fellgrub. Sie gingen auf der Fleet Street aneinander vorbei. Heinrich Fellgrub zuckte zusammen, blieb stehen, als begreife er nicht, was er gesehen hatte, drehte sich um und starrte Budde nach wie einem Geist.

»Unmöglich!« sagte er so laut, daß Klaus Budde es noch hörte.

9

Heinrich Fellgrub sah dem Mann nach, und er sah, daß es tatsächlich Dr. Klaus Budde war, aber er konnte und wollte es nicht glauben. Budde in London. Allein die Vorstellung jagte ihm kalte Schauer über den Rücken.

Dr. Budde oder sein Doppelgänger entfernte sich jetzt langsam in Richtung City. Ab und zu warf er einen Blick in ein Schaufenster, in dessen Spiegeln er Fellgrub beobachten konnte, wie er ratlos zu ihm hinstarrte und sich offenbar unschlüssig war, ob er ihm nachlaufen und ihn ansprechen sollte oder nicht.

Als Budde glaubte, er habe Giselas Vetter lange genug zappeln lassen, bog er in eine Seitenstraße ein und entzog sich damit dessen Blicken.

Am nächsten Vormittag erschien Budde vor dem Geschäftshaus der Peltzner-Company.

Heinrich Fellgrub war wie unter einem Zwang ans Fenster getreten, seitlich hinter die Gardine, und starrte hinab auf die Straße. Dr. Budde hatte auf der gegenüberliegenden Seite Posten bezogen, die Hände in den Manteltaschen, eine Zigarette zwischen den Lippen. Er gab sich keine Mühe, sich zu verbergen. Er stand da, sah zum Eingang des Hauses und schien zu warten.

Gegen Mittag verließ Fellgrub das Haus. Er hatte sich streng englisch gekleidet, dunkler Anzug, dunkler Paletot, den unvermeidlichen steifen Hut auf dem Kopf und den Regenschirm über dem linken Arm. Mit gemessenen Schritten ging er über die Straße auf Dr. Budde zu und blieb einen knappen Meter vor ihm stehen.

»Was wollen Sie hier?« fragte er ohne Einleitung.

»Kann man sich in einem freien demokratischen Land nicht ungehindert bewegen und aufhalten, wo es einem gerade gelüstet, Herr Fellgrub?« fragte er.

»Was wollen Sie?«

»Nichts!«

»Nichts?«

»Richtig. Ich sehe mir nur die Gegend an.«

»Sie können mir nicht erzählen, daß Sie hier herumlungern, weil Sie Langeweile haben! Sie sind wegen Gisela hier.«

»Wegen Gisela in London? Gisela ist in einem deutschen Irrenhaus. Dort geht's ihr übrigens gut, wenn Sie das beruhigt. Keine Sorgen um Essen und Trinken, keine Probleme: Wo legst du am Abend dein müdes Haupt hin. Alles Dinge, um die sich ein Arbeitloser wie ich intensiv kümmern muß, wenn er nicht im Hyde-Park auf einer Bank schlafen will.«

Heinrich Fellgrub wischte sich mit dem rechten Handrücken über die Augen. Er schwitzte plötzlich. Aber es war kalter Schweiß, der aus ihm hervorbrach. Angstschweiß.

»Darf ich Sie zu einem Sandwich einladen?« sagte er unsicher.

»Gern. Mir knurrt der Magen. Außerdem habe ich kalte Füße.«

»Sie bilden sich doch nicht ein, mich täuschen zu können. Sie haben etwas vor, darum sind Sie in London. Was Sie auch planen, es ist sinnlos! Sie vergeuden Ihre Zeit! Ich weiß nicht, was Sie vorhaben.«

»Gott sei Dank!« warf Budde trocken ein. Ein Einwand, der Fellgrub wie ein elektrischer Schlag durchfuhr.

»… aber was immer Ihre Gedanken sind: Sie ändern nichts an – leider tragischen – Tatsachen!«

»Ich bin glücklich, in Giselas Familie solch zarte Gefühle zu entdecken!«

»Ich bedaure das Schicksal Giselas wirklich zutiefst, das können Sie mir glauben«, sagte Fellgrub.

Dr. Budde nickte. »Ich weiß. Mit einigen Millionen in der Tasche fällt das Bedauern leicht.«

»Sie verkennen die Lage«, sagte Heinrich Fellgrub, als er seinen Mantel an der Garderobe abgab.

»Durchaus nicht.«

»Sie müssen mich für einen großen Idioten halten, was?«

»Solche Urteile überlasse ich Ärzten. Es müssen ja nicht unbedingt gekaufte sein«, antwortete Dr. Budde.

Zähneknirschend betrat Fellgrub vor Budde das Lokal. Er suchte einen Tisch in einer düsteren Ecke und setzte sich mit verkniffenem Gesicht.

124

»Daß Sie von einem Idioten überhaupt ein Sandwich annehmen!«
sagte er aggressiv.

»Warum nicht? Dummer Stolz war nie eine meiner Eigenschaften.
Wenn ich Hunger habe und ein anderer bezahlt, esse ich das Sandwich, selbst wenn es von einem Schwein wie Ihnen kommt!«

»Herr Budde!« Fellgrub legte die Fäuste auf den Tisch, gefährlich
und kraftvoll, nur – Budde sah es deutlich – die Fäuste zitterten.

»Tja, so ist das nun mal!« Budde bestellte bei dem Kellner eine Plat-
te Aufschnittbrötchen und eine Flasche Ale.

»Man müßte Sie zusammenhauen, Sie, Sie. ...« Heinrich Fellgrub
fand kein passendes Wort und schwieg.

»Hier?« höhnte Budde leise. »In einem so vornehmen Lokal des so
konventionellen England? Man würde Sie ausweisen, Herr Fellgrub! Hier sind Sie und ich sicher. Hier kann ich Ihnen sagen, was
ich will, und Sie müssen es anhören, oder Sie müssen weggehen.«

»Was ich sicherlich tun werde! «

»Bravo, lieber Vetter Heinrich! Aber bevor Sie gehen, sollen Sie
noch eines wissen.« Klaus Budde beugte sich weit über den Tisch
zu Fellgrub vor. »Man hat Gisela als Gesunde in eine Hölle ver-
bannt! Glauben Sie eigentlich im Ernst, daß so etwas auf die Dauer
unentdeckt bleibt? Sie wollten mich ausschalten, Herr Fellgrub, um
zu vermeiden, daß ein Verbrechen an den Tag kommt. Aber heute
weiß die Staatsanwaltschaft schon, daß ich damals nachts nicht am
Steuer meines Wagens gesessen habe. Sie wird auch in Giselas Angelegenheit bald einiges mehr wissen. Und ich weiß sogar schon
jetzt, wer damals meinen Wagen gesteuert hat. – Das war's.«

Bei den letzten Worten stand Budde auf, drehte sich auf dem Absatz um und verließ das Lokal.

*

Gisela Peltzner verwandte ihre ganze Kraft darauf, inmitten dieser
Trümmer menschlichen Geistes normal zu bleiben, bis Klaus Budde sie wieder aus der Hölle herausgeholt haben würde. Gewiß
machte er den Versuch, ihr ab und zu zu schreiben. Aber ebenso sicher war auch, daß die Anstaltsleitung keinen Brief durchließ. Da

125

ergab sich für Gisela ganz überraschend die Möglichkeit, von sich aus Verbindung nach draußen aufzunehmen:

An der Heizung des Pavillons war ein Defekt. Drei Monteure waren damit beschäftigt, den Kessel auszuwechseln.

Die beiden Zimmergenossinnen Giselas waren außer Rand und Band. Jammernd lief die mit dem Bakterientick herum, hatte sich die Hände verbunden und nasse Handtücher um Kopf und Nase gewickelt. Sooft sie die verdreckten Monteure erblickte, stieß sie einen spitzen Schrei aus.

»Sie wimmeln von Bakterien!« schrie sie. »Seht nur! Seht euch das doch an! Vierhundert Milliarden Bakterien tragen sie mit sich herum! Vierhundert Milliarden! Und nur eine einzige genügt, eine einzige für jeden von uns, und wir sind tot! Tot! «

Mit verklärter Miene stand die religiös Wahnsinnige am Fenster, als die Monteure ihr zweites Frühstück verzehrten. Sie aßen dicke Butterbrote und tranken dazu Bier aus der Flasche.

»Habt ihr gebetet?« fragte sie streng und hob die Hände. »Kniet nieder und singt: Der Gott, der Eisen wachsen ließ …«

»Sei schön still, Mariechen, und geh ins Bett!« rief einer der Monteure begütigend. Er war der ständige Heizungsbetreuer des Hauses, und er kannte solche Auftritte.

Gisela saß währenddessen neben der Tür, hörte mit dem einen Ohr das Keifen und Plappern ihrer Zimmergenossinnen, während sie mit dem anderen nach Schritten auf dem Flur lauschte. Dabei flog die rechte Hand mit dem Bleistift über einen Bogen Papier. Die Monteure, dachte sie fieberhaft, die Monteure müssen den Brief mitnehmen! Gisela schrieb an Dr. Klaus Budde.

Geliebter! Seit ich Dich hier gesehen habe, weiß ich, daß Du ihnen nicht glaubst. Du glaubst an mich und meine Gesundheit. Es hilft mir sehr viel, das zu wissen: Ein Mensch glaubt noch an mich. Ich hoffe, daß der Professor Deinen Glauben bald bestätigen wird. Ich bin gesund. Trotzdem – tu, was Du kannst! Es ist die Hölle hier. Ich nehme meine ganze Kraft zusammen, um es zu ertragen, aber manchmal glaube ich, die Kraft nicht mehr zu haben. Es ist ja nicht nur die Tat-

sache, daß man mich hier für irre hält. Das Schlimmere, das ständig an mir und meiner Kraft nagt, ist das Wissen, daß ein Verbrechen mich zu dem gestempelt hat, wofür man mich jetzt hält. Wenn das nicht aufgeklärt wird, dann wäre also der perfekte Mord doch möglich. Mehr noch! Denn als Gesunder sein Leben unter Irren verbringen zu müssen, so um sein Leben bestohlen zu werden, ist schlimmer als Mord. Hilf mir, Geliebter, hilf mir bald!

Gisela Peltzner gehörte zu den wenigen Insassen der Klinik, die sich frei bewegen durften. Sie tat also nichts Unerlaubtes, als sie um den Pavillon herum spazierenging, sich schließlich auf eine Bank setzte und in einem Buch las Auch als Gisela aufstand und mit einem der Heizungsmonteure sprach, der Gewinde in ein Stahlrohr schnitt, kümmerte sich niemand darum. Gisela war eine stille Kranke, die nicht zu Exzessen neigte.

»Na?« sagte der Monteur, als sie zu ihm trat »Was gibt's? Darfste denn frei 'rumlaufen?«

»Wollen Sie mir einen großen Gefallen tun?« fragte Gisela. Der Monteur grinste und sah sich um.

»Wollen schon, ist aber verboten«, sagte er ein wenig verlegen. Gisela wurde rot. Natürlich, ich bin ja in seinen Augen eine Irre, dachte sie.

»Wollen Sie einen Brief nach draußen mitnehmen?«

»Ich sag' dir doch, wollen schon.«

»Sie sollen ihn nur abgeben. Der Herr, der Ihnen den Brief abnimmt, ersetzt Ihnen das Fahrgeld. Bitte, tun Sie mir den Gefallen.« Der Monteur schüttelte den Kopf. »Mädchen«, sagte er eindringlich, »es hat keinen Zweck! Geh zurück ins Haus und sei friedlich!«

»Sie halten mich für verrückt, wie die anderen. Ich nehme es Ihnen nicht übel. Aber ich bin gesund. Völlig gesund! Bitte glauben Sie es mir doch! Man hat mich hier eingesperrt! Es ist ein Verbrechen! Sie sollen durch die Überbringung dieses Briefes mithelfen, dieses Verbrechen aufzuklären! Bitte, helfen Sie mir doch.«

Giselas Stimme war klar und beschwörend. Der Monteur grinste verlegen. Er hatte gehört, daß viele Irren behaupteten, sie seien gesund und völlig zu Unrecht in der Anstalt. Zu denen gehörte also dieses Mädchen. Schade um das Ding. Er sah, wie Gisela schnell den Brief aus dem Pullover zog und ihm in die Tasche des blauen Kittels steckte. Er wehrte sich nicht. Irre muß man in Ruhe lassen, dachte er. Draußen werde ich den Brief zerreißen.

»Ist gut«, sagte er und schnitt weiter sein Gewinde in das Rohr. »Ich bring' ihn hin. Wohin geht er denn?«

»Zu Herrn Dr. Budde. Er ist mein Verlobter.«

»Dr. Budde«, wiederholte er, als sei es ihm ernst damit. »Soll ich ihm noch was bestellen?«

Giselas Stimme wurde zu einem Flüstern: »Sagen Sie ihm, daß ich auf ihn warte! Lange halte ich es hier nicht mehr aus.«

»Werd's bestellen!« Der Monteur ruckte an seinem Gewindeschneider.

»Danke«, sagte Gisela, ging zurück zur Bank und las wieder in ihrem Buch.

Mit brennenden Augen verfolgte Gisela dann bei Feierabend wie die Monteure ihr Werkzeug zusammenpackten und die Klinik verließen.

Das elektromagnetische Tor hatte sich hinter dem Monteur noch nicht richtig geschlossen, da holte er bereits den Brief aus seiner Tasche, riß ihn auf und überflog die wenigen Zeilen.

Er hatte alles erwartet, verworrene Sätze, Dummheiten, aber nicht diese klare Sprache. Nachdenklich kratzte er sich den Kopf, steckte den Brief zurück in den Umschlag und sann auf dem Nachhauseweg darüber nach, was er tun sollte. Möglich ist so was ja, dachte er. Und wie 'ne Irre hat sie eigentlich auch nicht ausgesehen. Auf jeden Fall konnte man ja feststellen, ob es diesen Dr. Budde überhaupt gab.

10

Nach dem Abendessen fuhr er hinaus zu der angegebenen Adresse. Er hatte den Brief in einen frischen Umschlag gesteckt. Tatsächlich wohnte ein Dr. Klaus Budde in dem Haus, aber er war verreist, wie der Hausmeister sagte. Wohin? Unbekannt. Die Post blieb liegen. Dr. Budde ließ sie sich nicht nachschicken. Die Miete hatte er für ein halbes Jahr im voraus bezahlt. Es blieb nichts anderes übrig, als den Brief zu den anderen zu legen.

Am nächsten Morgen sah er Gisela schon bei seiner Ankunft in der Klinik wartend auf der Bank sitzen. Ihre Augen waren groß und fragend auf ihn gerichtet.

»Nichts!« sagte er leise, als er an ihr vorbeiging. »Ist verreist.«

»Verreist?« stotterte Gisela. »Aber wohin denn.«

»Unbekannt.«

»Unbekannt? Aber ...«

»Streichen Sie den weg, Fräulein, der denkt nicht mehr an Sie.«

Es dauerte bis zum Mittag, ehe Gisela zusammenbrach. So lange brauchte sie, um zu begreifen, daß Klaus sie verlassen hatte. Verraten und allein gelassen!

Ihr Zusammenbruch verlief still und ohne Dramatik. Sie fiel einfach vom Stuhl auf den Boden, zuckte ein wenig und lag dann in tiefer Bewußtlosigkeit.

Bei der Nachmittagsvisite stand Professor von Maggfeldt ernst vor dem Bett Giselas. Ihre Bewußtlosigkeit hielt an. Ein schweres Nervenfieber hatte sie befallen.

»Wenn wir sie durchkriegen«, sagte der Professor leise zu dem Oberarzt, »haben wir mehr Glück als Verstand.«

*

»Du bist ein lieber Kerl!« sagte Monique Peltzner zu Dr. Gerd Hartung und kraulte ihm die dunklen, wolligen Brusthaare. »Ganz anders als die glatten Burschen hier, die nur an die Nacht denken und nichts können, als gut aussehen und dumm reden. Eigentlich erstaunlich, daß so etwas wie du aus Deutschland kommt.«

Sie lagen draußen auf den Klippen von St. Tropez in der Sonne und hatten sich bis zu einer gewissen Atemlosigkeit und Erschöpfung damit beschäftigt, sich zu küssen.

Diesen Teil seiner Aufgabe hatte Hartung schnell und mit gewohnter Bravour erledigt. Anders war es mit den Informationen über Gisela Peltzner. Hier war Monique von einer entwaffnenden Einfachheit. Sie sagte, wenn Dr. Hartung auf die Vorfälle in der Fabrik anspielte, nur immer wieder:

»Ach, die arme Gisela! Wer hätte das gedacht? Wir waren alle ja so überrascht. Aber Onkel Brunos Tod muß sie wohl um den Verstand gebracht haben.«

Dr. Hartung kam langsam zu der Überzeugung, daß Monique wirklich nichts oder nur Ungenaues über die Hintergründe wußte. Vielleicht glaubte sie wirklich, ihre Cousine sei irrsinnig und bedauerte sie ehrlich.

War es so, so befand sich Dr. Hartung hier in St. Tropez auf verlorenem Posten, zumindest, was Gisela Peltzner betraf. Monique entschädigte ihn allerdings für die Fnttäuschung, die er empfand. Dr. Budde schien in London mehr Erfolg zu haben. Er schrieb, daß er mit Heinrich Fellgrub zusammengetroffen sei, und daß Fellgrub schon nach dem ersten Gespräch den Eindruck einer Wochen alten Wasserleiche hinterlassen hätte.

»War denn deine Cousine immer etwas verrückt?« fragte Dr. Hartung.

»Nein«, antwortete sie träge.

»Und plötzlich ist sie verrückt? Merkwürdig, was?«

»Wieso? Das kommt immer plötzlich. So'n Knall ist auf einmal da! Und Onkel Brunos Tod war so'n Knall. Auf der Jagd wird er erschossen. Das hat Gisela einfach umgehauen. Armes Ding.«

»Und dein Vater hat sie in die Anstalt einweisen lassen, nicht wahr?«

»Ja. Papa ist ja jetzt durch Onkel Brunos Tod das Familienoberhaupt. Er hat lange mit uns allen gesprochen, ehe er es tat.«

»Ach! Ihr habt einen Familienrat gehalten?« Hartung wurde hellhörig.

»Natürlich. Wie's sich gehört. Altmodisch, aber ganz gut.«

»Und was hat Papa gesagt?« fragte Hartung. Dabei küßte er Monique auf das Ohrläppchen. Sie seufzte tief.

»Er sagte, daß es schrecklich sei mit Gisela. Alles mache sie falsch in der Fabrik, alles sabotiere sie, und verloben wollte sie sich auch,

130

mit einem armen, kleinen Akademiker. Wirtschaftsprüfer, glaub ich, war er. Ich hab' ihn später einmal gesehen, einen langen Lulatsch mit verhungerten Backen. Den hätte man mir in Öl gebacken servieren können, ich hätt'n wieder ausgespuckt.«

Lieber Klaus, wenn du das hörtest, dachte Dr. Hartung amüsiert.

»Und da habt ihr Gisela für verrückt erklären lassen?«

»Nein! Sie war ja verrückt! Papa hat sie fortbringen müssen, weil sie uns alle geschädigt hat.«

So kann man's auch sehen, mußte Dr. Hartung sich eingestehen. Und es war sogar Moniques ehrliche Meinung. Besser wußte sie es nicht. Und mehr war aus ihr auch nicht herauszuholen. Eine Pleite war das, eine ganz große Pleite.

In der umgestalteten, modernisierten Peltzner-Villa saß Ewald Peltzner sehr nachdenklich und etwas ärgerlich in der Halle und las einen Brief, den er aus St. Tropez erhalten hatte.

Monique, das dumme Luder, schrieb, daß sie sich verheiraten wolle. »Nicht mit einem dieser Playboys – so etwas heiratet man nicht –, sondern mit einem deutschen Rechtsanwalt, einem, lieben lieben Jungen, der so klug ist wie kein anderer Mann.«

»Na ja, so klug kann er wiederum nicht sein«, brummte Ewald Peltzner vor sich hin, »sonst würde er nicht an Monique hängenbleiben.«

Noch ein zweiter Brief war angekommen. Aus London. Von Heinrich Fellgrub, Direktor der britischen Zweigfirma. Der gute Heinrich schrieb sehr lau und bat darum, so schnell wie möglich aus England abgelöst zu werden. Er vertrug das Klima nicht, die Nebel setzten sich in seinen Bronchien fest, er hatte einen Dauerschnupfen und überhaupt, London sei nicht das richtige Pflaster für ihn.

Ewald Peltzner seufzte. Eine Familie hatte er! Eine schöne Bande! Schwester Anna hielt sich vor Toresschluß noch kräftige junge Butler und kleidete sich wie ein Teenager, Neffe Heinrich weichte in Londons Nebel auf, Tochter Monique wollte anscheinend blindlings heiraten, Nichte Gisela … Ewald Peltzner zog die Augenbrauen zusammen. Gisela, vielleicht starb sie. Professor von Maggfeldt hatte ihn angerufen und mitgeteilt, daß ein rätselhafter Nervenzusammenbruch Gisela um Monate zurückgeworfen habe, ein Nervenfieber hätte den ganzen Körper erfaßt. Man mache sich ernste Sorgen uni sie. Es habe den Anschein, daß die innere Kraft zerbrochen sei und daß Gisela nicht wieder gesund werden wolle!

Ewald Peltzner hatte diese Nachricht mit einer schrecklichen Befriedigung gehört. Das war die einfachste Lösung aller Probleme. Mit Giselas Tod wäre das sorglose Leben der Familie gerettet. Auch die Vergangenheit würde mit ihr sterben. Die Erinnerung an den Tod Bruno Peltzners, über dem noch immer der Nebel des Geheimnisses lag.

Ewald fror plötzlich, als er an diesen Tag dachte. Dann raffte er die Briefe zusammen, steckte sie in seine Tasche und ging zur Hausbar, um sich zu stärken.

Dabei fiel ihm ein, daß er eigentlich eine Rundreise machen könnte. Erste Station St. Tropez, wo er sich diesen Knaben ansehen konnte, der es wagte, Monique auf Heiratsgedanken zu bringen. Dann nach London, um Heinrich die Leviten zu lesen.

Auf der Rückreise lag ein Abstecher nach Schweden zu neuen Stahlabschlüssen nahe.

Und außerdem konnte man Henny mitnehmen. Henny, seine Neuentdeckung in der Exportabteilung. Schließlich reisten auch andere Generaldirektoren in Begleitung.

Ewald Peltzner ließ die Koffer packen.

*

Als Heinrich Fellgrub am späten Abend, nach einem Essen im Klub, nach Hause kam und der Schlüssel beim Aufschließen klemmte, hatte er bereits ein unangenehmes Gefühl. Es steigerte sich zur Angst, als er unter der Tür des Herrenzimmers einen dünnen Lichtschimmer in die dunkle Diele fallen sah. Mit zitternden Händen zog er seinen Mantel aus, hängte seinen Regenschirm an den Ständer, nahm eine geladene Pistole aus der Tasche, entsicherte sie und stieß mit dem Fuß die Tür zum Herrenzimmer auf. Gleichzeitig hob er die Pistole.

In einem der Sessel saß unter der Stehlampe Dr. Budde und las in der »Times«. Er sah kurz auf, als Fellgrub die Tür aufstieß und sagte gemütlich:

»Kommen Sie nur 'rein, Vetter Heinrich! Und das Knallding da stecken Sie bitte weg. Ich bin ein leidenschaftlicher Pazifist und hasse alles Militärische.«

»Wie kommen Sie hier herein?« fragte Heinrich Fellgrub heiser.

»Durch die Tür, wie es anständige Menschen tun. Die englischen Türschlösser sind – wie alles in diesem Land – sehr konservativ. Sie setzen einem Dietrich keinen Widerstand entgegen.«

»Das ist Einbruch!« schrie Fellgrub.

»Natürlich! Wollen Sie die Polizei rufen? Bitte, dort steht das Telefon.«

»Was wollen Sie?« fragte Fellgrub. Er steckte die Pistole ein und setzte sich neben die offene Tür auf einen Stuhl. Dr. Budde faltete die Zeitung zusammen.

»Ein Schwätzchen halten, weiter nichts. Ich fühle mich so einsam in Old England. Keine Bekannten, ein billiges Hotel, fades Essen. Ich sehne mich nach Menschen der Heimat. Da dachte ich an den guten Vetter Heinrich.«

»Ihr blödes Reden bringt mich zur Weißglut!« keuchte Fellgrub.

»Wenn Sie glauben, mit mir einen Nervenkrieg anfangen zu können, sind Sie Schief gewickelt!« Fellgrub stand auf und strebte zu einer Whiskyflasche. Er goß sich ein Glas halbvoll und stürzte es in einem Zug hinunter.

»Prost!« sagte Dr. Budde. »Ich hätte auch einen nötig. Sie sind ein schlechter Gastgeber.«

»Ich habe Sie nicht eingeladen!«

»Wer wird so auf die Etikette sehen! Die Peltzners sind doch sonst nicht so! Wer seine Cousine ohne Reue …«

»Sie rennen einem Phantom nach, Dr. Budde. Gisela ist schwer krank.«

»So wie Sie und ich! Sie wissen es genau! Aber für einige Millionen suggeriert man selbst dem Teufel ein, er sei ein Engel.«

»Ich mache mir nichts aus Geld!«

»Dann sind Sie ein schwarzes Schaf innerhalb der Peltznerfamilie!«

Dr. Budde erhob sich und ging im Zimmer hin und her. Heinrich Fellgrub beobachtete ihn.

»Was bezwecken Sie eigentlich mit Ihrer Frechheit?« fragte er. Budde blieb vor ihm stehen.

»Ich möchte Ihr Gewissen anstoßen. Weiter nichts. Mensch, Sie sind doch ein netter Kerl, Sie haben eine gewisse Intelligenz.«

»Ich bin hocherfreut, daß Sie das bemerken!« sagte Heinrich Fellgrub giftig.

»Ich weiß, daß Gisela gerade Sie gerne mochte.«

»Ich weine gleich vor Rührung!« Fellgrub nahm einen neuen Whisky.

»Sie sind ein schwerfälliger Patron!« Dr. Budde steckte sich eine Zigarette an. »Sie könnten ein sorgenfreies Leben führen. Natürlich nicht als Millionär, aber immerhin doch so gut gestellt, daß man Sie beneiden würde. Statt dessen tanzen Sie nach der Pfeife Ihres Onkels Ewald. Ich an Ihrer Stelle würde das schamlos finden. Ich würde vor mir selbst ausspucken!«

»Hören Sie auf, Dr. Budde!« rief Fellgrub gequält. »Ich kann Ihnen nur sagen, daß Sie dummes Zeug reden! Ich habe mich dem Gutachten von drei Fachärzten gebeugt. Es ist ausgeschlossen, daß sich drei Ärzte so gründlich irren!«

»Das haben Sie nett gesagt!« Dr. Budde zerdrückte seine Zigarette. »Sie sollten Politiker werden. Die wissen am Ende auch nicht mehr, was sie gesagt haben und wie dieses und jenes geschehen ist!« Er ging zu dem Bartisch und goß sich selbst einen Whisky ein. »Erinnern Sie sich nicht an den Familienrat?«

»Es waren nach Onkel Brunos Tod viele Besprechungen zwischen uns!«

»Ich meine den Abend, an dem der liebe Onkel Ewald den Plan entwickelte, Gisela müsse für irr erklärt werden, um an das Vermögen Bruno Peltzners heranzukommen.«

»Ein solches Gespräch hat nie stattgefunden!« sagte Fellgrub steif. Aber er sagte es so, daß es niemand zu glauben brauchte. Zu genau erinnerte er sich an diesen Abend und das Entsetzen, das ihn befiel, als Onkel Ewald seinen teuflischen Plan entwickelte.

»Sie lügen!« sagte Dr. Budde grob.

Er nahm seinen Mantel und verließ grußlos die Wohnung.

An diesem Abend war es, als Heinrich Fellgrub an seinen Onkel geschrieben hatte, daß er das Londoner Klima nicht mehr vertrüge
und ihm der Nebel auf die Bronchien schlage.

*

Der Dienst auf der Station 3, dem festen Haus der Paralytiker und
Epileptiker, war hart und nicht immer gefahrlos.

Dr. Bernd Ebert, der seine Strafversetzung in die Station 3 überwunden hatte, machte sich in diesem umfangreichen Block im hintersten Winkel des Klinikparkes einen Namen, indem er rigoros
mit den Kranken umging.

»Erst habt ihr euch angesteckt, und jetzt wollt ihr auch noch mit
Glacéhandschuhen angefaßt werden, was?« schrie er die Paralyti-
ker an, wenn sie sich über ihre Behandlung beschwerten. »Man
sollte euer Gehirn einfach ausblasen! Los, Hose 'runter, bücken!
Schnauze halten!« Und dann jagte er die Injektionsnadel in den
Muskel, daß die Kranken aufheulten.

Die Angst vor Dr. Ebert wuchs im Block 3 zu einer Panik, wenn er
die immer wiederkehrenden Routine-Untersuchungen ansetzte
und Liquor aus dem Rückenmark saugte, um den Erfolg der Mala-
riakuren zu untersuchen.

Nach außen drang nichts von diesen Zuständen, selbst nicht bis zu
Professor von Maggfeldt und seinem Oberarzt. Nach Dienstschluß
saßen die Pfleger mit Dr. Ebert in dessen Zimmer und tranken. Ja,
er drückte sogar beide Augen zu, wenn die Pfleger ihre Mädchen
über die Mauer holten.

Dann geschah das Furchtbare.

Es war an einem Abend, und Dr. Ebert hatte sich einen Paralytiker
in den OP führen lassen, um ihn lumbal zu punktieren. Nackt stand
der Kranke vor dem Arzt, ein ausgemergelter Körper, mit gelbli-
cher, schweißiger Haut, in den Augen einen stieren Blick, mit dem
er die Handhabungen des Arztes verfolgte.

»Na, dann wollen wir mal!« sagte Dr. Ebert salopp. Er nahm von

135

dem Krankenpfleger die Spritze mit dem Lokalanästhesiemittel und hob sie gegen das Licht. »Wirst einen schönen Wassermann haben und eine herrliche Kolloid-Reaktion! Leg dich mal auf'n Bauch, alter Knabe, aber fang nicht an, zu phantasieren.«

Der Paralytiker grinste, aber er blieb stehen. Verblüfft sah ihn Dr. Ebert an. »Was soll das?« fragte er laut. »Willste 'ne Einladung haben?« Er wandte sich an den Pfleger. »Friedrich, lad' ihn mal ein.« Der Paralytiker grinste noch immer. Aber er ging zurück, stellte sich an die gekachelte Wand und preßte sein Gesäß dagegen. Dr. Ebert legte die Anästhesiespritze hin. Sein Gesicht wurde rot.

»Hat man so was schon gesehen?« brüllte er los. »Der Kerl wird renitent! Im OP! Los, Friedrich!«

Er ging auf den Kranken zu und faßte ihn am Kopf, mit einem Griff, der die Daumen in die Schläfen drückte. Der Paralytiker schrie auf, er duckte sich und riß seinen Schädel aus Dr. Eberts Händen. Mit einem Satz war er am Instrumentenschrank, zerschlug mit der Faust das Glas und ergriff eine lange, dünne, spitze Schere. Es geschah so schnell, daß Dr. Ebert erst das Klirren der Scheiben wahrnahm, als der Kranke schon die Schere in der Hand hielt.

»Herr Doktor!« schrie Friedrich und stürzte herbei. »Achtung!«

Es war zu spät. Mit einer verzweifelten Kraft hatte der Kranke zugestoßen. Die lange, spitze Schere fuhr Dr. Ebert unterhalb des Kinnes in den Hals, durchschnitt Kehlkopf, Speise- und Luftröhre und drang seitlich wieder heraus, dicht neben den Halswirbeln.

Mit einem ungeheuer erstaunten Blick starrte Dr. Ebert den Paralytiker an. Dann riß er seinen Mund auf, Blut strömte heraus, ein Gurgeln vermischte sich mit einem hellen Stöhnen. Dann sank Dr. Ebert um, in die Arme des Pflegers Friedrich, und verlor das Bewußtsein.

Der Paralytiker sah hinab auf den blutenden Arzt. Dann stieß er plötzlich einen hellen Schrei aus. Schließlich riß er die Tür auf und rannte nackt, wie er war, davon, durch das ganze Haus, brüllend und kreischend, die Pfleger, die ihn aufhalten wollten, mit seinen Fäusten wegschlagend.

»Er ist tot!« kreischte er. »Er ist tot! Tot! Tot!«

Mit einem Satz sprang der Paralytiker auf die Fensterbank, warf sich durch die Scheibe und flog mit ausgebreiteten Armen, wie ein Riesenvogel, durch die Luft. Er zerschellte unten vor Block 3 auf den Betonplatten, mit denen man die Einfahrt gepflastert hatte.

*

Professor von Maggfeldt und Dr. Pade operierten sofort. Sie erweiterten die Stichwunden, nähten die Schlagader und die Luftröhre, während Dr. Ebert an die Bluttransfusion angeschlossen war.

Das Wettrennen gewann der Tod. Unter den Händen Maggfeldts erlosch der Herzschlag.

»Furchtbar!« sagte er leise. »Es ist gar nicht abzusehen, was jetzt folgt! Man wird wieder über uns herfallen! Seht, die Irrenärzte! Keine genügende Aufsicht, kein genügender Schutz der Umwelt vor den Irren! Handelt die Psychiatrie leichtfertig?! Was geht in den Heilanstalten vor? Es hilft alles nichts, ich muß die Polizei und die Staatsanwaltschaft rufen.« Er seufzte noch einmal und verließ dann schnell den OP.

Dr. Pade sah seinem Chef nach. Für einen Augenblick mußte er an Gisela Peltzner denken. Sie war der Anlaß zur Versetzung Eberts nach Block 3 gewesen.

*

Mit Spannung erwartete Dr. Gerd Hartung das Eintreffen Ewald Peltzners in St. Tropez.

Monique hatte ihm berichtet, daß Papa kommen würde. Warum, das hatte sie nicht erwähnt. Ihr Gedanke, Hartung zu heiraten, war vorläufig nur ihr ureigenster Wunsch, von dem der schöne, kluge Mann keinerlei Ahnung hatte.

Dr. Hartung hatte ganz andere Gedanken. Er wußte, daß Peltzner ihn nicht kannte, schon gar nicht als Freund Dr. Buddes. Er würde also dem jungen Rechtsanwalt unbefangen gegenübertreten, völlig ahnungslos, welch unerbittlichen Feind er vor sich hatte.

Während Monique zum Bahnhofscafé unterwegs war, um ihren Vater dort, wie er gewünscht hatte, abzuholen, telefonierte Hartung noch schnell mit London. Dr. Budde war mißmutig. Seine Fell-grub-Aktion war ohne Erfolg. Wenn er gewußt hätte, daß Ewald Peltzner mit einem Abstecher nach St. Tropez auf dem Weg nach London war, hätte er anders reagiert.

»Träufle ihm Zyankali in den Wein!« schnaubte er Dr. Hartung an. Oder ersäuf ihn. Alles ist recht! Anders sprengen wir diesen Ring nicht auf. Du wirst sehen, auch du entlockst dem alten Gauner kein Wort, an dem man ihn aufhängen kann!«

»Abwarten!« Dr. Hartung war bester Laune. Er wäre es nicht gewe-sen, wenn er in diesem Augenblick die Worte Ewald Peltzners ge-hört hätte, als er auf die Terrasse des Bahnhofscafés auf Monique zukam. »Na, wo ist denn mein Schwiegersohn?«

»Ich werde den guten Ewald einwickeln wie eine saure Gurke in ei-nen Rollmops«, sagte Hartung fröhlich. »Außerdem wird mir Mo-niques Plappermündchen helfen!«

»Viel Vergnügen! Aber daß du Idiot auf einen solch leeren Karton wie Monique hereinfällst.«

Dr. Hartung legte auf. Unsachlichkeit liebte er nicht. Er setzte sich ans Fenster, rauchte eine Zigarre und wartete auf das Auftauchen des »leeren Kartons« nebst Papa Ewald Peltzner.

Er mußte lange warten. Bevor Peltzner sich bereit erklärte, den jun-gen Mann überhaupt anzusehen oder gar zu sprechen, verlangte er von Monique einige Aufklärungen.

»Was soll der Unsinn?« fragte er auf der Terrasse des Bahnhofsca-fés. »Du bist keine Frau, die so schnell heiratet.«

»Warum nicht, Papa?«

»Kannst du überhaupt einem Mann treu sein?«

»Was hat denn das mit der Ehe zu tun?« fragte Monique mit süßem Lächeln. Ewald Peltzner schob seinen Hut in den Nacken.

»Ehe heißt Vertrauen und Treue!« stellte er fest.

»Warst du Mama immer treu?« fragte Monique zurück.

»Laß diese dummen Fragen!« Peltzner schnaufte erregt. »Mir geht es darum, daß meine Tochter – wenn sie schon heiratet – einen anstän-digen Haushalt hat und daß sie vor allem reif ist, eine Ehe zu führen. Du bist es nicht! Und das werde ich diesem Dr. Hartung sagen!«

»Das wirst du nicht, Papa. Sonst erzähle ich, daß in der Pension Miramar ein molliges Fräulein auf dich wartet.«

»Man sollte dir eine 'runterhauen!« schnaubte Peltzner. »Was willst du also von mir? Soll ich den Jungen in meine Arme nehmen? Vielleicht heiratet er nur dein Geld!«

»Der nicht! Er hat nicht einmal gefragt, wer du bist. Das habe ich ihm alles von mir aus erzählt. Ihn interessierte das alles nicht!«

»Du hast dich ihm also angeboten wie saures Bier!« stöhnte Peltzner.

»Ich liebe ihn«, sagte Monique einfach. Es war der erste Satz, den Peltzner wirklich ernst nahm. Sie sagte es ohne Theatralik, daß er es ihr ohne Kommentar glaubte. Verwundert war er nur, daß Monique tatsächlich eines echten Gefühls fähig war. Er hatte es ihr nie zugetraut.

»Also gut, dann gehen wir. Sehen wir uns diesen Wunderknaben einmal an.«

»Da sind sie ja! » sagte Dr. Hartung laut zu sich selber. Monique kam mit ihrem Vater über die Straße auf sein Hotel zu. Er zerdrückte die glimmende Spitze seiner Zigarre, sah noch einmal in den Spiegel, strich sich mit angefeuchteten Fingerspitzen über die schwarzen Schläfenhaare und die Augenbrauen und begab sich dann hinunter in die Hotelhalle.

Zwei Welten traten sich gegenüber.

11

»Das ist er, Papa!« sagte Monique mit glänzenden Augen, als Dr. Hartung ihnen langsam entgegenging. Ewald Peltzner kniff seine in den dicken Fettpolstern liegenden Augen etwas zu und musterte den schlanken jungen Mann, der mit breitem Lächeln stehenblieb und ihnen zunickte.

Ein wenig zu sicher, dachte Peltzner. Aber vielleicht ist die heutige Generation so.

»Das ist er!« sagte Monique noch einmal.

Ewald Peltzner streckte Dr. Hartung die Hand entgegen. Der Rechtsanwalt ergriff sie, eine feuchte, schwammige Fleischmasse, die er nach Überwindung eines plötzlichen Ekelgefühls schnell drückte, um dann seine Finger ebenso schnell aus der Umklammerung herauszuziehen.

»Setzen wir uns«, sagte Ewald Peltzner jovial. Er ließ sich in einen der breiten Sessel fallen, schlug die Beine übereinander und sah zu Dr. Hartung hinauf, der neben Monique stehengeblieben war. »Sie wollen also meine Tochter heiraten?« fragte er unvermittelt.

»Aber Papa!« sagte Monique. Sogar rot wurde sie.

»Wenn Sie mich so direkt fragen, Herr Peltzner, muß ich sagen: Daran gedacht habe ich schon, aber wenn ich auch ein moderner, schneller Mensch bin, so ziehe ich in punkto Ehe doch ein altmodisches Tempo vor.«

»Alle Achtung!« Peltzner sah schadenfroh auf seine Tochter. »Ich habe zuerst gedacht, Sie hätten es auf meine Millionen abgesehen, Herr Dr. Hartung.«

»Ich gebe zu, daß viel Geld verlockend ist. Aber es ist bei mir nicht ausschlaggebend.«

»Ist er nicht ein fabelhafter Mann?« rief Monique.

»Wie man's nimmt. Ich würde sagen – seien Sie nicht beleidigt, Herr Doktor –, er kann auch ein Idiot sein! Wenn man mir vor fünfundzwanzig Jahren eine Millionärin angeboten hätte, würde ich nicht einen Gedanken lang gezögert haben.« Er winkte dem in einiger Entfernung stehenden Kellner zu, bestellte drei Whiskys mit Eis und sah dann wieder zu Dr. Hartung auf. »Sie sind also von der Sorte, die das Geld verachtet?«

»Wir verstehen uns falsch, Herr Peltzner.« Dr. Hartung setzte sich und beugte sich vor. »Ich bin so altmodisch, die Liebe an den Anfang zu stellen.«

»Ist er nicht süß, Papa?« sagte Monique. Sie setzte sich auf die Sessellehne, legte den Kopf auf Hartungs Haare und küßte ihn auf die Schläfe. Peltzner sah sich um. Man beachtete sie nicht. Anscheinend war man so etwas hier gewöhnt.

»Und Sie lieben meine Tochter?«

»Den Umständen entsprechend – ja!« sagte Hartung vorsichtig.
Ewald Peltzner hob die Augenbrauen.

»Was soll das heißen?« fragte er grob.

»Ich kenne Ihre Tochter erst wenige Tage. Ich glaube, daß Monique
und ich uns erst näher kennenlernen sollten, ehe wir sagen: Wir
bleiben für immer zusammen. Vielleicht mag sie mich in sechs Wochen gar nicht mehr.«

»Ist er nicht klug, Papa?« sagte Monique und küßte Hartung hinters
Ohr. »Laß dies Getue, Monika!« polterte Peltzner.

»Ich bin der Ansicht, eine Heirat sollte nicht einer lebenslänglichen
Einweisung in ein Irrenhaus gleichkommen!« sagte Dr. Hartung.
Ewald Peltzner fuhr zusammen, als habe ihn jemand mit aller
Wucht in den Rücken geboxt. Nur eine Sekunde war es, ein Überrumpelungsschock, den er sofort auffing.

»Wie meinen Sie das?« fragte er ruhig. Aber seine Rattenaugen lauerten. »Eine Redensart!« sagte Hartung leichthin und klopfte Monique auf die Schenkel.

»Seien wir froh, daß wir gesund sind!« sagte Peltzner laut. Er lächelte mühsam.

»Sie sind Rechtsanwalt?«

»Ja.«

»Große Praxis?«

»Zwei Zimmer, die immer leer sind.«

Peltzner lachte. Gut, dachte er dabei. Sehr gut. Ein armer, aber begabter Anwalt. Er wird froh sein, Geld in die Hände zu kriegen, er
wird wie Wachs sein, ich werde ihn mir mühelos zurechtkneten
können.

»Wie lange dauert Ihr Urlaub, Herr Doktor?«

»Ich bin immer in Urlaub.«

»Und wovon leben Sie?«

»Von Gelegenheitsarbeit. Die Ehescheidung einer reichen Frau
bringt genug, für einige Monate.«

»Können Sie in vierzehn Tagen zu mir kommen?«

»Zu jeder Zeit, Herr Peltzner.«

»Ich brauche einige private Ratschläge.« Peltzner richtete sich auf und versuchte, die Brust vorzurecken, »Wenn wir uns – wie soll ich sagen – menschlich auf dieser Basis näherkommen, bin ich bereit, Moniques Wunsch anzuhören.«

»Papa, du bist bezaubernd!« rief Monique.

Dr. Hartung nickte. So kauft man Menschen, dachte er.

Peltzner erhob sich. Er streckte Hartung wieder die Hand entgegen.

»Wir leben in einer sonderbaren Zeit!« sagte er, als Hartung wieder schnell seine Finger aus Peltzners Hand zog.

»Das kann man wohl sagen«, entgegnete Hartung.

Er sah Monique und ihrem Vater nach, wie sie die Hotelhalle verließen.

In London stand Heinrich Fellgrub an der Sperre des Flughafenzolls, als Ewald Peltzner, ein wenig blaß von einem windigen Flug, durch die Kontrolle schritt. Er ging seinem Onkel entgegen und nahm ihm die Reisetasche ab.

»Du siehst schlecht aus!« sagte Peltzner.

Er lachte, um die Kluft zu überbrücken, die er deutlich zwischen sich und seinem Neffen spürte.

»Ich freue mich, daß du gekommen bist, Onkel Ewald.» Heinrich Fellgrub ging mit Ewald Peltzner aus dem Flughafengebäude hinaus zu dem Wagen, der auf dem Parkplatz stand. »Dieses Klima hier …«

»Es wird nicht besser, wenn ich da bin! Nimmt es dich so mit?« sagte Peltzner.

»Furchtbar! Du weißt nicht, was ich in den letzten Tagen … Heinrich Fellgrub brach ab. Er wurde noch blasser als zuvor! Ewald Peltzner folgte seinem Blick.

Auf der anderen Seite des Parkplatzes fuhr ein Taxi aus der Reihe der abgestellten Wagen und schwenkte auf die Straße ein. Der Fahrgast auf dem hinteren Sitz sah aus dem Fenster zu Ewald Peltzner herüber, den diese Begegnung zwar nicht erschrecken, aber doch erstarren ließ. Nur ein paar Sekunden kreuzten sich beider Blicke. Dann fuhr das Taxi schnell davon, nach London hinein.

»War das nicht Dr. Budde?» fragte Peltzner. »Ist das deine schlechtverträgliche Luft, Heinrich?«

»Ich habe dir einiges zu erzählen, Onkel.«

In Peltzner wurde es kalt, als habe er stundenlang im Eiswind gestanden.

»Was hast du ihm erzählt?« fragte er leise.

»Nichts, Onkel. Gar nichts!« beeilte sich Heinrich Fellgrub zu beteuern.

»Wo wohnt er?«

»Ich weiß es nicht. Plötzlich ist er da, überall, auf der Straße, vor dem Büro, im Klub, im Lunchlokal, sogar in meiner Wohnung, mit einem Dietrich.«

»Und hast du nicht die Polizei gerufen?«

»Wie kann ich das? Er drohte mir, daß ...«

»Idiot!« Peltzner schloß die Tür, ging um den Wagen herum und setzte sich neben Fellgrub. »Fahr nach Hause!«

»Ich habe dir damals schon gesagt, daß ich nicht die Nerven habe, das durchzustehen. Was ihr mit Gisela getan habt, ist ...«

»Fahr schon!« schrie Peltzner. »Ich will von dir keine Predigt hören! Die Millionen hast du angenommen.«

»Nur Mutter zuliebe!«

»Was redest du für einen bodenlosen Quatsch? Du weißt genau, daß wir alle straffällig werden, wenn jemals die Wahrheit an den Tag kommt!«

»Man kann keinen Gesunden zeit seines Lebens unter unheilbaren Irren leben lassen!« schrie Fellgrub zurück.

»Man kann! Ich werde es beweisen!«

Er schwieg, weil Fellgrub bremste und Peltzners Kopf dumpf gegen die Windschutzscheibe stieß.

»Du ... du willst wirklich, daß Gisela den Verstand verliert«, stotterte Heinrich Fellgrub.

»Weißt du etwas Besseres?«

»Das kann ich nicht mehr mitmachen«, stöhnte Fellgrub auf.

»Ich glaube nicht, daß du mit deiner jammervollen Konstitution einige Jahre Zuchthaus überleben wirst. Von deiner Mutter ganz zu schweigen. Sie wird dich übrigens lieber in die Wüste schicken, als sich von der Villa und ihrem strammen Butler zu trennen!«

»Was für einen Butler denn?«

»Du weißt es nicht? Schwester Anna, deine Mutter, hat sich als neues Mitglied der oberen Zehntausend einen Geliebten zugelegt. Einen widerlichen Burschen, den sie aushält.»

Heinrich Fellgrub drehte sich auf seinem Sitz zur Seite, sah seinen Onkel stumm an und hieb ihm dann mit der Faust mitten ins Gesicht. Nur einmal, aber Ewald Peltzner sank zurück. Blut schoß aus den Nasenlöchern und floß über Hemd, Krawatte und Anzug.

Fellgrub hob erneut die Faust, um zuzuschlagen, falls sich Peltzner wehren sollte. Aber er tat es nicht. Er sah seinen Neffen aus aufgerissenen Augen an, als begriffe er nicht.

»Nimm dein Taschentuch und leg es drauf!« sagte Fellgrub. »Du kannst mich verunglimpfen, aber Mutter laß in Ruhe!«

Wortlos gehorchte Ewald Peltzner. Fellgrub fuhr wieder an. Sie machten einen Umweg vom Flugplatz und fuhren durch weniger belebte Straßen zu Heinrichs Wohnung.

Dort säuberte sich Peltzner im Bad, ging stumm an seinem Neffen vorbei ins Schlafzimmer und legte sich ins Bett.

Nebenan, im Wohnzimmer, saß Heinrich Fellgrub am Fenster und blickte abwesend auf die nächtliche Straße hinunter.

Ein Ruf schreckte ihn auf. Er kam von Ewald Peltzner im Schlafzimmer. Heinrich Fellgrub stand auf und ging zur Tür. Sein Onkel saß im Bett, das Taschentuch noch vor der Nase.

»Du fliegst morgen nach Deutschland zurück!« sagte er. »Ich bleibe, bis ich diesen Budde gesprochen habe. Ich nehme an, er wird sich bald wieder blicken lassen.»

»Bestimmt.«

»Also pack die Koffer, das Nötigste nur, das andere schicke ich dir nach!«

»Ich danke dir, Onkel.» Fellgrub biß sich auf die Unterlippe. »Und verzeih mit. Ich kann es nicht ertragen, wenn man Mutter …«

Peltzner legte sich zurück und drehte Fellgrub den Rücken zu. Leise schloß dieser die Tür und stand mit gesenktem Kopf im dunklen Zimmer.

*

Der rätselhafte Nervenschock Gisela Peltzners klang nur langsam ab. Professor von Maggfeldt und Oberarzt Dr. Fade hatten das gesamte Personal des Pavillons verhört. Weder Schwestern noch Pflegerinnen konnten sich den Zusammenbruch erklären.

Sie war sofort wieder in ein Einzelzimmer verlegt worden, weg von ihren beiden Pavillongenossinnen, der religiös Wahnsinnigen Monika Durrmar und der Zwangsneurotikerin Else Pulaczek.

Frau Paulis wurde entlassen.

Noch einmal untersuchte Maggfeldt sie. Sie hatte dreißig Pfund zugenommen, zeigte normale Reflexe, unterhielt sich fließend und zeigte keinerlei krankhafte Erregung mehr.

»Mir geht es so wie Tausenden von Müttern«, sagte Frau Paulis nur und senkte den Kopf. »Sie haben ihre Söhne dem Krieg geopfert, und sie müssen es begreifen, daß er nicht wiederkommt, auch wenn es unmöglich ist, das zu begreifen. – Habe ich mich sehr schlecht benommen, hier bei Ihnen, Herr Professor?«

»Aber nein, Sie waren meine liebste Patientin.«

»Das sagen Sie allen, was?«

»Nein. Nur Ihnen.«

Später sah er vom Fenster seines Privatzimmers zu, wie Frau Paulis aus der Klinik abgeholt wurde. Eine Schwester und deren Mann waren mit ihrem Wagen gekommen. Sie umarmten Frau Paulis lachend, obwohl ihnen die Tränen in den Augen standen. Ludwig stand ruhig dabei. Sein mächtiger Kopf hing auf den Boden. Erst als Frau Paulis in den Wagen stieg, sprang er hinterher.

Geheilt? dachte Maggfeldt. Oder nur gebessert? Werden wir Frau Paulis hier wiedersehen?

Er trat vom Fenster zurück und knöpfte seinen Arztkittel zu. Visite. Große Visite in allen Stationen.

Zimmer 12. Gisela Peltzner.

Seit drei Tagen weinte sie. Fast ununterbrochen. Man hatte ihr in vorsichtigen Dosen ein Antidepressiva gegeben, 100 Milligramm Tofranil.

Maggfeldt trat schnell ein, ohne anzuklopfen. Gisela saß im Bett und schrieb. Als sie den Professor sah, versteckte sie den Bogen Papier schnell unter der Decke und legte sich zurück. Maggfeldt schloß die Tür.

»Guten Tag«, sagte er freundlich und setzte sich zu Gisela aufs Bett. Sie hatte ihre langen blonden Haare aufgesteckt. So sah ihr Gesicht strenger aus, älter und verschlossener.

»Sie haben geschrieben?« fragte er und sah auf die Bettdecke, unter der der Bogen Papier verborgen lag.

»Nein.«

Die Blicke Giselas und Maggfeldts trafen sich.

»Kann ich einmal den Zettel sehen?« fragte er.

»Nein.« Giselas Augen waren hart. »Sie haben kein Recht mehr, mich zu fragen, mich um etwas zu bitten, mir mit schönen Worten zu erklären, daß ich gesund sei, aber nur zu meiner Beruhigung hier lebe. Sie sind ein Mensch wie mein Onkel! Sie halten mich als Gesunde in einer Irrenanstalt gefangen. Ich will einen Anwalt sprechen.«

Professor von Maggfeldt nickte. »Ihren Dr. Budde?«

»Nein. Nicht ihn! « Über Giselas Gesicht flog ein wildes Zucken. Plötzlich warf sie den Kopf zurück in die Kissen, sie verkrampfte die Finger in die Federn, und dann weinte sie wieder, haltlos, untröstbar, nicht mehr ansprechbar.

Der Professor verließ das Zimmer. Auf dem Flur trat Oberarzt Dr. Pade auf ihn zu. Maggfeldt nahm ihn zur Seite.

»Übermorgen versuchen wir, sie aus ihrer Verkrampfung zu lösen. Ich möchte sie noch nicht schocken. Was halten Sie von einer großen Schlafkur?«

Dr. Pade hob die Schultem. »Sie kann nicht schaden.«

Maggfeldt sah auf die geschlossene Tür des Zimmers ja.

Dr. Pade nahm das Visitenbuch und drückte die Mine seines Kugelschreibers heraus.

Peltzner, schrieb er, Dauerschlaf. Morgen Vorbereitung mit hohen Einläufen, leichten Speisen lt. Plan, Herz- und Kreislaufüberwachung, unterstützende Indikationen.

Gegen Abend, als Gisela, erschöpft vom Weinen, eingeschlafen war, hob die Stationsschwester die Bettdecke hoch und zog unter Gise-

146

las Körper vorsichtig den zerknüllten Zettel hervor. Maggfeldt, der draußen im Flur stand, glättete das Papier auf der Fensterbank und ging dann mit dem Zettel unter das Flurlicht.

Nur drei Zeilen waren es.

»Ich liebe Dich doch. Warum liebst Du mich nicht mehr, warum hast Du mich verlassen?«

Nachdenklich steckte Maggfeldt den Zettel ein und ging zu seinem Oberarzt.

»Wo wohnt dieser Dr. Budde eigentlich, der angebliche Verlobte Fräulein Peltzners?«

»Ich weiß nicht, Herr Professor.«

»Stellen Sie das bitte fest, Pade. Es könnte vielleicht wichtig werden.«

13

Vier Tage wartete Ewald Peltzner in London auf den Besuch Dr. Buddes in Fellgrubs Wohnung.

Er wußte nicht, daß Budde nach Calais gefahren war, um dort seinen Freund Dr. Hartung zu treffen, der von Cannes aus an die Atlantikküste geflogen kam. Das Telegramm, das Budde erhalten hatte, war so unverständlich, daß er Dr. Hartung – wiederum mit Telegramm – nach Calais beordert hatte.

Die Depeschen lauteten:

»*Schwiegervater Ewald auf dem Weg nach London + Werde in seine Firma eintreten + Gerd +* «

Und Budde antwortete:

»*Sofort nach Calais kommen + Verstehe nichts + Hotel Dover + Ist denn alles idiotisch + Klaus +* «

Endlich, am fünften Tag des Wartens, als Ewald Peltzner sich entschlossen hatte, abzureisen, schellte es an der Wohnungstür.

Mit einem forschen Ruck öffnete er die Tür. Im Treppenhaus stand Dr. Budde.

»Ich habe Sie erwartet!« sagte Peltzner.

»Ich weiß.« Dr. Budde ging an ihm vorbei in das Wohnzimmer. »Im voraus eins: Es wäre eine Illusion, wenn Sie annähmen, ich käme heimlich zu Ihnen. Wenn ich mich in einer Stunde nicht bei der Polizeiwache dieses Reviers melde, wird der Konstabler Sie verhaften. Es hat also keinen Sinn, sich bei unserer kommenden Aussprache auf Ihre Pistole zu verlassen.«

Ewald Peltzner ging auf diesen Ton seines Besuches nicht ein. Er schloß hinter Dr. Budde die Tür des Wohnzimmers und setzte sich auf die Couch. Erst dann, begleitet von einem Kopfschütteln, antwortete er. Er war sehr sicher.

»Was soll das eigentlich, Dr. Budde?« fragte er. »Sie kommen nach London, wollen meinen Neffen weich kneten und benehmen sich wie in einem Wallace-Roman. Das ist doch kindisch, sehen Sie das nicht ein? Was wollen Sie eigentlich erfahren? Daß Gisela nicht gemütskrank ist? Das dürfte schwerfallen. Sie sind Laie, wie wollen Sie das beurteilen?«

»Lassen wir dieses widerliche Spiel, Herr Peltzner.« Dr. Budde blieb am Fenster stehen. »Ich weiß, daß Sie Gisela für irre erklären ließen, um an das große Erbe Ihres Bruders heranzukommen. Sie mußten das Geld haben, denn das Wasser stand Ihnen bis zum Hals! Spielschulden, Geliebte mit eigenen Appartements, Schiebungen, Fehlspekulationen an ausländischen Banken, das alles machte einen Betrag aus, der nur mit dem Erbe zu decken war!«

»Sie phantasieren!« Ewald Peltzner rauchte eine Zigarre an und blies das Streichholz aus. »Niemand nimmt Ihnen das ab!«

»Noch nicht! Aber Sie wissen, daß ich die Zahlen in der Hand habe. Sie kennen genau den Safe, in dem ich das dünne Aktenstück verwahrte.«

»Sie können diese Zahlen nie belegen. Man wird Sie auslachen. Ich habe keinen Prüfer zu fürchten.«

»Nun nicht mehr. Das Erbe war fett genug, alle Differenzen auszugleichen.«

»Was wollen Sie denn eigentlich?«

»Ich will, daß Gisela aus der Irrenanstalt herauskommt. Sie haben an ihr ein hundsgemeines Verbrechen begangen.«

»Man sollte Sie dazusperren, Dr. Budde. Wie können Sie mich für den labilen Seelenzustand meiner Nichte verantwortlich machen? Lächerlich!

Drei Ärzte haben bescheinigt, daß …«

»Man kann einen Menschen zum Geisteskranken stempeln.«

»Sagen Sie das mal laut den Medizinern!«

»Gisela wäre nicht der erste Fall. Ich kann Ihnen aus der medizinischen und kriminologischen Literatur genug Fälle von völlig Gesunden anführen, die jahrelang in Irrenhäusern festgehalten wurden, verbrecherisch oder fahrlässig. – Das ist also kein Argument, Herr Peltzner !«

Peltzner nahm seine Zigarre in die andere Hand, griff in die Rocktasche und legte eine Pistole auf den Tisch. Dr. Budde blieb stehen.

»Das war gut«, sagte Ewald Peltzner ruhig. »Noch zwei Schritte weiter, und ich hätte geschossen. So, nun reden Sie weiter.«

»Ich hatte Ihren Neffen fast so weit, daß er die Nerven verlor! Nur einen Zeugen brauche ich, und Ihr kunstvolles Gebäude aus Schmutz und Gemeinheit bricht zusammen.«

»Ich weiß. Neffe Heinrich ist weg aus London!«

»Ich werde ihm nachreisen.«

»Das dürfte Ihre Finanzen übersteigen. Ich schicke ihn nach Tokio oder Singapur oder Sydney zu Geschäftsfreunden. Um ihn zu suchen, müßten Sie außerdem Gisela allein lassen. Und das tun Sie nie!«

»Sie sind ein Verbrecher!« sagte Dr. Budde leise.

»Nein. Ich habe Geld! Und wer Geld hat, kann bis zu einem gewissen Grade bestimmen. Das war schon immer so.«

»Nicht alles Geld der Welt könnte mich zurückhalten, das Verbrechen an Gisela aufzudecken.«

»Das ist Ihr Privatvergnügen.« Ewald Peltzner erhob sich, nahm die Pistole in die Hand und deutete zur Zimmertür hin. »Ich habe mir eben überlegt, daß ich noch in einen Klub gehen möchte. Verschwinden Sie also, zumal Ihr Gewäsch fade zu werden beginnt!«

»Sie fühlen sich wohl sehr sicher!«

»Diese Feststellung ist die einzige, der ich zustimmen kann.«
Dr. Budde ging zur Tür. Bevor er den Raum verließ, drehte er sich noch einmal um.

»Noch eins, Herr Peltzner«, sagte Budde laut. »Ein zweiter schwacher Punkt ist Ihre Tochter Monique. Ich würde auch sie einsperren.«
Dr. Budde wandte sich ab und verließ die Wohnung. Er war zufrieden. Peltzner vertraute Dr. Hartung. Gut, sehr gut.

*

Es klingelte ziemlich heftig an der großen, gläsernen Außentür, und der Butler René ging gemessenen Schrittes durch die große Diele, um nachzusehen, wer der Flegel sei.

Anna Fellgrub hatte gerade gebadet, lag in ihrem Schlafzimmer auf einem vorgewärmten Bett, ließ sich von einer Masseuse massieren und hatte das Gesicht mit frischen Gurkenscheiben und einer hautstraffenden Paste belegt. Seit René im Haus war, legte sie Wert auf eine verjüngende Kosmetik.

René, der Butler, öffnete die Glastür und sah einen Mann unter dem Vordach stehen. Er war ein wenig älter als er selbst, vielleicht nur zwei Jahre, und dieser Mann sah mit einem langen Blick von den Schuhspitzen bis zum Haaransatz den Butler René an.

»Bitte?« fragte René steif. »Sind Sie angemeldet? Mir ist nichts bekannt.«

»Es wäre gut, wenn Sie mich hereinließen!« sagte Heinrich Fellgrub laut.

René, der Butler, musterte den Mann vor der Tür mit hochmütig hochgezogenen Augenbrauen.

»Wer sind Sie?« fragte er.

»Das werden Sie gleich sehen, wenn Sie durch die Glastür fliegen.«
Das schöne, gepflegte südländische Gesicht Renés wurde ernst und kantig. Er trat einen Schritt zurück und wollte die Glastür wieder zuwerfen. Aber Heinrich Fellgrub stellte den Fuß dazwischen und riß ihm den Türflügel aus der Hand. Gleichzeitig drückte er René in die Diele und hieb ihn mit der Faust auf die Hand, als der ihn anfassen wollte.

150

»Sie ziehen den Rock aus, packen Ihre Koffer und sind in einer Stunde aus dem Haus!« brüllte er. »Ich bin Heinrich Fellgrub, wissen Sie es jetzt?«

»Der junge Herr!« René verzog sein Gesicht zu einem fast spöttischen Lächeln. Dabei verneigte er sich formvollendet und streckte die Arme aus. »Darf ich dem Herrn den Mantel abnehmen? Ich werde Ihrer Frau Mutter gleich melden, daß ... Heinrich Fellgrub sah auf seine Armbanduhr. »Es ist jetzt 10 Uhr 24. Um 11 Uhr 30 haben Sie das Haus verlassen, oder ich befördere Sie eigenhändig hinaus. Haben Sie mich verstanden?«

»Verstanden schon. Aber es ist schwer, es zu begreifen. Ihre Frau Mutter hat mich angestellt, mit einem rechtsgültigen Vertrag. Ich habe immer meine Arbeit getan, nach besten Kräften.«

»Davon bin ich überzeugt!« sagte Heinrich Fellgrub.

»Es ist kein Anlaß, mich so zu behandeln.«

»Sie können klagen, Sie können machen, was Sie wollen. Sogar ein Jahresgehalt werfe ich Ihnen nach, wenn Sie nur verschwinden. Und zwar sofort!«

»Das muß ja wohl erst mit der gnädigen Frau besprochen werden.«

»Auch das! Packen Sie. Alles andere überlassen Sie mir.«

Er schob René zur Seite, als er in die große Wohnhalle ging.

Im Schlafzimmer hatte sich Anna aufgesetzt. Die Gurkenscheiben waren heruntergefallen, die hartgewordene Paste verlieh ihrem Gesicht einen maskenhaften Ausdruck. Sie hielt ein großes Badetuch an ihren nackten Körper gepreßt und starrte René an, der devot an der Tür stand.

»Mein Sohn ist gekommen?« sagte sie, und es klang durchaus nicht freudig. »Aber er hat sich doch gar nicht angemeldet.«

»Er ist sehr aktiv, gnädige Frau. Er hat mich schon fristlos entlassen.«

»Was hat mein Sohn?« fragte Anna Fellgrub.

»In einer Stunde soll ich das Haus verlassen haben.«

»Aber was ist denn in ihn gefahren! Sagen Sie ihm, lieber René, daß ich sofort komme. Es muß ein Irrtum sein, ein Mißverständnis.«

Der Butler René verbeugte sich. Anna Fellgrub ließ sich die Paste entfernen und duschte schnell, bevor sie in einen Hausanzug stieg, der einer Zwanzigjährigen entzückend gestanden hätte. Ihr, Anna Fellgrub, war er etwas zu eng und klebte vor allem zu eng am Körper. In diesem Aufzug rannte sie hinüber in die Wohnhalle, wo Heinrich unruhig hin und her ging.

Er blieb stehen, starrte seine Mutter an, die lila gefärbten Haare, das bemalte Gesicht, die manierierten Bewegungen, mit denen sie auf ihn zuging, und er wich zurück und sagte laut:

»Pfui Teufel!«

»Heinrich!« schrie Anna Fellgrub auf.

»Mutter? Sieh dich im Spiegel an.«

»Ist das deine Begrüßung nach so langer Trennung?«

»Wer ist dieser widerliche Bursche da draußen?«

»René, der Butler.«

»Entlaß ihn!«

»Warum?«

»Weil ich es will.«

»Hier in diesem Haus gilt mein Wille!« Anna Fellgrub warf den Kopf in den Nacken.

»Es ist ekelhaft, zuzusehen und zuzuhören, wie du dich benimmst! Wenn das Vater sehen könnte.«

»Dein Vater!« Anna Fellgrub schob die Unterlippe vor, wie ein Lama, das spucken will. »Er war die Karikatur eines Mannes!«

»Mutter!« Heinrich ballte die Fäuste. »Deine Schamlosigkeit wird unerträglich! Was hat dieser Kerl aus dir gemacht.«

»Ich trenne mich nicht von René!« sagte Anna Fellgrub trotzig wie ein Kind.

»Dann gehe ich!«

»René bleibt!« schrie Anna schrill.

»Gut!« Heinrich Fellgrub sah seine Mutter eiskalt an. »Man sollte auch dich entmündigen«, sagte er leise.

Über Annas Gesicht zog eine fahle Blässe.

»Das wagst du nicht. Du nicht und Ewald auch nicht! Ich werde die Wahrheit hinausschreien!«

»Die Wahrheit einer Irren, wer glaubt sie?«

»Ich werde euch alle vernichten!« schrie Anna.

Die Tür zur Eingangshalle öffnete sich. René, der Butler, stand im Rahmen.

»Hast du mich gerufen, Liebling?« fragte er.

Heinrich Fellgrub biß die Zähne zusammen. »Nein!« sagte er langsam. »Aber der Liebling wird noch daran denken!« Heinrich machte Anstalten, sich auf René zu stürzen.

»René ! « rief Anna Fellgrub warnend. Und dann außer sich, zu Heinrich gewandt: »Du Scheusal! Du gemeiner Kerl! Ich will dich nicht mehr sehen!«

Heinrich Fellgrub hielt inne, sah seine Mutter noch einmal an. Danach drehte er sich um und verließ schnell das Zimmer und das Haus.

Mit einem Aufschrei rannte Anna zu René, der tief gekränkt ans Fenster getreten war, sie umfing ihn und versuchte, seinen Kopf an ihre Brust zu drücken.

René drehte sich um und sch ob Annas streichelnde Hand brüsk zur Seite. »Das kostet was!« sagte er dumpf. »Habe ich das nötig? Das kostet was. Ein vernünftiges Testament von dir will ich sehen, oder du kannst abends nach mir klingeln, bis du schwarz wirst«

*

In St. Tropez lagen Dr. Gerd Hartung und Monique faul und zufrieden in ihren Liegestühlen unter breiten, bunten Sonnenschirmen, als Ewald Peltzner durch die Liegereihen stampfte und sich vor ihnen aufbaute.

»Papa!« jubelte Monique. Sie sprang auf, fiel ihm um den Hals, küßte ihn und zog ihn auf ihren Stuhl neben Hartung. Peltzner winkte ab, als Dr. Hartung sich erheben wollte, und legte seinen Strohhut auf den steinigen Strand.

»Bleiben Sie bequem«, sagte er jovial. »Ich habe mit Ihnen zu sprechen.«

»Wo kommst du denn plötzlich her, Papa?« rief Monique. »Ich denke…«

»Sie denkt!« Peltzner winkte ab, als Monique weitersprechen wollte. »Wir haben unter Männern zu sprechen. Weißt du was, schwimm ein bißchen.«

Monique verzog den schönen Mund. »Wir waren erst vor kurzem im Wasser.«

»Dann schwimmst du eben noch einmal.«

»Ich habe keine Lust, Paps.«

Peltzner seufzte. »Sie sehen, Doktor, Ihre Braut hat einen Dickkopf.« Peltzner hob die Hand und winkte Monique zu. »Geh schwimmen, Kanaille!« lachte er. »Ich kaufe dir auch das weiße Seidenkostüm bei ›Corinna‹.«

»Wirklich? Du bist süß, Papa!« Sie machte einen übermütigen Luftsprung und rannte hinunter zum Meer. Dr. Hartung sah ihr nach. Peltzner stubste ihn in die Seite.

»Reißen Sie sich los von Ihrer verliebt-melancholischen Betrachtung, lieber Doktor! Als Ihre Frau werden Sie Monique noch ausgiebig ansehen können, bis es Ihnen zuviel wird.« Er wehrte lachend ab, als Hartung widersprechen wollte, und beugte sich zu ihm vor. »Ich komme aus London. Mein Neffe, der die dortige Filiale leitete, ist ein sehr labiler Mensch. Ich habe ihn weggenommen und werde ihn nach Tokio schicken.«

»Tokio?« Dr. Hartung ließ sich nicht anmerken, daß Budde bereits telegrafiert hatte, am selben Abend noch, nachdem er Peltzner verlassen hatte. »Das riecht nach Verbannung, Herr Peltzner.«

»In gewissem Maße ist es auch so! Der Junge ist zu weich. Wer heute vorankommen will, muß stahlhart sein.«

»Diamanthart«, sagte Hartung. »Das ist noch härter.«

Peltzner sah ihn einen Augenblick groß an. Er war sich nicht schlüssig, ob Hartung ihn aufzog oder es ernst meinte.

»Wie hart sind Sie, Doktor?«

Hartung sah auf seine Hände. »Mir fällt kein Vergleich ein. Ein Diamant wäre weich dagegen.«

»Ich habe Vertrauen zu ihnen. Ich wollte erst in Deutschland, bei mir, bei einer guten Flasche, mit Ihnen darüber reden. Kennen Sie die Tragik meiner Nichte?«

»In groben Zügen. Monique hat sie mir erzählt«

154

Peltzner schloß die Augen. Weiber, dachte er erbittert. Reden ist ihre Seligkeit.

»Was hat Ihnen Monique erzählt?« fragte er leichthin.

»Nichts Genaues. Ihre Cousine soll schizophren sein und in eine Anstalt gebracht worden sein. Sie bedauert sie sehr. Ganz plötzlich soll es gekommen sein.«

»So ist's. Drei Fachgutachten lassen gar keinen Zweifel über die Schwere und Aussichtslosigkeit ihrer Erkrankung. Es ist furchtbar. Ein hübsches Mädel, Doktor. Aber der Tod ihres Vaters, meines Bruders, muß der äußere Anlaß gewesen sein. Durch diese tragische Verwicklung bin ich nun gezwungen worden, sie entmündigen zu lassen und das Erbe meines Bruders, das ihr als Alleinerbin zufiel, zu verwalten.«

»Eine große Last!« sagte Dr. Hartung.

»Ja und nein. Um dieses Erbe zu verwalten und richtig anzulegen, zu vermehren vor allem, brauche ich einen guten Mitarbeiter, einen versierten Juristen, der sich im Labyrinth der Paragraphen auskennt! Schließlich soll ja einmal Monique alles von mir bekommen. Und wen nähme ich da nicht lieber zu mir als Mitarbeiter als meinen zukünftigen Schwiegersohn?«

Dr. Hartung nickte mehrmals. »Um es ganz klar zu sagen, lieber zukünftiger Schwiegervater: Man braucht einen mit dem Teufel im Bunde stehenden Juristen, um viele Dinge zu verdecken, die man normal nicht wagen würde.«

»Sie begreifen schnell, Doktor – fast zu schnell.«

»Ich habe eine Nase wie ein Dackel, wenn ich Geld wittere. Und hier riecht man es meilenweit.«

»Ich würde Sie mit zehn Prozent am Mehrerlös unserer Transaktionen beteiligen.«

»Darüber müßten wir bei Ihnen genau sprechen.«

»Kennen Sie einen Dr. Budde?«

»Nein.«

»Er ist … er war der angebliche Verlobte meiner unglücklichen Nichte. Auch das war wieder so etwas, was sie in einem schizophrenen Anfall getan hat. Sich verloben mit einem völlig unscheinbaren, ungebildeten und dummen Kerl. Außerdem macht er jetzt Schwierigkeiten.«

»Inwiefern?«

»Er will beweisen, daß Gisela nicht krank ist, sondern als Gesunde unter Irren lebt. Ich soll …«

Dr. Hartung winkte ab. Ganz glatt kam ihm von den Lippen, was er sagte.

»Das ist doch absurd! Der Mann will Geld, das ist alles!«

»Genau das will er nicht. Er ist ein Idealist!«

»Das sind die schlimmsten. Wenn Sie mir die Vollmacht geben, mit ihm zu sprechen. Er wird Geld nehmen. Es kommt nur auf die Summe an.«

»Ich habe es nicht erreicht!«

»Verlassen Sie sich darauf, den kauf" ich mir.«

Peltzner schüttelte den Kopf. »Wer Sie reden hört, könnte den Eindruck gewinnen, daß es für Sie kein Unmöglich gibt. Aber gut! Ich schlage in eine Wette ein: Wenn es Ihnen gelingt, mit einem Geldbetrag diesen Budde zum Schweigen zu bringen, nehme ich Sie als Teilhaber in die Firma!«

»Danke«, sagte Hartung glatt.

»… Vielleicht, weil ich spüre, daß Sie der richtige Mann für mich sind! Ich verlasse mich viel auf gefühlsmäßige Intuitionen. Ich glaube, daß wir gut zusammenpassen, Doktor.«

»Das werde ich nie bezweifeln.« Hartung richtete sich auf. Sein Gesicht war ernst und etwas verkniffen. »Ich werde Sie mit meiner Arbeitskraft nicht enttäuschen.«

Vom Meer kam Monique gelaufen. Dr. Hartung sprang auf, warf ein Badetuch über Monique und frottierte sie ab. Ewald Peltzner sah ihnen zufrieden zu.

»Ihr seid wirklich ein schönes Paar!« sagte er ganz in väterlichem Stolz. »Kommt, gehen wir essen. Ich habe einen unmenschlichen Hunger. Vom Durst ganz zu schweigen.«

*

Gisela Peltzner wurde in den zehntägigen Dauerschlaf versetzt. Es war eine Routinearbeit und fiel nicht weiter auf.

Professor von Maggfeldt hatte den Dauerschlaf Giselas noch um einige Tage verschoben. Oberarzt Dr. Pade hatte die Adresse Dr. Buddes vom Einwohnermeldeamt erfahren. Der Brief, den Maggfeldt ihm daraufhin schrieb, kam zurück mit dem Vermerk, daß der Empfänger auf unbestimmte Zeit verreist und der Aufenthalt unbekannt sei.

Nun war der Tag gekommen, an dem Gisela in die Wahrheit hineinschlafen sollte, eine Wahrheit, die sie täglich angeboten und die ihr niemand abgenommen hatte.

Man hatte den Darm gereinigt, Herz und Kreislauf gestärkt und unter ständiger Kontrolle gehalten, um jede, auch die geringste Abweichung, genau zu registrieren.

Gisela ließ die Vorbereitungen fast apathisch über sich ergehen. Ihre einzige Kraftanstrengung bestand nur noch darin, sich dagegen zu wehren, daß sie nicht wirklich irrsinnig wurde.

Es waren verzweifelte Kämpfe gegen das drohende Gefühl, daß der Wahnsinn schon draußen vor der Tür auf sie lauerte.

Pade hatte Gisela eingeweiht in das, was man mit ihr vornehmen wollte.

»Nach diesen zehn Tagen sieht die Welt anders aus«, sagte er, als er sich neben sie aufs Bett gesetzt hatte und die Schwester, die sie während ihrer Schlafkur betreuen würde, Giselas Armbeuge mit Jod einrieb.

Dr. Pade blickte zurück. Alles war vorbereitet. Die Tropfeneinläufe, die Gisela in den zehn Tagen ernähren sollten, die Injektionsampullen, die Kreislauf-Meßgeräte.

»Bitte abdunkeln.«

Die Schwester ließ die Sonnenrollos vor den Fenstern herunter und zog die dichten Vorhänge vor. Es war dämmrig im Zimmer, die lange Nacht begann.

Dr. Pade schaltete eine kleine Lampe ein, griff nach hinten und zog aus der ersten Ampulle das einschläfernde Somnifen in die Spritze. Gisela hob die Hand, bevor er die Nadel einstechen konnte.

»Ja, bitte? Ist noch etwas?« fragte Dr. Pade freundlich.

»Wenn ich nicht wieder aufwache«, sagte Gisela tapfer, »würden Sie etwas bestellen? Bitte, benachrichtigen Sie Dr. Budde. Suchen Sie ihn und sagen Sie ihm, was mit mir geschehen ist. Er soll es wissen.« Sie senkte den Arm und schloß die Augen. »Und nun lassen Sie mich schlafen.«

»Sie werden wieder aufwachen. Ich garantiere dafür.«

Dr. Pade führte die Hohlnadel in die Armvene ein und injizierte das Somnifen. Dann blieb er neben Gisela sitzen und beobachtete, wie sie aus der Welt wegglitt. Nach zwanzig Minuten schlief sie fest.

Nach einem bis ins letzte ausgearbeiteten Plan würden diese zehn Tage ablaufen.

Es gab während der Kur keine Stunde, in der Gisela Peltzner auch nur für Minuten außer Beobachtung gelassen wurde. Die Schwester, Dr. Pade, und ab und zu selbst Professor von Maggfeldt kümmerten sich um sie.

Was würde am Ende dieser zehn Tage stehen?

*

Drei Tage später kam Frau Paulis zu Besuch.

Ludwig, der Bernhardiner, war mitgekommen.

»Ich wollte Ihnen noch einmal danken, Herr Professor.« Frau Paulis streichelte den Kopf Ludwigs. »Damals, da ging alles so schnell. Ich konnte mich noch nicht einmal richtig von Ihnen verabschieden, nicht wahr? Alle sind so lieb zu mir. Ich wohne bei meiner Schwester. Ihr Mann hat ein großes Haus, da habe ich zwei Zimmer bekommen. Und ab nächsten Monat werde ich wieder arbeiten gehen, als Näherin in einer Kleiderfabrik.«

»Arbeiten?« sagte Maggfeldt erstaunt.

»Ja.« Frau Paulis nickte. »Da ich als gesund entlassen bin, hat man mir die Rente wieder gestrichen. ›Wer arbeitsfähig ist, soll arbeiten‹, hat man mir auf dem Amt gesagt.«

»Wer hat das gesagt?«

»Erst der Amtsarzt und dann die Sozialfürsorge.«

Professor von Maggfeldt schüttelte wie in Gedanken den Kopf.

»Ich bin auch hier, um Fräulein Peltzner zu besuchen«, sprach Frau Paulis weiter. »Wie geht es ihr? Ist sie überhaupt noch da?«

»Ja. Sie schläft aber ...« Maggfeldt sah keine Veranlassung, nicht die Wahrheit zu sagen. »Sie ist in einen Dauerschlaf versetzt worden. Sie wird noch sieben Tage schlafen.«

»Die Ärmste. Ist sie wirklich so krank? Sie sah doch aus wie ein Engel. Und immer hat sie zu mir gesagt: Daß ich hier bin, ist allein die Schuld meines Onkels! Ich bin das Opfer eines Verbrechens.«

»Das ist ihre Krankheit.« Der Professor sah auf die Uhr. In einer Viertelstunde hatte er große Visite.

»Jetzt kann ich sie nicht sehen?«

»Nein.«

»Nur einen Blick durch die Tür.«

»Frau Paulis«, Maggfeldt erhob sich von der Couch, »Sie kennen doch die Klinik zu genau ...«

»Schade, Herr Professor, in neun Tagen, sagen Sie? Ich komme bestimmt wieder.«

»Das ist schön. Wissen Sie, daß Sie mir mit Ihrem Besuch eine große Freude gemacht haben?«

»Wirklich, Herr Professor?« Frau Paulis sah ihn zweifelnd an.

»Bestimmt. Auf eine solche Freude habe ich gewartet, solange ich hier bin.«

»Daß Sie auch Späße machen können! Auf Wiedersehen, Herr Professor.«

Maggfeldt sah ihr durch die Gardine nach, wie sie mit Ludwig die Auffahrt hinunter zum großen Tor ging.

14

Als Frau Paulis das Tor passiert hatte, ging Maggfeldt zu Gisela Peltzner hinüber. Im verdunkelten Zimmer lag sie tief schlafend in den Kissen, das lange, blonde Haar zerwühlt um den schmalen Kopf. Die Wachschwester trug gerade auf einer Tabelle die neuesten Messungen ein.

»Alles normal und in Ordnung, Herr Professor«, sagte sie, bevor Maggfeldt fragen konnte. Sie reichte ihm die Tabelle hin, und er studierte sie aufmerksam. Dann sah er wieder Gisela an und setzte sich auf die Bettkante.

Sie war und blieb ihm ein Rätsel. So viele Symptome trug sie offensichtlich herum, und doch war keines so ausgeprägt, daß man sagen konnte: Sie ist geisteskrank. Dann wieder brach etwas aus ihr heraus, was er nie vermutet hätte: Auflehnung, Unansprechbarkeit für Argumente, Nahrungsverweigerung, die fragliche Entgleisung mit Dr. Ebert, der aus dem Nichts kommende Nervenschock mit starkem, anhaltendem Fieber, die abrupte Verschlossenheit, die Weinkrämpfe und immer wieder die fast schon stupide anmutende Anklage: Mein Onkel Ewald ist ein Verbrecher! Ich bin das Opfer eines Verbrechens! Es geht um das Erbe.

Das alles deckte sich mit der Diagnose der einweisenden Ärzte, und doch war – Maggfeldt spürte es, ohne es erklären zu können – eine Lücke in der Annahme, daß sie an einer Zwangsneurose oder an endogenem Irresein litt.

»Hat sie einmal etwas geäußert, gelegentlich, wenn sie sich im halbwachen Zustand befand?« fragte er die Schwester.

»Nein, Herr Professor. Doch ja.« Die Schwester wurde rot. »Sie sagte: ›Klaus, warum tust du das? Ich bin doch gesund.‹«

Maggfeldt lächelte schwach. »Mm.« Er sah das gerötete Gesicht der jungen Schwester. »Das Kombinieren überlassen Sie lieber uns Ärzten.«

Auf dem Flur wartete sein übliches Visitengefolge, dazu einige neue Lernschwestern.

*

Zwei Tage später packte Ärzte und Personal der »Park-Klinik« blankes Entsetzen.

In der Nacht waren zwei triebhafte, schwachsinnige Psychopathen ausgebrochen. Sie mußten es lange vorbereitet haben, sie hatten die Angeln der Fensterläden, die abends zur Sicherheit geschlossen werden, losgeschraubt und waren fünf Meter tief hinuntergesprungen in ein Blumenbeet, das den Sprung dämpfte. Dann waren sie durch den Park zur Gärtnerei gelaufen, hatten eine lange Leiter geholt und waren über die Mauer in die Freiheit gestiegen.

Nach einigen Minuten Fußmarsch durch die Nacht hatten sie ein Taxi angehalten, den Fahrer erwürgt, in den Kofferraum gelegt, und einer hatte sich selbst ans Steuer gesetzt. In der Stadt fuhren sie zwei Stunden lang kreuz und quer durch die Straßen, bis sie auf ein junges Mädchen trafen, das offensichtlich auf Herren wartete. Sie luden es ein, rasten mit dem Wagen in die Vorstadt und begingen in einer Parkanlage einen grauenhaften Lustmord.

Nach dieser Tat bekamen sie Streit miteinander, weil sie sich nicht einigen konnten, ob sie die Leiche in den Fluß werfen oder vergraben sollten, setzten sich wieder in den Wagen und fuhren blutverschmiert zur nächsten Polizeiwache. Fröhlich marschierten sie in den Revierraum, stellten sich vor, zeigten ihre blutigen Hände und sagten:

»Geht mal 'raus, Jungs. Draußen im Wagen liegen zwei Tote.«

Professor von Maggfeldt wurde um drei Uhr früh aus dem Bett geklingelt. Auch Dr. Pade zuckte hoch, als neben seinem Ohr das Telefon rasselte.

Beide machten sich sofort auf den Weg zum Untersuchungsgefängnis. Die Mordkommission und ein Staatsanwalt hatten bereits die beiden Mörder verhört. Sie gaben alles zu, erzählten die grauenvollen Dinge in allen Einzelheiten, mit einer deutlichen Wonne, an der sie sich berauschten.

»Wie konnte so etwas vorkommen?« fragte der Staatsanwalt ohne Einleitung, als Maggfeldt im Untersuchungsgefängnis erschien. »Wie ist es möglich, daß aus einer geschlossenen Anstalt zwei solch gemeingefährliche Irre ausbrechen können?«

Maggfeldt hob die Hand. Er war rot vor Erregung und ehrlicher Empörung.

»Ist aus einem Zuchthaus noch nie jemand ausgebrochen?« fragte er zurück. »Wir haben die denkbar besten Sicherungen, aber Wege finden sich immer!«

»Hier sind zwei Menschen umgebracht worden. Ein Vater von vier

161

unmündigen Kindern! Durch zwei Irre, die aus Ihrer Anstalt ent-
flohen! Wissen Sie, was das bedeutet?« Der Staatsanwalt fuhr sich
mit dem Taschentuch über die schweißige Stirn. »Man wird Sie zerreißen, Herr Professor! Sie und die ganze Psychiatrie und alles, was
mit Irrenhaus zusammenhängt. Und ich sage es Ihnen gleich: Ich
kann Sie nicht schützen. Ich muß mich distanzieren, das werden Sie
einsehen.«

»Ich habe auch nichts anderes erwartet!« Professor von Maggfeldt
setzte sich schwer. Seine Beine waren müde und trugen den Körper
nicht mehr.

»Sie behalten die beiden hier?« fragte er.

»Natürlich. Hier sind sie sicher verwahrt.«

»Kann ich sie sehen?« fragte Maggfeldt. Der Staatsanwalt sah den
Leiter der Mordkommission an. Dieser nickte leicht.

»Bitte.«

Maggfeldt erhob sich. Als Dr. Pade ihn begleiten wollte, schüttelte
er den Kopf.

»Nein. Bleiben Sie, Pade. Ich geh' allein.«

Es waren lähmende, dumpfe Minuten, die Dr. Pade in dem Zimmer
verbrachte, bis Maggfeldt wieder zurückkam aus dem Zellengang.
Er ging nach vorn gebeugt. Sein Gesicht war bleich, seine Haare
schienen noch weißer geworden zu sein.

»Na?« fragte der Staatsanwalt kurz. Der Kopf Maggfeldts hob sich
etwas.

»Es sind Kranke, Herr Staatsanwalt.«

»Ist das eine Entschuldigung, Herr Professor?«

»Nein! Aber ändern Sie die Schöpfung, wenn Sie es können. Ich
kann es nicht!«

*

Es geschah, was vorauszusehen war. Die Presse fiel über Maggfeldt
und seine Klinik her. Kein gutes Fädchen blieb an der Psychiatrie.
Professor von Maggfeldt las und hörte sich an, was geschrieben und
gesprochen wurde. Er gestand sich ein, daß alle recht hatten. Eine
Heilung dieser triebhaften Lustmörder war unmöglich, und wie ge-

fährlich sie werden konnten, trotz schärfster Einschließung, das hatten sie demonstriert. Zwei Menschen lebten noch, vier Kinder hätten ihren Vater behalten, wenn diese beiden Irren bei der klaren Diagnose ihrer Unheilbarkeit ...

»Nein!« sagte Maggfeldt laut. »Nein! Nein! Was heute unheilbar ist, kann morgen heilbar sein! Sie alle, alle haben eine Chance, die über Nacht kommen kann. Nirgendwo ist der Mensch versucht, so an Wunder zu glauben wie gerade in der Psychiatrie. Ein noch unbekannter Stich in ein noch unbekanntes Nervensystem, eine Droge, ein Reiz, alles kann plötzlich wie das Aufziehen eines Vorhangs sein, der einen dunklen Raum erhellt.«

Oberarzt Dr. Pade saß Maggfeldt gegenüber und hörte stumm diesen Ausbruch an. Er kam sich vor wie ein Aussätziger. Leute, die ihn kannten und früher freundlich grüßten, sahen an ihm vorbei.

In diesen Tagen der größten Belastung der Klinik wurde Gisela Peltzner aus ihrem Dauerschlaf aufgeweckt. Oberarzt Dr. Pade übernahm diese schwierige Aufgabe. Professor von Maggfeldt hatte zu einem Referat nach Bonn fahren müssen.

Nach dem langsamen, genau gesteuerten Erwachen Giselas und der ersten festen Nahrung in Form eines dicken Breies aus Gemüsen fühlte sich Gisela kräftig, gesund und wirklich ausgeruht. Ihre Nerven waren wie erneuert.

»Da sind wir wieder!« sagte Dr. Pade fröhlich, als er ins Zimmer kam. »Na, wie fühlen Sie sich?«

»Grandios!« Gisela hatte sich frisiert und ein wenig geschminkt. Sie sah entzückend aus und war innerlich gelöst und von einer frischen Natürlichkeit. »Wie lange habe ich geschlafen, Herr Doktor?«

»Genau zehn Tage und sieben Stunden.«

»Es hat mir sehr gutgetan.«

»Na wer sagt es denn!« Er zog sich den Stuhl heran und setzte sich an Giselas Bett. »Haben Sie irgendwelche Wünsche?«

»Ja, Herr Doktor.«

Gisela sah ihn an. Ihre Augen waren klar, voller Willenskraft. Alle Traurigkeit, alle Resignation, alle Angst war wie weggewischt. So sieht keine kranke Seele aus, dachte Dr. Pade etwas benommen.

»Was liegt Ihnen also am Herzen?« fragte er.

»Bitte – gehen Sie für mich zu Dr. Budde, meinem Verlobten.«

Dr. Pade nickte.

»Ich werde in den nächsten Tagen zu ihm gehen.«

»Bestimmt?«

»Ich verspreche es Ihnen.«

»Es ist nicht wieder ein Hinhalten? Ein Eingehen auf Wünsche, um eine – Irre ruhig zu halten?«

»Sie sind nicht irr!« sagte Dr. Pade. »Sie sind gesund, Fräulein Peltzner.«

Sie sah ihn fragend an. »Ist das Ihre wahre Meinung, Herr Doktor?«

»Meine wahre und ehrliche Meinung.«

»Sie wollen mir helfen.« Gisela ergriff seine Hand. »Sie wollen mir wirklich helfen?«

»Ich muß Ihnen helfen, ich will nicht mitschuldig werden.«

»Und der Professor?«

»Er ist der große Idealist. Er könnte es nie begreifen, was Ärzte mit Ihnen getan haben, es würde einfach seinen ärztlichen, moralischen und menschlichen Untergang bedeuten.«

»Und Sie?« fragte Gisela leise.

»Ich gehöre einer anderen Generation an: In meinem Zeitalter ist das Gemeine das Normale.«

»Welch eine Welt«, sagte Gisela erschaudernd.

»Wir haben sie nicht anders gewollt.«

Dr. Pade trat an das Fenster und sah hinaus in den Klinikpark. Es schneite. In dicken, schweren, trägen Flocken.

Der erste Schnee.

*

Ewald Peltzner hielt sich nicht lange mit der Vorrede auf, als er nach kurzem Klingeln an der Tür der Fellgrubschen Villa von dem Butler René eingelassen wurde.

Er faßte den verblüfften jungen Mann an den seidenen Aufschlägen der Jacke, zog ihn mit sich fort in den großen Salon und drückte ihn in einen der tiefen Sessel.

»Ich nehme an, meine Schwester ist noch bei ihrem Make-up«, sagte Peltzner. »Das wird von Woche zu Woche länger dauern. Es ist schwer, Mumien in Teenager zu verwandeln. «

»Was wollen Sie von mir?«

»Vernünftig reden, mein Junge!«

»Vernunft ist in meiner Lage kostbar«, sagte René voll merkantiler Weisheit. Peltzner nickte mehrmals.

»Genau das habe ich erwartet. Was hat Ihnen meine Schwester versprochen?«

»Nichts. Noch nichts«, verbesserte René schnell.

»Aber du bist sicher, daß sie etwas herausrückt?«

»Ganz sicher. Sie will ein Testament machen!«

»Auch das noch! Und ein Idiot bist du dazu, mein Junge. Ein Rindvieh!«

»Soll ich Sie der gnädigen Frau melden?« fragte er.

»Der gnädigen Frau! Wenn ich das höre! Nein, laß sie in ihren Wässerchen baden. Erst unterhalten wir uns. Ganz kurz und klar, und ich will eine schnelle Antwort haben: Wieviel?«

»Was wieviel?«

»Wieviel, du erbärmlicher Hund, kostet es, wenn du dich hier aus dem Staube machst und dir ein Mädchen suchst, das dreißig Jahre jünger ist?«

»Ich liebe die Reife«, sagte Anna Fellgrubs jugendlicher Butler René.

»Ich weiß gar nicht, warum ich Ihnen überhaupt etwas anbiete!« sagte Peltzner laut. »Es gibt andere Mittel.«

»Und es gibt Staatsanwälte.« René grinste. Durch Ewald Peltzner zog eine kalte Welle. Was wußte dieser schleimige Bursche? Was hatte Anna in ihrer späten Liebestollheit ausgeplaudert? Auf einmal war sich Peltzner nicht mehr so sicher, wie in den Wochen vorher.

»Sagen wir Zehntausend!« schnitt er seine eigene Gedanken ab. Der Butler ließ die Hände sinken, er sah fast beleidigt aus.

»Meine Liebe ist keine Ausverkaufsware, Herr Peltzner. Ich bin für Ihre Frau Schwester wie die Sonne, die …«

»Halts Maul!« Peltzner ging erregt in dem riesigen Salon hin und her. Dann besann er sich, rannte hinaus, stieß im Flur das Zimmermädchen, das ihm entgegenkam, roh zur Seite und riß die Tür zum Schlafzimmer Anna Fellgrubs auf.

Sie lag auf einem Massagetisch und ließ sich ihren faltigen Bauch mit einer straffenden Fettcreme massieren.

»Man müßte sie 'rausbügeln können!« schrie Peltzner, als er hereinstürzte. Anna Fellgrub rief ein wenig geziert »Huh!« und warf ein Laken über ihren Körper. Peltzner lächelte grimmig. Er winkte zur Tür, und als die Masseuse noch zögerte, zischte er: »Nun gehen Sie schon! Ich bin der Bruder und kein Mumienschänder!«

»Aber Ewald!« Anna Fellgrub richtete sich auf. »Du benimmst dich …«

»Vergiß, daß du durch eine Gemeinheit Millionärin geworden bist, und bilde dir ein, wieder die Witwe eines Trottels zu sein!«

»Du hast wieder die Nacht durchgesoffen, was?« Anna sah ihren Bruder mißbilligend an. »Oder hat dir ein Mädchen einen Korb gegeben? Oder hast du wieder Unsummen verspielt? Was willst du hier? Wo ist René?«

»Der gute alte Fatzke sitzt im Salon und rechnet sich aus, was sein Verschwinden kosten darf.«

»Ewald!« Anna Fellgrub sprang vom Tisch herab. Sie tat es sehr elastisch, was Peltzner verwunderte. »Ich habe schon Heinrich gesagt und dir sage ich es auch: Das hier ist mein Haus! Mein Reich! Hier kann ich tun, was ich will! Niemand hat das Recht …«

»Es wäre gut, wenn du die Luft anhältst!« Peltzner betrachtete seine Schwester sinnend. »Bist du blind?« fragte er kopfschüttelnd. »Da hinten hast du einen großen Spiegel stehen! Von oben bis unten kannst du dich besehen … Mensch, Anna, guck mal 'rein! Ganz nüchtern!«

»Sei still!« rief Anna. »Wie kannst du nur so gemein sein.«

»Zerbrich dir nicht den Kopf, du siehst, ich kann es.«

»Ich gebe René nicht her!« sagte sie trotzig.

»Gut! Ich will dir einmal etwas vorrechnen: Heinrich, deinen Sohn, hast du wegen dieses Gigolos hinauspraktiziert. Er lebt jetzt verbittert in einem Appartement und wird im Frühjahr vielleicht für immer nach Tokio gehen. Aber nicht kampflos, das hat er mir geschworen. Er wird gegen dich massiv werden, gegen seine Mutter, die er einmal so liebte, daß er die Sache mit Gisela mitmachte!«

»Mußt du immer Gisela erwähnen?« Anna Fellgrub setzte sich auf die Bettkante. »Die Angelegenheit ist erledigt.«

»Sie ist nicht erledigt, meine Beste, sie fängt jetzt erst an! Dein Junge ist völlig fertig, Anna. Heinrich wird alles tun, um dich – wie man unter Ganoven sagt – ›hochgehen‹ zu lassen.

»Ich werde mit Heinrich sprechen.«

»Es führt von dir zu ihm kein Weg mehr, solange René im Haus ist!«

»Aber ich kann René nicht weggeben«, sagte Anna stockend, und plötzlich weinte sie.

»Warum kannst du's nicht?«

»René ist der letzte Hauch von Jugend, der mir geblieben ist. Verstehst du das denn nicht, Ewald?«

»Es wird ein teurer Spaß werden!« Ewald Peltzner stand auf. »Ich garantiere dir, daß du spätestens drei Monaten nicht nur arm bist, sondern auch als Angeklagte vor Gericht sitzt! Heinrich hat nichts mehr zu verlieren. Das Wertvollste für ihn, seine Mutter, hat er verloren! Alles andere ist für ihn uninteressant.«

Anna Fellgrub antwortete nicht. Sie trat vor den Spiegel und starrte auf ihr von den Tränen aufgeweichtes Gesicht. In diesem Augenblick empfand sogar Ewald Peltzner so etwas wie Mitgefühl. Das kam so selten vor, daß er über sich selbst heftig den Kopf schüttelte.

»Ich werde ihm hunderttausend Mark geben!« sagte Anna leise.

»Wieviel?« Das Mitgefühl erlosch jäh.

»Ich will, daß er für das, was er mir gegeben hat, für alle Zeiten gesichert ist. Du weißt nicht, was es für eine Frau bedeutet, geliebt zu werden.«

»Es ist zum Haareausraufen!« Peltzner stand auf. Dabei stieß er ein Tischchen mit Flacons, Salbentöpfchen, Parfüm und Creme um. Eine süße Duftwolke quoll um ihn auf. »Den Preis werde ich mit ihm ausmachen. Ich will nur wissen, ob du endlich vernünftig wirst!«

»Ich opfere mich.«

»Was das schon ist!« Ewald Peltzner packte endlich die nackte Wut. Er wollte nur noch kränken, beleidigen. »Du dich opfern? Womöglich deine Jugend, was?«

»Du bist ein Vieh!« schrie Anna. »Noch ein Wort, und ich bleibe bei René.«

»Verdammt!« Ewald Peltzner senkte den Kopf. Er war hochrot im Gesicht. Die Grenze seiner Duldsamkeit war erreicht. »Verdammt!« stöhnte er. »Ich hole das nach, was unser Vater bei uns versäumt hat!« Mit drei großen Schritten war er vor Anna Fellgrub, hob seinen Stockschirm und ließ ihn auf sie niedersausen. Drei-, viermal, dann hielt er inne und lehnte sich gegen die seidentapezierte Wand. Anna Fellgrub hatte die Schläge wortlos, ohne Gegenwehr ertragen. Sie starrte auf ihren schwer atmenden Bruder, als habe sie gar nichts gespürt.

»Ich tue, was du sagst!« sagte sie mit einer seltsam klaren und schüchternen Stimme. »Aber ich will dich nie wiedersehen. In meinem ganzen weiteren Leben will ich dir nie mehr begegnen, hörst du?«

»Das wird sich nicht vermeiden lassen. Ich bin das Oberhaupt der Familie, und …«

»Ich werde nicht mehr zur Familie gehören! Ich ziehe mit Heinrich nach Tokio.«

»Gut, gut!« Peltzner nickte, als säße sein dicker Kopf auf einer federnden Spirale. »Nach Tokio. Das ist mir das liebste.«

Der Butler René stand gegen das Fenster gelehnt, als Anna und Peltzner in den Salon kamen. Er versuchte, in Annas Augen zu lesen, aber sie senkte rasch den Blick, als sie es bemerkte. Da wußte er, daß Peltzner der Stärkere geblieben war. Er hob die Schultern, während er die Hände in die Hosentasche steckte.

»Mir ist's auch lieber so!« sagte er, gemein grinsend. »Manchmal wurde mir der Dienst zuviel.«

Ewald Peltzner sah, wie Anna unter diesen Worten fast zusammenbrach, wie sie sich an der Sessellehne festhalten mußte.

»Fünfzehntausend!« sagte Peltzner laut.

René hob die Schultern. »Dreißigtausend!«

»Gib sie ihm, Ewald«, sagte Anna Fellgrub schwach.

»Mein letztes Wort: Fünfundzwanzigtausend!«

Der Butler René verzog nachdenklich den Mund. Er war feinfühlig genug, zu merken, daß der Bogen nicht überspannt werden durfte. Mit 25 000 Mark konnte man ein neues Leben anfangen. Und wenn man nicht auskam mit dem Geld, blieb noch die Möglichkeit, ein bestimmtes Wissen tropfenweise zu verkaufen. Und Peltzner würde zahlen, dessen war sich René gewiß.

»Gut!« sagte er langsam. »Aber in bar!«

»Natürlich.«

»Ich danke vielmals.« Er machte eine vollendete Verbeugung. »Ich darf sogleich meine Koffer packen.« Als er an Anna vorbeiging, verneigte er sich noch einmal.

Mit flatternden Augen starrte ihm Anna Fellgrub nach.

»Ist er nicht ein schöner Mann?« flüsterte sie heiser.

»Man sollte ihn ersäufen wie eine junge Katze!«

»Ich werde nie wieder so glücklich sein.«

15

Ewald Peltzner setzte sich und schrieb einen Barscheck über 10 000 Mark aus. Anna, die ihm zusah, stieß ihn an.

»Fünfundzwanzigtausend.«

»Die restlichen Fünfzehntausend bezahlst du!«

»Nie!« protestierte Anna Fellgrub. »Ich hatte nicht die Absicht, René abzufinden. Du hast mich gezwungen, und ich soll dafür auch noch bezahlen?«

»Hab dich nicht! Los, schreib ihm deinen Scheck aus.«

Ohne noch ein Wort zu sagen, stand sie auf und verließ den Salon.

Ewald Peltzner wartete. René kam zurück, reisefertig, in einem flotten, pelzgefütterten Trenchcoat. Er blieb an der Tür stehen und wartete auf die Dinge, die den Abschluß seines zweifelhaften Berufes bilden würden.

Das Hausmädchen kam herein, ein Kuvert in der Hand. Peltzner nahm es ihr ab, riß es auf und kontrollierte den Barscheck über 15 000 Mark. Dann ging er auf René zu, zeigte ihm die Schecks und hielt sie zur Seite, als dieser zugreifen wollte.

»Damit endet dein Gastspiel, mein Junge«, sagte er zufrieden. »Und da fünfundzwanzigtausend Mark eine recht nette Summe für das sind, was du hier geleistet hast, möchte ich gerne das tun, was mir allein einige Tausend wert ist!«

Er gab René die Schecks, und während der sie einsteckte, holte Peltzner aus und hieb René mit aller Kraft mehrmals ins Gesicht.

René taumelte durch die Diele und verließ das Haus. Noch als er draußen die Garage aufschloß, stoben Funken vor seinen Augen.

*

Aus St. Tropez waren Dr. Hartung und Monique zurückgekommen. Verliebt, fröhlich, unbekümmert, Händchen haltend, Küßchen tauschend.

Dr. Hartung besuchte gleich nach seiner Rückkehr seinen Freund Dr. Budde, der ebenfalls aus London abgefahren war, nachdem nach Heinrich Fellgrub auch Ewald Peltzner England verlassen hatte. Seitdem hatte Budde untätig in seiner kleinen Wohnung gesessen, immer wieder in den Aufzeichnungen gelesen, die aus dem Tresor der Peltzner-Werke stammten und die Ewald Peltzner so fürchtete.

Kaum hatten sie sich gesetzt, holte Budde wieder seine Mappe hervor und legte sie auf den Tisch. Hartung verzog das braungebrannte Gesicht.

»Was sollen die ollen Kamellen, was steht schon in deinen Akten? Peltzner hatte 150 000 Mark Schulden! Gut! Peltzner hatte drei Geliebte, denen er eine Wohnung einrichtete und die er später abfand. Dazu fälschte er die Spesenrechnungen und kaufte nicht vorhandene Patente. Gut! Aber davon abzuleiten, daß er seine Nichte bewußt für irr erklären ließ, ist absurd und nimmt dir kein Gericht ab. Wir müssen es geschickter anfangen!«

»Leicht gesagt – wie denn?«

»Es ist gemein von mir, aber es geht nicht anders: Mit Hilfe von Mo-
nique, ohne daß sie es natürlich weiß. Ich gelte als der kommende
Schwiegersohn Peltzners. Ich soll in die Werke eintreten!«
»Du? Du bist wohl nicht bei Groschen?« Budde sah seinen Freund
groß an. »Du liebst Monique?«
»Hm, ja.«
»Verzeih, aber sie ist ein kompletter Hohlkopf.«
»Zugegeben! Aber dieses Köpfchen sitzt auf einem paradiesischen
Körper. Unterschätze das bitte nicht völlig. Wozu brauche ich au-
ßerdem eine kluge Frau,? Klug bin ich allein, zumindest reicht es
für uns beide.«
»Nun hör schon auf.« Gequält wandte sich Dr. Budde zur Seite.
»Und während du dich damit aufhältst, diese Vorzüge zu entdek-
ken, sitzt Gisela weiter unter Irren.«
»Es ist schrecklich, aber wir können es nicht ändern. Es ist leichter,
eine Gefängnis- oder Zuchthausstrafe rückgängig zu machen, als
zu beweisen, daß jemand, der als Irrer amtlich abgestempelt wurde,
wirklich gesund ist.«
Dr. Hartung lehnte sich zurück und klopfte seinem Freund auf die
Schulter. »Wir müssen einen längeren Atem haben, Klaus. Wir
müssen, sieh das ein!«
»Ich will noch einmal mit Maggfeldt sprechen!« sagte Dr. Budde
stumpf.
»Auch das würde ich nicht tun. Warten wir ab!« Dr. Hartung stand
auf, ging an Buddes kleine Hausbar und schüttete zwei Gläser rand-
voll mit Cognac. Er trug sie zurück zum Tisch und drückte seinem
widerstrebenden Freund das Glas in die Hand.
»Trink, alter Esel!« sagte er. »Als Schwiegersohn Peltzners werde
ich wie ein Maulwurf sein. Ich grabe das Feld schon um, verlaß dich
darauf. Aber auch ein Maulwurf braucht seine Zeit.«

*

An einem freien Nachmittag fuhr Oberarzt Dr. Pade in die Stadt zu
Klaus Budde.
Er hatte über diesen Schritt nachgedacht. Das Versprechen, das er

Gisela nach dem Erwachen aus dem Dauerschlaf impulsiv gegeben hatte, mußte eingehalten werden. Das war klar. Ebenso klar war aber auch, daß es einen Verrat an Professor von Maggfeldt, seinem Lehrer und Chef, bedeutete. Auch wenn man es mit einer moralischen Verpflichtung Giselas gegenüber erklären konnte, so blieb es doch ein Verrat, es bedeutete, daß er sich anschickte, Maggfeldt in den Rücken zu fallen.

Budde öffnete ihm nach zweimaligem Klingeln. Erstaunt sah er den Arzt an, trat dann zurück und gab ihm den Weg frei.

»Herr Pade ?« sagte er langsam. Angst trat in seine hellen Augen. Sein Jungengesicht wurde blaß. »Ist etwas mit Gisela? Ist sie jetzt wirklich krank geworden?«

Oberarzt Dr. Pade ging an Budde vorbei in den kleinen Wohnraum. Es roch nach kalter Zigarettenasche und nach Alkohol. Der Tisch war mit Papieren übersät. Pade sah, daß es Zeitungsausschnitte waren. Alte, zum Teil vergilbte Blätter. Einige Balkenüberschriften schrien ihm entgegen. Zehn Jahre gesund im Irrenhaus! Die Tragödie eines Mannes! Nach sieben Jahren frei! Ehefrau ins Irrenhaus abgeschoben!

Dr. Pade nickte und zeigte auf die Zeitungsausschnitte.

»So etwas gibt's! In der Kriminalgeschichte sind derartige Verbrechen nicht unbekannt. Und auch Irrtümer sind vorgekommen. Leider hat es immer sehr lange gedauert, bis man sie korrigierte. Leider.«

Dr. Budde schloß die Zimmertür. »Darf ich Ihnen etwas anbieten, Herr Pade?« fragte er heiser. »Einen Cognac? Eine Zigarre?«

»Danke, Herr Budde, mir ist im Augenblick weder nach dem einen noch nach dem anderen. Wir wollen offen, nüchtern miteinander reden.«

»Wie geht es Gisela?«

»Gut.«

»›Gut‹ dürfte ja wohl ein falscher Ausdruck sein. Wie kann es einem Gesunden unter hundert Irren gutgehen?«

»Ihre Braut hat sich an ihre Umgebung gewöhnt. Wenn sie wirklich gesund ist, so muß ich bewundern, mit welcher Kraft sie diese Situation durchsteht.«

»Sie sind nicht überzeugt, daß Gisela gesund ist!« rief Dr. Budde. Er goß sich mit zitternden Händen einen Cognac ein. »Aber warum sind Sie dann zu mir gekommen?«

»Eben um Klarheit zu gewinnen. Im übrigen habe ich Fräulein Peltzner versprochen, Sie zu besuchen.«

»Sie hat nach mir gefragt?« Budde goß den Cognac wie ein Verdurstender in sich hinein. »Was hat sie gesagt?«

»Ich möchte zu Ihnen gehen. Und Sie grüßen. alles andere wüßten Sie schon.«

Dr. Budde setzte das Glas auf die Tischplatte. »Wenn Sie wüßten, wie hilflos ich bin«, sagte er leise. »Ganz allein stehe ich da.«

»Sie glauben, daß hier ein Verbrechen vorliegt?«

»Ich weiß es! Aber ich kann es nicht beweisen. Noch nicht!«

»Wissen Sie, daß das bedeutet: Ein Verbrechen, bei dem die Ärzte Hilfestellung geleistet haben! Namen wie Maggfeldt!« Dr. Pade knüllte einige der Zeitungsausschnitte zusammen. »Geben Sie mir auch einen Cognac, Herr Budde, mir geht der Gedanke in die Knie!«

Stumm tranken sie.

»Was für Beweise haben Sie schon gesammelt?« fragte Dr. Pade schwer atmend. »Haben Sie überhaupt etwas?«

»Einen Aktendeckel voll Zahlen. Für einen logisch Denkenden reicht es, aber in diesem Falle kommt man mit Logik nicht weiter.« Dr. Budde schob seine berühmte Mappe vor Dr. Fade. »Hier finden Sie alle Schulden, die Ewald Peltzner in der Zeit, als sein Bruder noch lebte, heimlich machte und durch Falschbuchungen, betrügerische Käufe, fingierte Bankkonten und andere Tricks verheimlichen konnte. Sie mußten bei einer Überprüfung der Firma nach dem Tod Bruno Peltzners herauskommen. Gisela ahnte, daß manches nicht stimmte, und beauftragte mich mit der Kontrolle der Bücher. Die Folge – Sie können es sich vielleicht denken. Was ich da zusammengerechnet habe, genügt völlig, alle Eile zu entwickeln, um einen Menschen für irr erklären zu lassen und sich dadurch vor ihm zu schützen.«

»Und weiter?«

»Weiter habe ich nichts. Noch nichts!«

»Das ist mager.«

»Ich weiß es.«

Dr. Pade schlug den Aktendeckel auf, blickte aber nur flüchtig hinein.

»Lassen Sie uns einmal gemeinsam alles durchdenken. Ganz simpel: Was können Sie tun, was kann ich tun?«

»Sie, Herr Pade?«

»Ja, ich.« Dr. Pade stützte den Kopf in die Hand. »Ich glaube, daß Ihre Gisela gesund ist.«

*

Frau Paulis kam wieder zu Besuch in die Klinik. Sie brachte außer Ludwig, dem Bernhardiner, einen großen Blumenstrauß mit, ferner Konfekt, mit Schokoladencreme gefüllte Waffeln und einige Packungen kandierte Früchte.

»Wenn Sie es erlauben, Herr Professor«, sagte sie zu Maggfeldt, der sie sofort zu sich führen ließ, als der Portier sie anmeldete, »ich möchte meine ehemaligen Mitpatientinnen besuchen. Die ›russische Gräfin‹, die Generalswitwe ... wie geht es ihnen denn, Herr Professor?«

»Wie immer. Frau General rekonstruiert Blüchers Übergang über den Rhein, und die ›russische Gräfin‹ komponiert seit drei Wochen an einem tatarischen Liebeslied. Sicherlich wird sie es Ihnen vorsingen.«

»Und Gisela?«

»Sie freut sich, Sie zu sehen. Die Schwester Erna wird Sie zu allen hinführen.«

Die Generalswitwe sah von ihren Schachfiguren, die sie wie Bleisoldaten in Formationen über das Schachbrett marschieren ließ, auf und streckte mit einem freudigen Ausruf Frau Paulis beide Hände entgegen. Die ›russische Gräfin‹ saß, wie seit Monaten, im Bett, hatte die Haare hochgesteckt, sah in einen Handspiegel und summte vor sich hin. Im Laufe der vergangenen Wochen hatte sie sich in eine tatarische Prinzessin verwandelt, die sehnsüchtig auf den Geliebten wartete, der irgendwo in der weiten Steppe gegen die Kamelräuber kämpfte. Sie beachtete niemanden. Es war unter ihrer Würde.

Das änderte sich, als Ludwig ins Zimmer kam. Die ›russische Gräfin‹ ließ den Handspiegel fallen, ihr Mund klappte auf, die Augen wurden starr und quollen hervor. Dann streckte sie den rechten Arm aus und zeigte auf den Hund, der leicht mit der Rute wedelte.

»So stark wie Taras Bulba!« stammelte sie. »Kraftvoll wie Kublai Chan! Oh!«

»Wie geht es Ihnen, meine Gute?« sagte die Generalswitwe. Sie umarmte Frau Paulis und führte sie an ihren Tisch. »Stellen Sie sich vor«, sagte sie dabei, »Blücher hat in den Nächten des Rheinübergangs nur ganze zwei Stunden geschlafen! Vier Tage lang saß er im Sattel! Welch ein Mann! Solche Männer gibt es heute gar nicht mehr!«

Ludwig wanderte in dem Zimmer umher, während Frau Paulis ihre Geschenke aus der Tasche packte. Das Summen der ›russischen Gräfin‹ reizte ihn. Er ging zu ihrem Bett, stellte sich auf die Hinterpfoten, beugte sich über ihr Gesicht und leckte ihr die Stirn und die Augen.

»Wostork! Wostork!« schrie die Gräfin in hellem Entzücken. Sie umarmte den dicken Hundekopf und drückte ihn an ihre Brust. Ludwig ließ es mit sich geschehen.

Dann war sie mit einem Satz aus dem Bett gesprungen. »Heij!« jauchzte sie jetzt. »Heij! Die Tataren kommen zurück.« Und ehe es Frau Paulis oder die hereinstürzende Schwester verhindern konnten, hatte sie sich auf den breiten Rücken Ludwigs geschwungen und die Hacken in seine Weichen gedrückt. »Dawai, dawai!«

Ludwig schüttelte sich nur ein wenig, da lag die russische Gräfin auf dem Boden Sie schien sich aber nicht weh getan zu haben, vielleicht war ihr der Sturz überhaupt nicht bewußt geworden. Frau Paulis und die Schwester trugen sie ins Bett zurück und deckten sie zu. Sie ließ es willenlos geschehen.

»So etwas hätte Blücher standrechtlich erschossen!« sagte die Generalswitwe streng. Sie nahm mit spitzen Fingern eine kandierte Frucht und steckte sie in den Mund.

175

Eine halbe Stunde blieb Frau Paulis im Pavillon 3, wo die beiden jetzt wohnten, dann war sie froh, wieder draußen zu sein. Schwester Erna begleitete sie wieder.

»War … war ich früher auch so?« fragte Frau Paulis stockend.

Schwester Erna antwortete vorsichtig, denn auch bei Geheilten wirkt ein falsches Wort oft wie ein Keulenschlag: »Es war anders mit Ihnen.«

»Noch schlimmer?«

»Nein, anders. Aber jetzt sind Sie ja völlig gesund.«

Frau Paulis nickte und ging nachdenklich durch den Park, dem weißen, schloßähnlichen Hauptgebäude zu. An den Beeten wurde emsig gearbeitet. Eine Gruppe leicht Schizophrener schnitt die Rosen. Drei Wächter standen um sie herum und beobachteten sie. Eine Rosenschere ist ein gefährliches Instrument in der Hand eines Irren, auch wenn er im Augenblick fast normal scheint. Ludwig trottete vor den beiden Frauen. Er blieb stehen, sah hinüber zu den Gärtnern und wedelte wieder mit dem buschigen Schwanz.

In der vorderen Gruppe der Schizophrenen entstand plötzlich Bewegung. Ein junger Mann, der vor einem Rosenbeet kniete, hatte von unten her den großen Bernhardiner gesehen Er hielt mit dem Schneiden inne, starrte den Hundekopf an, und sein Mund verzog sich zu einer schrecklichen, angsterfüllten Grimasse. Dann brüllte er plötzlich auf, erhob die Hand mit der Gartenschere und stürzte vorwärts, auf den Hund zu.

»Der Teufel!« schrie der Irre grell. »Da ist er, der haarige Teufel! Hab' ich dich endlich! Hab' ich dich endlich! Hab' ich dich! Der Teufel! Der Teufel!« Er heulte wie ein junger Wolf.

Die drei Wärter jagten ihm nach. Frau Paulis und Schwester Erna sahen mit aufgerissenen Augen den Tobenden auf sich zulaufen. Da begannen sie auch zu laufen. »Ludwig! Komm!« rief Frau Paulis dabei. »Komm! Komm! Ludwig!«

Der Bernhardiner dachte nicht daran, ihnen zu folgen. Seine Aufgabe war es, seine Herrin zu schützen. So blieb er stehen, senkte nur etwas den Kopf und starrte aus rotumlaufenen Augen dem anstürmenden Irren entgegen.

Noch zwei Meter, noch einen Meter... »Der Teufel!« heulte der Kranke. »Der Teufel! Ich werde ihn erstechen!«

In diesem Augenblick sprang Ludwig hoch. Er faßte mit den mächtigen Zähnen die Hand, die die Schere hielt, am Gelenk und biß zu. Selbst durch das Schreien des Irren meinte man den knackenden Laut zu hören, mit dem die Knochen brachen. Dann fiel der Kranke nach hinten um, Schlug mit dem Kopf auf den Weg und streckte sich stumm unter dem schweren Hundeleib.

Als die Wärter heran waren, stand Ludwig schon wieder neben dem Körper. Wie schuldbewußt senkte er den Kopf und ließ den Schweif hängen. Die Wärter knieten bei dem Liegenden nieder. Das Gesicht war noch verzerrt und bläulich angelaufen. Entsetzen stand in den weit aufgerissenen Augen. Aber sie waren gläsern und reglos.

»Aus!« sagte einer der Wärter. »Tot!«

»Ich bin nicht schuld«, stammelte Frau Paulis. »Ich bin nicht schuld. Sie können es bezeugen, Schwester. Und auch Ludwig kann nichts dafür. Man soll mir meinen Ludwig in Ruhe lassen. Wehe, wenn man meinem Ludwig etwas tut.«

*

Die von den beiden psychopathischen Mördern ausgelösten Presseangriffe gegen alles, was mit Psychiatrie zu tun hatte, hielten noch immer an. Vor allem nach der Feststellung, daß die beiden Bestien nicht verurteilt werden konnten, da sie als schwere, hoffnungslose Fälle außerhalb aller Strafverfolgung standen, schlug die öffentliche Empörung erneut Wellen.

»Mörder, legt euch einen Tick zu!« schrieb eine große Zeitung. »Sagt, ihr seid die Wiedergeburt des Nero, und die Nervenärzte schützen euch vor Zuchthaus und Galgen!«

Professor von Maggfeldt schwieg zu diesen Auslassungen. Was sollte er darauf antworten? Vernünftige Diskussionen waren nicht mehr möglich, und es war auch nicht ratsam, die Ohnmacht der Psychiatrie öffentlich zu bekennen. Der ständige Zwiespalt zwischen Gesetz und ärztlicher Erfahrung hatte immer dazu geführt, im Katastrophenfall den Ärzten die Schuld zuzuschieben. Behielt man die Kranken aus Vorsicht länger in der Anstalt, so drohte ein Verfahren wegen Freiheitsberaubung. Entließ man sie frühzeitig, und es geschah später etwas, so war es strafbare Fahrlässigkeit.

Nun, es hatte keinen Sinn, dies alles zu schreiben und zu erklären versuchen. Maggfeldt war sich ja nicht einmal Sicher, ob man Erklärungen erwartete, ob man ihn überhaupt verstehen wollte. Er schwieg also weiter und ließ sich mit Dreck und Steinen bewerfen.

Plötzlich sehnte Maggfeldt sich nach Ruhe. Er, war so weit, daß er die Kranken beneidete, die in einem Dauerschlaf lagen.

Aber er bekam keine Ruhe.

Im Garten starb in diesem Augenbbck ein Kranker vor Aufregung an Herzschlag, weil er einen Hund für den Teufel gehalten hatte.

»Wo ist der Chef?« hörte Maggfeldt durch den langen Flur rufen.

16

Die Möglichkeiten, Gisela Peltzner auf legale Art aus der Anstalt zu holen, waren gering.

Oberarzt Dr. Fade hatte es nach dem Studium der mageren Beweise Dr. Buddes klar erkannt. Er hatte auch gestanden, daß er allein – wenn er auch Oberarzt war – nicht in der Lage war, durch ein gegenteiliges ärztliches Urteil den Stein wieder ins Rollen zu bringen. Er konnte nur versichern, daß an Giselas Gesundheit glaubte und alles tun würde, um ihr zu helfen.

In einem Zustand tiefer Niedergeschlagenheit ließ er an diesem Abend Dr. Budde zurück. »Kopf hoch!« sagte er aufmunternd. »Vielleicht geht es »gar schnell. Zufälle schaffen manchmal eine völlig neue Situation.«

Es war ein billiger Trost. Das Warten auf ein Wunder!

»Nein!« sagte Dr. Budde. »Nein! So geht es nicht!«

Er rief seinen Freund an. Dr. Hartung hatte schon geschlafen und meldete eh mit einem langen Gähnen.

»Hör zu, Gerd«, sagte Budde laut. »Eben war Oberarzt Dr. Pade aus der ›Park-Klinik‹ bei mir. Er hat mir den letzen Anstoß gegeben. Noch in dieser Woche wird etwas geschehen, etwas Ungewöhnliches.«

In Dr. Hartung ging eine Alarmglocke. Sein Freund Klaus Budde am anderen Ende der Leitung schien zu allem entschlossen.

»Mach keinen Blödsinn, Klaus!« sagte Hartung ernst und setzte sich auf seinem Bett, »schlaf erst, und morgen reden wir weiter!«

»Gisela bleibt nicht eine Woche länger in der Anstalt, ich verspreche es

»Unternimm um Gottes willen nichts, was unserer ganzen Sache schaden könnte! Du hast das gesamte Gesetz gegen dich, wenn du ohne Beweise eine vollendete Tatsache umstoßen willst! Und Tatsache ist, daß Gisela in eine Anstalt gebracht wurde und gesetzmäßig entmündigt worden ist!«

»Das alles kümmert mich nicht!« Dr. Budde ballte die Fäuste. »Stehen die Menschenrechte nur auf dem Papier? Nein! Nein! Ich handle jetzt!«

»Jetzt dreht er durch!« sagte Dr. Hartung so laut zu sich, daß es Budde hören mußte.

»Ich drehe nicht durch«, schrie er zurück. »Ich will nur das primitivste Recht für Gisela!«

»Ich komme zu dir.« Dr. Hartung schlug die Decke zurück. Mein Junge, wenn du wüßtest, was heute Recht bedeutet.

Dr. Hartung warf den Hörer zurück auf die Telefongabel, sprang aus dem Bett und zog sich schnell an. Wenig später stieg er in ein Taxi. Es war vergeblich gewesen, was Dr. Hartung zwei Tage lang immer wieder versucht hatte. Dr. Budde erkannte keine Argumente an, die gegen seinen Plan sprachen, am allerwenigsten den Hauptgrund, den Dr. Hartung ihm am Ende entgegenhielt.

»Zeit brauchen wir! Zeit, Mensch! Peltzner ist uns durch seine Fachgutachten, auch wenn sie gekauft waren, weit voraus. Was haben wir denn in der Hand gegen ihn? Lächerliche Unterschlagungen. Einen Mordverdacht. Aber auch der Tod des Fabrikanten Bruno Peltzner ist gerichtsärztlich einwandfrei: Jagdunfall. Was willst du also, du Phantast?«

»Etwas ganz Einfaches«, sagte Dr. Budde ruhig.

»Kannst du mir vielleicht verraten, wie das Einfache aussieht, das du willst?«

»Ich hole Gisela heraus!«

»Was?«

»Ich hole sie. Ganz einfach!«

»Ganz einfach!« Dr. Hartung fuhr sich durch die Haare. »Du willst Gisela aus der Anstalt entführen?«

»Ja.«

»Man sollte dich auch einsperren!« Hartung schlug auf den Tisch. »Damit zerstörst du die letzte Hoffnung auf eine gerichtliche Revision der Entmündigung.«

»Soll ich darauf warten? Vielleicht ein oder zwei oder drei Jahre, bis Gisela wirklich irrsinnig geworden ist?«

Dr. Hartung hob die Schultern. »Natürlich kann die Geschichte etwas dauern. Jede Behörde wird träge, wenn es um das Eingeständnis eines Irrtums und um eine Wiedergutmachung geht. Du wirst nie einen Richter oder Staatsanwalt finden, der öffentlich auftritt und sagt: Ja, ich gestehe es, mir ist ein Justizirrtum unterlaufen! Nein, das gibt es einfach nicht!«

»Und ich soll warten? Nie! Ich hole Gisela aus der Anstalt heraus!« rief Dr. Budde.

»Dir werden die Augen übergehen, wenn du erst erkennst, was du angerichtet hast!«

»Ach was, zuerst muß man Gisela und mich einmal finden!«

»Wollt ihr in einer Höhle hausen? Unter falschen Namen in einer Dachkammer? Wie willst du dann je eine Rehabilitierung erreichen? Man wird euch jagen, bis ihr auf der Strecke bleibt.«

»Ich werde ins Ausland gehen!« sagte Budde trotzig.

»Für diesen Fall gibt es die Interpol. Sie liefert euch aus!«

»Dann gehe ich in ein Land, wo es keine Interpol gibt.«

»Gut! Ich empfehle dann: Die Eisregionen des Himalaja, die Wüste Gobi, das Hochland von Neuguinea – dort gibt's nur Menschenfresser und Kopfjäger –, die Grüne Hölle im brasilianischen Urwald und Feuerland!« Dr. Hartung schlug die Hände zusammen. Es klatschte so laut, daß Dr. Budde erschrocken herumfuhr. »Mein Gott! Welch ein Unsinn! Man sollte dich so lange ins Gesicht schlagen, bis zu klar denken lernst!«

»Ich bin ganz klar. Ich werde zunächst mit Gisela in Tunis untertauchen. Ich habe gestern schon ein Telegramm nach Kairuan geschickt.«

Dr. Hartung setzte sich. Er stützte den Kopf in beide Hände.

»Du bist verrückt«, sagte er leise. »Wer ist denn in Kairuan?«

»Ein Studienfreund von mir. Paul Burkhs, du kennst ihn ja.«

»Der kleine, dicke Burkhs? Der immer Nüsse kaute während der Vorlesung?«

»Er ist in Kairuan Syndikus einer staatlichen Teppichknüpferei.«

Dr. Hartung schüttelte zu diesen Eröffnungen nur den Kopf.

»Und was wollt ihr in der tunesischen Wüste?«

»Abwarten!« Dr. Budde stand auf und stellte sich dicht vor Hartung. »Eine ganz nüchterne Überlegung, Gerd: Ist Gisela erst einmal frei, hat sie sich der Kontrolle entzogen, so wird die Mauer der Peltzners zusammenbrechen. Aus Angst! Sie werden Fehler machen, sie werden sich in ihrer eigenen Gemeinheit verfangen und zugrunde richten. Eine befreite Gisela kann reden. Kannst du überhaupt ahnen, was das für Ewald Peltzner bedeutet?«

»Ich bin ja nicht schwachsinnig!« Dr. Hartung rieb sich die Nase. »Man sollte mit Dr. Pade darüber sprechen.«

»Ach nein, so was! Auf einmal sieht mein Plan nicht mehr idiotisch aus?« rief Dr. Budde.

«Mein Lieber.« Hartung lächelte breit. »Auch die Idiotie hat oft etwas Zwingendes.«

*

Professor von Maggfeldt stand einer Welle von Anklagen und Haß gegenüber, der er nichts entgegenzusetzen hatte als seinen ärztlichen Idealismus.

Die beiden Trieb-Mörder mußten außer Strafverfolgung gesetzt werden. Sie kamen in eine geschlossene Anstalt.

Die Angehörigen des Schizophrenen, der in dem Bernhardiner

Ludwig den haarigen Teufel gesehen hatte und an einem Herzschlag auf dem Gartenweg gestorben war, kamen zu Maggfeldt, um sich den Hergang des plötzlichen Ablebens erklären zu lassen. Die Presseberichte hatten sie aufgescheucht und verhetzt. Mit starren Gesichtern hörten sie zu. Es war dem Professor, als spreche er gegen eine Wand von tönernen Masken, angemalt, mit schwarzem Tüll garniert, mit schwarzen Schlipsen umbunden.

Vor allem der Bruder des Toten, ein Werkmeister aus einer Eisengießerei, sah mit unverhohlenem Abscheu auf Maggfeldt.

»Sagen wir es klar«, sagte er, nachdem Maggfeldt versucht hatte, den Unfall zu erklären, »Sie waren unfähig, meinem Bruder zu helfen.«

Professor von Maggfeldt hätte früher an diesem Punkt die Unterredung abgebrochen und die Leute stehengelassen. Heute tat er es nicht, er schluckte diesen massiven Vorwurf, diese Beleidigung, die ihn mitten durchs Herz schnitt.

»Sie wissen, daß Ihr Bruder unheilbar war«, sagte er sanft. »Die plötzliche Erscheinung des Teufels war in seinem kranken Hirn so mächtig, daß er einen Herzschlag bekam.«

»Wie kommt der Hund überhaupt in die Klinik?«

»Er gehörte zu einer Therapie. Er heilte einen Kranken.«

»Ein Hund!« Der Werkmeister sah sich im Kreise seiner Verwandtschaft um. »Hört ihr's? So arbeitet man hier! Die einen legen Kräuter auf, andere beten gesund, hier läßt man durch Hunde heilen! Ein Skandal ist das! Ich werde das in die Zeitung setzen lassen. Ich werde Sie anzeigen.«

»Tun Sie das alles«, sagte Maggfeldt müde. »Es führte zu weit, Ihnen die Methoden zu erklären.«

»Methoden? Unser Geld herauslocken, das ist Ihre einzige erfolgreiche Methode!« Der Werkmeister sah sich wieder um. In den Augen seiner Verwandtschaft las er Bewunderung. Wie der Karl mit dem berühmten Professor umspringt.

»Wo liegt mein Bruder?« fragte der Werkmeister.

»In der Leichenhalle der Klinik. Dr. Führwigge wird Sie hinbringen. Der Totenschein …«

»Mich interessiert Ihr Totenschein nicht. Ich werde einen Gerichts-
arzt beauftragen, alles genau zu untersuchen.«

Professor von Maggfeldt wandte sich ab. Stumm verließ er das Zimmer.

Auf dem Gang traf er auf den Stationsarzt Dr. Führwigge. Er wartete auf die Hinterbliebenen.

»Gehen Sie mit ihnen in die Leichenhalle«, sagte Maggfeldt leise.
»Und lassen Sie sich in keine Diskussionen ein.«

*

»Ich kann Ihnen zu diesem Plan gar nichts sagen. Ich darf ihn gar
nicht gehört haben!«

Oberarzt Dr. Pade ging unruhig in dem kleinen Zimmer Buddes
hin und her und rauchte nervös seine Zigarre. Dr. Budde stand am
Fenster. Dr. Hartung saß auf der Lehne der Couch und hielt einen
Plan in der Hand. Es war der Gebäudeplan der »Park-Klinik«, den
ihm ein Sachbearbeiter des Bauamtes für einen Tag geliehen hatte,
aus Entgegenkommen, weil Dr. Hartung ihn in einem Alimenten-
prozeß vertrat.

»Aber Sie müssen doch zugeben, daß der Gedanke zwingend ist:
Man entführt Gisela Peltzner und rollt den Fall dann in aller Ruhe
auf!«

»Von Ihrer Warte aus gesehen, ist der Plan natürlich gut. Aber ich
bin der Oberarzt dieser Klinik. Ich bin seit zehn Jahren mit diesem
Haus verbunden, es ist meine Heimat geworden! Was Sie hier von
mir verlangen, ist, als wenn ich an mein eigenes Haus Feuer legen
sollte. Es bedeutet, meinem Lehrer und Freund Maggfeldt in den
Rücken zu fallen, einem Mann, dem ich alles, was ich bin, verdan-
ke! Einem der letzten Idealisten, der in einem Kranken nicht bloß
einen ›Fall‹, sondern nur und immer den Menschen sieht! Es ist eine Schuftigkeit, ihn zu verraten!«

»Und wie nennen Sie das, was man mit Gisela getan hat?« fragte Dr.
Budde heiser.

»Einen Irrtum.«

»Lieber Herr Pade ... Der Oberarzt hob die Hand. »Ein Irrtum

183

Maggfeldts, wollte ich sagen. Die Einweisung selbst, das war ein Verbrechen, zugegeben. Aber für den Professor war sie rechtens, denn nie, nie käme ihm der Gedanke, daß Ärzte, Kollegen sich für eine solche Gemeinheit kaufen lassen. Ich bin bereit, vor Gericht alles zu tun … aber lassen Sie mich aus dem Spiel mit diesen wahnwitzigen Plänen! «

»Also gut!« Dr. Hartung legte den großen Klinikplan auf den Tisch. »Sie spielen nicht mit. Dürfen wir Sie dann bitten, wenigstens so weit zu helfen, daß Sie an diesem Tag oder in dieser Nacht nichts hören und sehen?«

»Ich werde mir Urlaub nehmen«, sagte Dr. Pade leise.

»Das ist gut.« Der Zeigefinger Hartungs lag mitten auf dem Plan. »Hier liegt Gisela gegenwärtig, nicht wahr? Das ist ungünstig. Was wir bräuchten, ist ein Zimmer, das weniger unter Kontrolle steht. Zum Beispiel hier.« Der Finger Hartungs wanderte weiter und blieb auf einem Grundriß nahe der Mauer liegen. »Was ist hier?«

Dr. Pade beugte sich vor. »Das ist Pavillon I. Epileptiker. Völlig unmöglich.«

»Und hier?« Wieder ein Haus in der Mauernähe.

»Pavillon 23. Chronische Schizophrenie.« Oberarzt Dr. Pade schwieg.

»Nun?« fragte Budde fast bettelnd.

»Es … es ginge«, sagte Dr. Pade stockend.

»Wie hoch ist die Mauer?«

»3,50 Meter. Oben sind Glassplitter in den Zement eingegossen.«

»Wie in einem Zuchthaus.«

»Der Ausbruch der beiden psychopathischen Mörder beweist, daß die ganze Mauer mit Starkstrom geladen sein müßte!«

»Sind die Fenster vergittert?«

»Nein. Aber nachts sind Läden vor die Fenster geklappt und von außen verriegelt. Das macht jeden Abend die Pavillonschwester.«

»Sind die Riegel abgeschlossen?«

»Nein. Es sind nur Klappriegel.«

Dr. Hartung legte beide Hände flach auf den Klinikplan. Er sah von Dr. Budde zu Dr. Pade, ehe er sprach. »Dann ist alles klar: Herr Pade verlegt Gisela in den Pavillon 23. Alles andere weiß er nicht.«

»Aber Gisela?« Dr. Budde riß den Kragen seines Hemdes auf. »Man müßte sie vorher unterrichten. Sie kann doch nicht unvorbereitet ...«

»Ich werde es ihr sagen.« Dr. Pade nahm seinen Mantel von der Sessellehne. »Darf ich gehen, meine Herren? Ich hab' ein Gewissen. Ich kann nicht länger an dieser Verschwörung teilnehmen.«

»Sie helfen der Gerechtigkeit, Herr Pade.«

»Ich weiß es nicht.« Dr. Fade zog seinen Mantel an.

»Fallen Sie uns bloß nicht um, Herr Pade«, sagte Dr. Hartung nachdenklich. Er verstand den inneren Konflikt des korrekten Arztes. »Es wäre viel furchtbarer, wenn erst nach Jahren oder Jahrzehnten herauskäme, daß Maggfeldt und Sie sich geirrt haben und Gisela Peltzner ein halbes Menschenalter unter Irren gelebt hat.«

Dr. Pade nickte. »Das ist auch der einzige Grund, der mich beruhigen kann. Ich rede mir ein, Maggfeldt damit zu helfen.«

»Sie tun es, Herr Pade!«

Oberarzt Dr. Pade verabschiedete sich. Dr. Hartung brachte ihn bis zum Wagen und winkte ihm nach, als er davonfuhr.

Dr. Budde saß vor dem Klinikplan, als Hartung wieder ins Zimmer trat.

Er blickte auf, und Hartung stellte erschrocken fest, daß Budde kalkweiß geworden war.

»Ist dir was?« fragte Hartung erschrocken.

»An alles haben wir gedacht«, sagte Budde leise. »Nur an das Wichtigste nicht. «

»Woran denn nicht?«

»An das Geld! Wer soll das alles bezahlen?«

»Nicht verzagen – Hartung fragen!« sagte Dr. Hartung fröhlich und klopfte seinem Freund auf die Schulter. »Mein Sinn für Realitäten hat mich nicht verlassen. Die Finanzierung ist gesichert!«

»Und wie?«

»Onkel Ewald Peltzner wird berappen.«

Diese Antwort verschlug Budde die Sprache. Er sah aus wie ein dummer Junge.

185

*

Professor von Maggfeldt hatte sich überzeugt, daß der Dauerschlaf eine allgemeine physische Besserung bei Gisela hervorgerufen hatte, wenn er auch keinerlei Wirkung auf die Wahnsyndrome der Patientin bei einem Testgespräch über Ewald Peltzner festgestellt hatte. Er ordnete deshalb den Übergang zum Elektroschock an.

Im übrigen begann der Fall Peltzner ein Routinefall zu werden, den er Dr. Pade ganz überließ. Die Verlegung Giselas machte deshalb keine Schwierigkeiten. An Maggfeldt kamen größere Probleme heran als die Sorge um eine der vielen Wahnpatientinnen, in deren Gruppe er Gisela endgültig einstufte. Die Häufung der Vorfälle in der letzten Zeit und die Angriffe der Presse gegen die Psychiatrie beanspruchten ihn ohnehin bis an die Grenze seiner Nervenkraft.

Oberarzt Dr. Pade ließ im Pavillon 23 ein Zimmer zur Mauer hin räumen und für Gisela Peltzner herrichten. Stationsarzt und Schwestern wurden unterrichtet, daß Gisela nicht eine Defekt-Schizophrene sei, sondern nur hier untergebracht wurde, um bestimmte Heilversuche mit ihr anzustellen.

In der Anstalt war man mitten in den Weihnachtsvorbereitungen. Im Mattenflechtsaal und in der Gärtnerei wurden Girlanden, Adventskränze und große, grüne Tannenfächer gebunden und silberne und goldene Bände hineingeflochten und in den Zimmern, Fluren, den Dielen der Pavillons, den Speisesälen, dem Kinosaal, in der Kegelbahn und dem großen Festsaal angebracht.

In der Anstaltsbäckerei arbeitete man in zwei Schichten an der Herstellung von Plätzchen und Lebkuchen, Zimtsternen und Zuckertalern, Christstollen und Printen, Spekulatius und ›Pflastersteinen‹. Im Kinosaal übte der Anstaltschor Weihnachtslieder unter der Leitung eines jungen Vikars. Wer den dreißig Mann starken Chor mit geschlossenen Augen hörte, war entzückt über die kräftigen, schönen Stimmen. Nur, wenn man die Augen öffnete und die Sänger ansah, vermischte sich mit dem Gefühl der Andacht das Prickeln eines Schauers. Kahlrasierte Schädel, stumpfe Gesichter, grinsende Fratzen … und sie sangen wie die Engel, mit den Köpfen im Takt wiegend …

Die Oberschwester studierte mit Hilfe von drei Pflegern das Spiel von der Geburt Christi und dem Zug der Heiligen Drei Könige zum Stall von Bethlehem ein. Man probte mit fünffacher Besetzung, denn niemand konnte ahnen, wann und bei wem von den Spielern wieder ein Schub des akuten Wahnsinns ausbrach.

Bevor Maggfeldt seinen Kampf gegen die Öffentlichkeit aufnahm, hatte er noch die Besetzungsliste zusammen mit seinen Ärzten durchgesprochen. Er hatte dabei wieder ein Experiment mit eingebaut, das typisch für ihn war und bei den Ärzten heimliche Kritik, wenn auch keinen Protest auslöste: Zur Darstellerin der Maria bestimmte Maggfeldt die religiös Wahnsinnige, Monika Durrmar.

»Sie bildete sich ein, die Braut Christi zu sein«, sagte Maggfeldt. »Nun soll sie die Mutter Christi werden. Geht sie darauf ein, haben wir einen großen Schritt getan! Einen Mutterkomplex heilen wir leichter als eine Sexualneurose. Man muß es eben versuchen.«

Als Oberarzt Dr. Pade mit einem langen, hellblauen Gewand zu Durrmar ins Zimmer kam, starrte sie ihn mit weitaufgerissenen Augen an.

»Was soll das?« fragte sie. »Was wollt ihr von mir?«

»Du hast dich geirrt«, sagte Pade. »Zieh dieses Gewand an. Wir haben festgestellt, daß du nicht die Braut Christi bist, sondern seine Mutter. Und in drei Wochen wird er geboren.«

»Seine Mutter«, stammelte sie. »Ich bin seine Mutter.«

Dr. Pade stand im Hintergrund neben der Stationsschwester. Sie hielt eine Megaphenspritze bereit.

»Wird nicht nötig sein«, sagte Pade mit einem Seitenblick auf die Injektionsnadel. »Unser Sorgenkind wird jetzt ruhiger werden.«

Pade sah durch das Fenster in das hellerleuchtete Zimmer. Monika Durrmar lag in ihrem blauen Mariengewand auf dem Bett. Sie war ganz ruhig und lächelte. Die Hände hatte sie über dem Leib gefaltet. Sie fühlte sich schwanger.

Der erste Erfolg für ihre zerstörte Seele war erreicht.

*

»Haben Sie mit Klaus gesprochen?«

Es war der erste Satz, den Gisela sprach, als Dr. Pade zu ihr ins Zimmer kam. Sie waren allein.

«Ja«, sagte er. »Lange.«

Gisela sprang aus dem Bett und schlüpfte in den seidenen Morgenmantel. Ihr langes goldenes Haar war hochgesteckt und machte ihr Gesicht noch schmaler und zerbrechlicher.

»Wie soll ich Ihnen danken!« sagte Gisela. Sie streckte Pade beide Hände entgegen.

»Ich soll Sie von Dr. Budde herzlich grüßen«, sagte Dr. Pade. »Er hat Sie nicht vergessen. Er wartet auf Sie.«

»Er wartet.« Gisela senkte den Kopf. Warten? dachte sie. Warum unternimmt er nichts? Warum läßt er mich hier?

»Worauf wartet er?« fragte sie bitter. Ihre Stimme erstickte in Tränen.

»Auf Sie!« sagte Dr. Pade laut.

Ihr Kopf flog hoch. In ihren Augen brannte eine Frage, mit Unverständnis gepaart.

»Was heißt das?«

»Dr. Budde hat alles unternommen, was man nur unternehmen konnte. Aber seine Beweise reichen nicht aus! Die fachärztlichen Gutachten, die vorliegen … Und das Obergutachten von Professor von Maggfeldt …«

»Sie alle halten mich für verrückt.«

»Ja! Und es wird schwer sein, die Gutachten widerrufen zu lassen. Es ist fast aussichtslos! Das haben wir alle eingesehen.«

»Wir?« fragte Gisela kaum hörbar.

»Dr. Budde, sein Rechtsanwalt und Freund Dr. Hartung und ich!«

»Sie wollen mir helfen?«

Es klopfte an die Tür. Die Schwester kam mit dem Nachmittagskaffee. Oberarzt Dr. Pade steckte seine Hände in die Taschen seines Kittels.

»Sie werden verlegt. Fräulein Peltzner«, sagte er nüchtern. »Nach Pavillon 23. Ein schönes, großes, sonniges Zimmer mitten im Park. Bereiten Sie alles zum Umzug vor, Schwester. In einer Stunde hole ich Fräulein Peltzner ab.«

188

Erstaunt sah Gisela den Oberarzt über den Rücken der Schwester an, die den Tisch deckte. Er nickte ihr kurz zu. Keine Angst, hieß dieses kurze Zeichen. Es wird alles gut werden.

Ihr Zimmer war groß und hell und hatte ein breites Fenster hinaus zum Park und zu der hohen Mauer, die etwa zwanzig Meter vor ihr den Blick in die Weite des Landes versperrte.

Es dauerte bis zum Abend, ehe Dr. Pade wiederkommen konnte. Drei schwierige Neuzugänge hatten ihn aufgehalten, außerdem hatte er den Chef vertreten müssen. Professor von Maggfeldt war zu einer Pressekonferenz in die Stadt gefahren.

Als Pade Giselas Zimmer betrat, saß sie am geschlossenen Fenster, vor das man die Läden geklappt hatte. Sie starrte gegen das grüngestrichene Holz, und er sah, daß sie geweint hatte.

»Aber, aber«, sagte Dr. Pade und strich ihr über die aufgelösten, langen goldenen Haare. »Wer wird denn jetzt schlappmachen? Haben Sie gar kein Vertrauen mehr zu uns?«

»Was soll ich hier, Herr Oberarzt?« Gisela sprang auf. »Warum vergräbt man mich im hintersten Winkel der Anstalt?«

»Weil die Mauer in der Nähe ist.«

»Die Mauer?«

»Es kann sein, daß nachts jemand über die Mauer klettert, das Fenster öffnet und Sie mitnimmt. Möglich ist alles.«

»Hat ... hat Klaus Ihnen ...« Gisela starrte Dr. Pade ungläubig an. Dann lief ein Zittern durch ihren Körper. Sie umklammerte Pades Hände, die sie beruhigen wollten. »Kommt Klaus und holt mich heraus?« rief sie.

»Wenn Sie so laut schreien, bestimmt nicht.« Dr. Pade drückte Gisela auf den Stuhl zurück. »Im übrigen weiß ich von nichts. Meine Aufgabe ist mit Ihrer Verlegung in Pavillon 23 erfüllt. Mehr darf ich nicht wissen.«

»Und wann, wann ...« Gisela konnte nicht weitersprechen. Ihr Herz schlug ihr bis zur Kehle, sie hatte Mühe, den rasenden Wirbel in ihrer Brust zu dämpfen.

»Das weiß ich nicht. Vielleicht sagt er es mir, vielleicht ist er ganz plötzlich da. Es kann auch noch Wochen dauern.«

»Aber er kommt, nicht wahr?« Gisela drückte die Hände flach gegen ihre Schläfen. Es war, als zerspringe ihr Kopf. »Herr Doktor Fade? Sie vertrösten mich nicht bloß?«

»Sie müssen Geduld haben und glauben. Mehr kann ich Ihnen auch nicht sagen.«

»Ich werde die Zähne zusammenbeißen und warten. Und wenn es noch Monate dauert. Ich muß nur wissen, daß dieses Warten nicht umsonst ist.« Sie schlug the Hände vor das Gesicht und schluchzte. »Wenn alles umsonst wäre, würde ich bestimmt wahnsinnig. Bestimmt, Herr Doktor.«

Dr. Pade hörte, wie die alte Schwester aus der Pavillonküche kam. Sie brachte die abendlichen Schlaftabletten für die Kranken,

»Ich werde Ihnen Nachricht geben«, sagte er schnell. »Sie müssen jetzt nur allen Mut zusammennehmen.«

»Ich werde ganz ruhig sein.« Sie sah ihn aus dankbaren, aber in der Tiefe doch mißtrauischen Augen an. »Und ich werde stark sein.«

»Gute Nacht, Fräulein Peltzner.«

»Gute Nacht, Herr Doktor.«

*

Die kleine Wohnung Dr. Buddes glich dem Hauptquartier einer geheimen Verschwörung. Es wurde Generalstabsarbeit geleistet, mit Karten, Telegrammen, Flugkarten, Hotelzimmern und neuen Banknoten.

Dr. Hartung hatte hierbei die Beschaffung von zwei der wichtigsten Dinge übernommen, die den großen Plan überhaupt erst möglich machten: Geld und Paß.

Mit dem Paß hat er weniger Schwierigkeiten. Bevor Gisela gewaltsam in die »Park-Klinik« gebracht worden war, hatte sie im letzten Augenblick vor der großen Auseinandersetzung, der ihr verzweifelter Fluchtversuch und die willenlos machende Injektion Dr. Oldenbergs folgten, ihre persönlichen Papiere versteckt. In einem Zwischenfach des Kleiderschrankes lagen sie, und Hartung erfuhr es über Dr. Pade, der Gisela danach fragen mußte. Bei einem Besuch in der Peltzner-Villa, am frühen Nachmittag, an dem Ewald

190

Peltzner im Büro war und Monique auf dem zugefrorenen großen Schwimmbecken im Garten Schlittschuh lief, konnte Hartung in aller Ruhe die Papiere suchen und an sich nehmen.

Anders lag es bei der Beschaffung des Geldes. Eine Summe von mindestens 20 000 Mark mußte aufgebracht werden, denn Flugkarten und das Leben in Tunis – auf einige Monate berechnet – verschlangen bei knappster Berechnung eine für Dr. Budde geradezu traumhafte Summe.

Hier kam der entlassene Butler René zu Hilfe, ohne es selbst zu wissen. Ewald Peltzner hatte von ihm einen Brief erhalten, unverschämt, frech und erpresserisch. René schrieb nichts Bestimmtes, aber Peltzner glaubte zwischen den Zeilen zu lesen, daß Anna Fellgrub mehr gesagt hatte, als es für die Familie erträglich war.

»Schaff mir diesen Gigolo vom Hals!« sagte er deshalb zu seinem zukünftigen Schwiegersohn Dr. Hartung. »Aber billig, mein Lieber! Und ohne Skandal vor allem!«

»Das sind zwei Faktoren, die sich nicht miteinander vertragen«, antwortete Dr. Hartung. »Entweder wir zeigen diesen René an …«

»Das möchte ich unter allen Umständen vermeiden.«

»… oder wir zahlen! Einmal anständig, und dann ist Schluß! Ich werde es diesem René schon beibringen.«

Drei Tage verhandelte Dr. Hartung mit René, dem Exbutler. Er tat es am dritten Tag roh und erfolgreich.

»Hör mal, mein Junge«, sagte er. Sie saßen an einem runden Tisch in einer kleinen Bar und tranken einen Whisky. »Hier sind 10 000 Mark! Und damit ist Schluß! Wir leben in Deutschland, gewiß, aber auch hier kann ich einige Typen engagieren, die dich für ein Handgeld von 5000 Mark verunglücken lassen. Ich würde mir das überlegen, René.«

»Und wenn ich jetzt zur Polizei gehe, was dann?«

»Ja, was dann, mein Herzchen?« Dr. Hartung trank lächelnd seinen Whisky aus. »Dann singst du, nicht wahr? Aber es wird dein letztes Lied sein. Denn was auch nach deinem Geplapper geschieht, es gibt nichts auf der Welt, was dich schützen kann. Und wenn es ein Jahr dauert, ich finde dich. «

René verstand. Dr. Hartung war eine Gefahr. Er nahm die 10 000 Mark und ging. Dr. Hartung aber rechnete mit Ewald Peltzner am Abend noch 40 000 Mark ab.

»Gut gemacht, mein Junge«, sagte Peltzner zufrieden. »Die Hälfte hole ich mir von. Anna wieder! Und er kommt nicht wieder, dieser Gigolo?«

»Unter Garantie nicht! Er fährt morgen schon nach Italien.«

»Ist er nicht ein kluger Mann?« lachte Monique und küßte Hartung.

Dr. Budde hatte unterdessen in Kairuan alles geregelt. Freund Paul Burkhs von der staatlichen Teppichknüpferei hatte ein Hotelzimmer besorgt. Nicht in Kairuan, sondern in einer Oase, die Sabria hieß und südlich des Salzsees Schott Djerid lag. Ein winziger Wüstenort mit Nomaden und Kamelen. Das Hotelzimmer war ein leidlich sauberer Raum in einer Karawanserei, einem aus Lehm gebauten, großen Gebäude am Rand der Wüste, in dem die Kamelkarawanen übernachteten.

»Hier seid Ihr sicher«, hatte Paul Burkhs geschrieben. »Der Caid von Sabria ist einer meiner Teppichlieferanten. Er wird Euch mit allem versorgen. Trotz allem habe ich Bedenken, ob das, was Du da unternehmen willst, auch richtig ist!«

Als Dr. Hartung die 30 000 Mark brachte, bestellte Dr. Budde sofort die Flugkarten für sich und Gisela Peltzner.

»Am 9. Januar«, sagte Dr. Budde, als er den endgültigen Termin von der Fluggesellschaft erhielt. »Von Frankfurt nach Marseille, von Marseille nach Tunis.« Er schluckte und wischte sich über die Augen. »Nun ist es soweit, am 9. Januar.«

»Es ist ein Freitag.«

»Ich bin nicht abergläubisch!«

Dr. Hartung zog seinen Krawattenknoten tiefer und öffnete den Hemdkragen. Die Unabwendbarkeit des Geschehens machte auch ihn nervös. Dann griff er nach dem Telefon und wählte.

»Ja, hier Hartung. Guten Abend, Herr Pade.« Er steckte sich eine Zigarette an und blies den Rauch in die Sprechmuschel. »Am 9. Januar.«

Auf der anderen Seite klickte es. Dr. Pade hatte wortlos aufgelegt. Hartung legte den Hörer zurück.

»Es nimmt ihn sehr mit«, sagte er langsam. »Er ist ein verdammt anständiger Bursche, der Pade. Wenn ich bedenke, was ihm noch bevorsteht.«

17

Die Weihnachtsfeier in der Klinik war ergreifend. Der Chor sang, das Weihnachtsspiel rollte ohne Zwischenfälle ab. Monika Durrmar als Maria war wie eine Märchengestalt. Ihre Verklärung war echt. Professor von Maggfeldt hatte wieder recht gehabt. Sie lebte sich so in die Mutterrolle hinein, daß ihr sexuell gefärbter religiöser Wahnsinn sich auflöste in einen Mutterkomplex, der ihr Wesen völlig veränderte und sie sanft und still werden ließ.

Von allen Seiten waren die Geschenkpakete gekommen. Sie durchliefen eine peinliche Kontrolle. Scharfe Gegenstände wurden herausgenommen und alle Schachteln und liebevoll gepackten Umhüllungen untersucht. Auch Gisela hatte Geschenke erhalten. Von Dr. Budde ein Album mit Bildern ihrer herrlichen Wochen auf Norderney, dazu ein Ring mit einem Goldtopas. Die Kontrolle ließ ihn ihr, da bei ihr nicht die Gefahr bestand, daß sie den Ring verschluckte. Auch Ewald Peltzner hatte sich nicht lumpen lassen. Eine schwere goldene Uhr, die man als Anhänger um den Hals tragen konnte. Dazu ein Brief, triefend von Hohn, aber für den Unwissenden klingend wie echtes Bedauern und tiefste Anteilnahme. Anna Fellgrub schickte nichts. Von Heinrich kam ein kurzer Brief. Er versteckte seine Schuldgefühle hinter nichtssagenden Floskeln.

An Silvester saß Gisela mit den Schwestern im Gemeinschaftssaal und rank einen Punsch. Als die Uhr das neue Jahr anzeigte, als die Glocken schwangen und von der Stadt herüber das Silvesterschießen dröhnte, krampfte sich ihr das Herz zusammen. Noch neun Tage, dachte sie. Dann soll ich frei sein.

Dann kam der Morgen. Noch acht Tage, dachte Gisela. Sie sah zu
der hohen Mauer hinüber, hinter der das Leben lag.
Würde es wirklich Freiheit bedeuten? Wer würde stärker sein?
So kam der 9. Januar heran. Ein Tag voll Schnee, sonnenlos und
windig.
Buddes Koffer standen gepackt in der Diele, die Flugkarten waren
abgeholt, Tunis und Freund Paul Burkhs waren verständigt. Dr.
Hartung hatte sich bei Ewald Peltzner zum Abendessen einladen
lassen, um seine völlige Neutralität zu dokumentieren. Alles war bis
ins kleinste vorbereitet. Nur das Wichtigste fehlte noch: Gisela.
Bevor Dr. Hartung zu Ewald Peltzner fuhr – er hatte einen Smoking
an und trug im Knopfloch eine rote Nelke –, klopfte er Dr. Budde
auf die Schulter.
»Man sollte dir die Whiskyflasche wegnehmen!« sagte er tadelnd.
»Am Ende bist du um elf blau, und alles löst sich buchstäblich in
Alkohol auf! Mensch, nimm dich zusammen. Kidnapping braucht
Nerven!«
»Wenn du nicht den Mund hältst, vergesse ich mich!« schrie Dr.
Budde. Er war bleich und saß in der Diele auf einem großen Koffer,
als warte er auf dem Bahnsteig auf einen verspäteten Zug. »Schließ-
lich ist es etwas Ungewöhnliches, seine Braut aus einem Irrenhaus
zu rauben!«
»Es war dein Plan! Nun steh ihn durch, Klaus! Was wir Handlanger
tun konnten, haben wir getan, 'rausholen mußt du sie schon allein!«
»Ich werde es! Und Gisela wartet gewiß schon ungeduldig.«
»Na, dann raub mal schön!« sagte Dr. Hartung. Er verließ pfeifend
die Wohnung, den Mantel lose um seine breiten Schultern gehängt.
Budde starrte ihm das Treppenhaus hinab nach. Er ist so sicher,
dachte er. Was gäbe ich darum, ein wenig von dieser Kaltschnäu-
zigkeit zu haben! Nur ein nächtlicher Kontrollgänger braucht uns
zu sehen. Was geschieht dann? Nicht auszudenken. Es würde das
endgültige Begräbnis Giselas sein.
Um halb elf Uhr nachts schleppte Dr. Budde die Koffer in seinen
Wagen. Er schloß seine Wohnung ab, kontrollierte noch einmal sei-

ne Brieftasche Flugscheine, Geld, Pässe –, steckte einen Brief in die Außentasche des Mantels und stieg dann in sein kleines Auto. Aus einem bleiernen Himmel schneite es in dicken Flocken. Noch zwanzig Minuten.

*

Der letzte Wagen fuhr durch das große Tor der Klinik. Professor von Maggfeldt und Oberarzt Dr. Pade verließen den Park. Sie waren späte Gäste zum Medizinerball im Parkhotel. Maggfeldt und Pade trugen Fräcke und dazu rote Schleifen. Auf den Rücksitzen lagen zwei seidene Dominos.

Der Nachtpförtner der Klinik schloß sein gläsernes Büro ab und verzog sich in den Nebenraum, wo ein Feldbett und ein Radio standen. Er schaltete den Apparat ein, drehte, bis er Operettenmelodien hörte, machte es sich bequem und las einen Kriminalroman.

Im schloßähnlichen Hauptgebäude legte sich der wachhabende Arzt Dr. Heintzke ins Bett und las in einer Illustrierten. Die beiden Nachtschwestern kochten sich Tee.

Gisela lag angezogen unter der Bettdecke. Sie hatte das Licht gelöscht und preßte die Hände auf das Herz. Unter dem Bett stand gepackt ein kleiner Koffer. Sie nahm nur das Notwendigste mit.

Dr. Budde fuhr langsam durch das Schneetreiben. Mit jedem Meter, den er sich der Klinik näherte, wurde er ruhiger. Als er die ersten Gebäude sah, die lange, hohe Mauer, die großen, voll Schnee hängenden Bäume des Parks, war es ihm, als sei es das Selbstverständlichste, in wenigen Minuten eine Strickleiter über die Mauer zu werfen und einen Menschen unter hundert unheilbaren Irren herauszuholen.

Im Pavillon 23 stand Gisela zitternd neben dem Fenster und wartete darauf, daß die von außen verriegelten Klappläden aufgestoßen wurden. In der Hand hielt sie den kleinen Koffer. Den Kragen ihres Mantels hatte sie hochgeschlagen, die langen, goldenen Haare unter eine Stoffmütze gepreßt.

Im Parkhotel gaben Maggfeldt und Dr. Pade ihre Mäntel ab und schlüpften dann in ihre seidenen Dominos. Aus dem großen, geschmückten Saal drang die Tanzmusik hinüber in das Foyer. Dr. Pade sah auf seine Uhr.

Jetzt steigt er über die Mauer, dachte er. Er zog die Dominokapuze über den Kopf. Ihm war plötzlich übel. Habe ich richtig gehandelt, fragte er sich. Er sah, wie fröhlich und sorglos Professor von Maggfeldt sich in das Getümmel der Masken stürzen wollte. Morgen wird er zusammenbrechen, dachte Dr. Pade, und er fror. Morgen wird der schwärzeste Tag des Professors sein. Er hat es nicht verdient.

An der Mauer keuchte Dr. Budde unter der Last der zusammengerollten Strickleiter. Dreimal warf er das schwere Ende an der Mauer hinauf, bis es überschlug. Dann ruckte er ein paarmal daran, eine Seilsprosse verhakte sich an den hohen dicken Glasscherben, die auf dem Mauerkamm in den Beton eingelassen worden waren. Langsam kletterte er empor, nahm, als er hinübersehen konnte, einen Hammer und zwei dicke Stahlnägel und trieb sie hinter der festgehakten Sprosse in die Mauer. Es war ihm, als seien seine Schläge wie Kanonenschüsse, die weit durch die Nacht halben. Aber niemand hörte sie. Im Schnee gingen alle Geräusche unter.

Die Leiter war gesichert. Dr. Budde zog sie hinauf, ließ sie auf der anderen Mauerseite hinab und kletterte in den Park. Vor ihm lag in völliger Dunkelheit der Pavillon 23.

Das dritte Fenster vom Eingang rechts mußte es sein. Budde zögerte nicht mehr. Mit ein paar schnellen Schritten sprang er durch den knietiefen Schnee, riß den Riegel zurück und stieß die Läden zur Seite. Das Fenster war schon geöffnet, eine schmale weiße Hand erschien in der Dunkelheit, ein Arm in einem flauschigen Mantelärmel, ein Kopf tauchte auf, schmal, bleich, unter einer Stoffmütze.

»Klaus.«

»Gisela.«

»Ich habe solche Angst«, flüsterte Gisela.

»Nichts sagen!« Dr. Budde rannte zurück, schloß die Läden wieder und schob den Riegel vor.

»Komm!« keuchte Budde, als er zu Gisela zurückkam. »Wir wollen sehen, daß wir fortkommen.«

Sie rannten durch den tiefen Schnee zur Mauer. Zuerst kletterte Dr. Budde hinauf und warf Giselas kleinen Koffer auf der anderen Seite hinab in den Schnee. Dann zog er Gisela die Leiter hinauf, ließ sie auf der Straßenseite hinabklettern und hakte dann die Sprosse aus den Stahlnägeln aus. Nun wurde die Leiter wieder nur von der Glasscherbe gehalten. Dr. Budde sah noch einmal zurück in den Park. Alles war still und weiß. Selbst ihre Spuren verwischten sich schon, flossen ineinander und schneiten zu. Am Morgen würde alles eine glatte weiße Fläche sein.

Mit einem Schwung ließ er sich auf die Leiter fallen. Er kletterte schnell hinab, aber auf halber Höhe knirschte es oben, die Glasscherbe zerbrach, und Dr. Budde fiel mit der Leiter rücklings unten auf.

Der Schnee dämpfte den Fall, aber trotzdem war es ihm, als bräche sein Rückgrat mitten durch. Stöhnend richtete er sich auf den Knien auf und umklammerte den Arm Giselas, die ihn aus dem Schnee zog.

»Bist du verletzt?« flüsterte sie. »Klaus, hast du dir weh getan?«

»Es geht schon. Es geht schon.« Budde streckte sich. In seinem Rücken stachen tausend Nadeln.

»Komm!« Gisela faßte ihn unter und schleifte ihn fast zum Wagen. Dort setzte sie ihn vorsichtig auf den Sitz und rannte dann um den Wagen herum zum Fahrersitz. »Ich fahre«, sagte sie, als Budde stöhnend hinüberrücken wollte. »Wohin sollen wir?«

»Zum Flughafen. Die Nachtmaschine nach Marseille über Paris.«

»Nach Marseille?«

»Und weiter nach Tunis.«

»Tunis?«

»Frag nicht, fahre!«

Buddes Kopf sank nach hinten. Er war ohne Besinnung. Gisela umkrampfte das Steuerrad. Einen Arzt, dachte sie. Wir brauchen einen Arzt! Zweihundert Meter weiter, hinter der Mauer liegt Dr. Heintzke im Wachzimmer. Soll ich durch das Tor wieder in die Anstalt fahren? Es wäre eine Fahrt in die ewige Verbannung.

Sie starrte in das bleiche Gesicht Dr. Buddes. Lebenslanges Irrenhaus, dachte sie, oder die Freiheit. Aber ist es eine Freiheit, wenn sie Klaus kostet?

Sie biß die Zähne zusammen und ließ den Anlasser aufschnurren. über das Steuer gebeugt fuhr sie an, lenkte auf die Straße und raste dem großen Tor der Klinik zu.

Tränen standen ihr in den Augen, als sie den Kopf Buddes zur Seite Schob, ganz zärtlich und langsam, als könne er aufwachen. Dann jagte sie durch die Straßen, schleuderte um die Ecken und durch die Kurven und umklammerte das hüpfende Lenkrad, als sie mit höchster Geschwindigkeit die Ausfallstraße hinabraste, dem Flughafen zu.

Die Maschine nach Marseille rollte bereits auf die Betonstartbahn, als der kleine Wagen auf den Parkplatz des Flughafens schleuderte. Als Gisela bremste und ein Ruck durch den Wagen ging, schlug Dr. Budde die Augen auf. Er zog sich am Armaturenbrett nach vorn und starrte Gisela in die flackernden, ängstlichen Augen.

»Flughafen?« fragte er mühsam.

»Ja, Klaus. Ich werde sofort einen Arzt..

»In Tunis! Laß die Koffer holen. Wenn du mich unterfaßt, wird es schon gehen.«

Er biß die Zähne zusammen, als er ausstieg. Auf Gisela gestützt, ging er langsam, Schrittchen um Schrittchen, in die Eingangshalle, zur Zollhalle und Abfertigung. Die Koffer wurden ihnen von einem Träger nachgerollt. Den Wagen ließ Dr. Budde stehen. Hartung würde ihn am Morgen mit dem Reserveschlüssel abholen.

»Die Reisenden nach Marseille …«

Die Stimme aus dem Lautsprecher riß Dr. Budde hoch. Mit bleichem Gesicht ging er, auf Giselas Schulter gestützt, zur Abfertigung und reichte die Flugscheine und die Pässe hin.

»Ausgang 2!« sagte die Stewardeß. »Wollen Sie zur Maschine gefahren werden?«

»Nein, danke, es geht schon.« Dr. Budde versuchte ein verzerrtes Lächeln.

Mühsam humpelte er durch die Halle zum Ausgang. Draußen, an der hohen Treppe zur Maschine, standen der Zweite Pilot und ein

198

Steward in blauen Regenmänteln. Sie nahmen den ins Flugzeug kletternden Passagieren die Bordkarten ab.

»Die Treppe«, flüsterte Gisela. »Klaus.«

»Es geht.«

Er stieg mühsam die Stufen hinauf, ging in die Maschine, sank in die Polster seines Platzes und legte den Kopf auf die Nackenlehne.

»Du bist frei!« sagte er, als Gisela neben ihm saß. Er tastete nach ihrer Hand und umklammerte sie. »Ich bin so glücklich, Liebes.«

Als die Maschine anrollte und die vier Motoren aufheulten, hörte es Dr. Budde nicht mehr. Er war wieder besinnungslos.

Gisela starrte durch das runde Fenster hinab auf die verschneite Erde, die unter ihr wegglitt und kleiner und kleiner wurde.

Ein neues Leben, eine neue Welt, Freiheit. Was für eine Freiheit?

*

Erst nach neun Uhr morgens entdeckte man, daß Gisela Peltzner nicht mehr in ihrem Zimmer war.

Dr. Heintzke schlug die Meldung wie eine Faust auf seinen Kopf. Er dachte an die beiden psychopathischen Mörder. Nun war ein dritter Fall ausgebrochen während seiner Nachtwache.

»Schweinerei!« brüllte er. »Wer ist es denn?«

»Fräulein Peltzner.«

»O Himmel! Die Prunkpatientin des Chefs!«

Dr. Heintzke unternahm sofort die notwendigsten Schritte. Er rief Oberarzt Dr. Pade an, der noch mit einem ziemlich schweren Kopf im Bett lag, und er verständigte Professor von Maggfeldt, der eine Hühnerbouillon trank, um den schalen Alkoholgeschmack von der Zunge zu bekommen.

Fast gleichzeitig trafen die beiden Alarmierten in der Klinik ein. Dr. Pade fuhr zum Pavillon 23, während Maggfeldt in das Hauptgebäude stürmte, die Nachtwache zusammentrommelte und in den wenigen Minuten des Alleinseins sich überlegte, was dieser neue Vorfall bedeuten konnte und würde.

Die Staatsanwaltschaft mußte benachrichtigt werden.

Ewald Peltzner mußte verständigt werden.

Die Kriminalpolizei würde sich einschalten.

Die Presse griff den Fall auf. Die berühmte Schuldfrage würde wieder gestellt werden.

Dr. Pade kam ins Chefzimmer. Im Vorzimmer warteten Dr. Heintzke, die Nachtschwestern und die Schwestern von Pavillon 23. Pade hatte sie im Vorzimmer stehen lassen. Er wollte zunächst allein mit Maggfeldt sprechen.

»Was nun?« fragte der Professor, als sein Oberarzt die Tür hinter sich zuzog. »Wenn ich an die kommenden Tage denke …« Er schwieg. Sein von den weißen Haaren umrahmtes Gelehrtengesicht war wie zerknittert. Er verbarg seine Hilflosigkeit nicht. Was hatte es auch für einen Sinn?

»Ich habe alles genau untersucht, Herr Professor«, sagte Dr. Pade, ohne seinen Chef voll anzusehen. »Ich komme von P 23. Fräulein Peltzner ist entführt worden.«

»Was ist sie?« schrie Maggfeldt.

»Entführt! Jemand hat in der Nacht die Läden von außen entriegelt, denn von innen war das unmöglich. Dann hat er Fräulein Peltzner aus dem Zimmer geholt und ist über die Mauer ins Freie. Wir haben oben auf der Mauer Stücke einer Strickleitersprosse gefunden. Beim Abstieg muß sie an einer der Glasscherben zerrissen sein. Unten an der Mauer, auf der Straßenseite, fanden wir im Schnee einen Mantelknopf und einen Brief. Hier.«

Dr. Pade legte einen abgerissenen Knopf und einen von der Schneenässe durchfeuchteten Brief auf den Tisch Maggfeldts. Es war das Schreiben, das Dr. Budde vor seiner Abfahrt in die Außentasche seines Mantels gesteckt hatte. Nach der gelungenen Befreiung hatte er es in einen Postkasten werfen wollen.

Maggfeldt betrachtete das Kuvert, ohne es anzurühren.

»An die Redaktion der ›Tagespost‹«, las er laut. »Was soll das?« Er wischte sich über die Augen. »Mein Gott, Pade, das ändert ja vieles! Entführt! Sind Sie sicher?«

»Ganz sicher, Herr Professor.« Dr. Pade starrte auf die elektrische Uhr, die über Maggfeldts Kopf an der Wand hing. Jetzt müssen sie schon in Tunis sein, dachte er. In Sicherheit. Jetzt können wir alle

Beweise auf den Tisch legen. Man wird sie nicht mehr finden.

»Die Schwestern trifft keinerlei Schuld, Herr Professor«, sagte er laut. »Sie haben alles zur Sicherung getan, wie jede Nacht. Gegen Eingriffe von außen können wir uns nicht schützen. Es muß ein lange vorbereiteter Plan gewesen sein.«

»Dieser Dr. Budde«, sagte Maggfeldt sinnend.

»An ihn dachte ich auch.« Oberarzt Dr. Pade hob den Telefonhörer ab. »Es kann gar kein anderer gewesen sein.«

»Wen wollen Sie anrufen?» fragte Maggfeldt stockend.

»Die Polizei! Und Herrn Peltzner. Es hat keinen Sinn, intern etwas zu unternehmen. Wir müssen an die Öffentlichkeit. Ich werde auch die gesamte Presse laden.«

»Herr Pade«, sagte Maggfeldt gequält.

»Es geht nicht anders! Die Flucht nach vorn ist unsere einzige Ehrenrettung.«

Professor von Maggfeldt nickte und setzte sich schwer hinter seinen großen Schreibtisch.

»Sie haben recht«, sagte er müde. »Dieses Mal sind wir die Opfer.«

*

Zwei Stunden später war der große Aufenthaltsraum der Park-Klinik bis zum letzten Platz gefüllt. Pressevertreter, Kriminalbeamte und einige Herren der Gesundheitsbehörde, selbst Ewald Peltzner war erschienen. Während Oberarzt Dr. Pade die ersten Informationen an die Presse gab und die Kriminalpolizei noch mit der Spurensicherung beschäftigt war, saß Ewald Peltzner mit hochrotem Kopf im Chefzimmer und hieb mit beiden Fäusten auf den Schreibtisch.

»Unerhört!« brüllte er unbeherrscht, »eine Sauerei! Wie konnte das vorkommen? Wie stehe ich nun da! Gebe ich meine arme Nichte darum in Ihre Klinik, daß sie nachts gestohlen wird? Sie haben Ihre Aufsichtspflicht verletzt, Sie haben den Fall zu leicht genommen! Was soll nun geschehen? Wissen Sie, was es bedeutet, wenn eine Irre wie meine Nichte frei herumläuft?«

Für Peltzner gab es keine Illusionen mehr. Solange Gisela hinter den dicken Mauern gelebt hatte, war er sicher.

»Was werden Sie unternehmen?« randalierte er und hieb wieder mit den Fäusten auf den Tisch. »ich mache Sie persönlich für alles verantwortlich! Sie persönlich! Ich habe Ihnen meine Nichte anvertraut! Ich habe Ihnen ein Vermögen geschenkt, in der Hoffnung, daß ich mich auf Sie verlassen kann!«

»Was soll das heißen?« fragte Maggfeldt.

»Darüber reden wir später! Ich verlange, daß Sie meine Nichte finden!

Und sofort! Bevor sie Unheil anrichtet!«

»Unheil? Bei wem?«

»Bei uns allen!« Peltzner wurde ruhiger. Aus zusammengekniffenen Augen sah er Maggfeldt an. »Wir alle sitzen in der Tinte«, sagte er heiser.

»Sie genauso wie ich! Sie haben Gisela in Ihrer Klinik behandelt und bei sich behalten, weil sie gefährlich ist! Sonst hätte man sie ja entlassen können, nicht wahr? Sie haben durch Ihr Obergutachten ihre Entmündigung durchgesetzt. Sie muß also sehr krank sein, nicht wahr? Ein so großer und berühmter Mann wie Sie kann und darf sich ja nicht irren. Oder doch? Besteht die Psychiatrie nur aus Irrtümern? Sie werden alle verfügbaren Mittel einsetzen müssen, um meine Nichte unschädlich zu machen, schon in Ihrem Interesse.«

Professor von Maggfeldt hatte einen Augenblick lang eine wahnsinnige Lust, mit beiden Fäusten in das dicke Gesicht vor sich zu schlagen. Mit grauenhafter Deutlichkeit hörte er aus den Worten, die wie Schläge auf ihn niederprasselten, daß es einer Handvoll Menschen gelungen war, ihn auszunützen und zu täuschen. Alles, was Gisela Peltzner ihm gesagt hatte und was er als Ausdruck einer Wahnidee gedeutet hatte, entsprach der Wahrheit. Er hatte es nie glauben können, weil seine Ehrlichkeit es unmöglich machte, solche Gemeinheiten zu verstehen.

»Ich hatte zwei Fachgutachten bei der Einweisung!« sagte er. Und während er es sagte, wußte er, wie dumm diese Verteidigung war.

Ewald Peltzner nickte.

»Sie haben mich 20 000 Mark gekostet! Nun kann ich es Ihnen sagen. Sie sind Komplice geworden, und ich …«

Maggfeldt schloß einen Augenblick die Augen. Die nackte Wahrheit war so fürchterlich, daß er kaum Luft bekam.

»Gehen wir!« sagte er tonlos. »Die Presse wartet auf uns. Ich muß eine Erklärung abgeben.«

»Ich werde auch etwas dazu sagen!« sagte Peltzner.

»Es steht Ihnen frei.«

Der Brief, den Dr. Budde im Schnee beim Herunterfallen von der Mauer verloren hatte, wurde in Gegenwart der Presse geöffnet. Der Vertreter der »Tagespost«, an deren Adresse der Brief gerichtet war, stand dabei, um mitzulesen, was Dr. Pade laut vorlas:

»Ich habe Fräulein Gisela Peltzner, die seit Monaten als völlig Gesunde unter Irren leben mußte, weil sie durch Intrigen und Habgier, mit Hilfe gekaufter Gutachten, entmündigt und zur Geisteskranken gestempelt wurde, aus der Anstalt herausgeholt. Wir wollen die Freiheit nur zu dem Zweck benutzen, um in aller Offenheit und ohne Angst, daran gehindert zu werden, die Wahrheit zu sagen und diejenigen zur Rechenschaft für ihre Verbrechen ziehen, die diese Gemeinheit begangen haben. Wir lassen wieder von uns hören, von einem sicheren Ort aus, wo niemand uns finden wird.
Dr. Budde.«

In dem großen Saal war völlige Stille, als Dr. Pade endete. Aller Augen waren auf Maggfeldt und Ewald Peltzner gerichtet, der mit perlendem Schweiß auf der Stirn hinter ihm stand. Der Pressevertreter drehte sich langsam zu dem Professor um.

»Nun?« fragte er. »Was sagen Sie dazu?«

»Es war ein Verzweiflungsschritt!« Der Professor atmete schnell. »Ich wünschte, Fräulein Peltzner hätte mehr Vertrauen zu uns gehabt. Es wird sich alles klären.«

»Ihr Obergutachten aber liegt doch vor, Herr Professor. Sie haben bescheinigt …«

»Ich weiß, was ich geschrieben habe.«

»Und nun dieser Vorwurf!«

Ewald Peltzner schob sich in den Vordergrund. Sein massiver Körper schien förmlich den ganzen Raum auszufüllen.

»Das Problem ist gar kein Problem!« sagte er laut. »Als vom Gericht eingesetzter Vormund meiner armen Nichte muß ich eine Erklärung abgeben. Meine Nichte Gisela ist von einem manisch-depressiven Irresein befallen, das sich mit Wahnideen und Psychosen koppelt. Sie ist ein sehr, sehr schwerer Fall, bei dem Passagen völligen Normalseins mit Schüben von unheimlichen Ausbrüchen vorkommen. Es handelt sich um eine Erkrankung, die man mit Fug und Recht als ›gemeingefährlich‹ bezeichnen kann. Der Entführer, dieser Dr. Budde, war der Verlobte meiner Nichte und handelte damals – wie heute – aus eigennützigen Motiven. Er will ihr großes Vermögen in seine Tasche bringen. Deshalb die Entführung, deshalb die sinnlosen Anklagen. Wir haben die Gutachten von drei bekannten ärztlichen Persönlichkeiten. Ich glaube, das dürfte genügen! Ein Arzt kann sich einmal irren. Er ist auch nur ein Mensch. Aber drei Ärzte, unabhängig voneinander? Es bedarf da keinerlei Kommentare mehr! Ich erkläre, daß eine gemeingefährliche Irre ausgebrochen ist und daß der Entführer in seiner Skrupellosigkeit zu allem fähig ist. Meine Herren, meine Nichte ist das Opfer eines Verbrechens geworden. Helfen Sie mir, meine arme Nichte wiederzufinden.«

Es gelang Ewald Peltzner, zu weinen. Er steigerte sich so in seinen Schmerz hinein, daß ihm die Tränen wirklich aus den Augen quollen und über sein dickes Gesicht liefen.

»Die Großfahndung läuft bereits«, sagte einer der Kriminalbeamten und legte die Hand auf den schluchzenden Peltzner. »Vielleicht können wir sogar die Interpol einschalten! Ich vermute, daß sie ins Ausland entkommen sind.«

»Das … das wäre fürchterlich«, stotterte Peltzner. »Aber als gemeingefährliche Irre wird man sie doch sofort verhaften und einliefern. Herr Professor von Maggfeldt bestätigt uns die Gemeingefährlichkeit sicherlich jederzeit noch einmal.«

Ewald Peltzner senkte den Kopf. Von unten her starrte er wie ein an Land gezogener Fisch den Professor an.

»Sie können das doch ruhigen Gewissens tun, nicht wahr?« fragte er ihn.

204

»Ich werde es mir überlegen.«

Maggfeldt wandte sich ab und ging aus dem Saal. Verblüfft sahen ihm die Anwesenden nach. Ewald Peltzner schluckte und versuchte zu lächeln.

»Es hat ihn sehr angegriffen«, sagte er heiser. »Erst die beiden Mörder, jetzt meine Nichte. Das sind schon Schläge, meine Herren!«

*

Am nächsten Morgen waren die Zeitungen mit roten Balkenüberschriften geschmückt. Die Sensation war vollkommen.

Die Interpol bekam durch Funkbild die genauen Beschreibungen und Fotos von Gisela Peltzner und Dr. Klaus Budde. Schon am Vormittag war es klar, welchen Weg die beiden genommen hatten. Die Fluggesellschaften meldeten sich, die Passagierlisten lagen vor.

Ewald Peltzner las die Berichte, die ihm Dr. Hartung vorlegte. Seit dem frühen Morgen war Hartung im Hause und saß am Telefon, um alles, was durchgesagt wurde, im Stenogramm festzuhalten. Er wußte bereits mehr. Ein Anruf aus Tunis war gekommen. Paul Burkhs berichtete von der Ankunft und von der Rückenverletzung Buddes. Man hatte ihn sofort nach Kairuan weitergebracht und von dort in die Oase Thala. In diesem Wüstennest lag eine Kompanie Soldaten mit einem eigenen Lazarett. Hier wurde Dr. Budde von einem eingeweihten tunesischen Militärarzt geröntgt und dann in eine Rückengipsschale gelegt. Ein Rückenwirbel war angebrochen, einige Nerven eingeklemmt. »Ein paar Wochen muß er bestimmt im Gips liegen!« berichtete Paul Burkhs. »Aber keine Sorge. Niemand wird erfahren, wo er ist.«

Das war gegen 7 Uhr morgens gewesen. Nun kamen die Berichte der Polizei laufend zu Dr. Hartung. Peltzner hatte ihn sofort beauftragt, alle Dinge zu erledigen und Anzeige gegen Dr. Budde zu erstatten.

»In Tunis!« sagte Peltzner verbissen. Er legte seine Serviette hin und erhob sich von dem Frühstückstisch. Monique knabberte noch an einem Toast. Sie verstand die Aufregung nicht, die im Hause seit gestern herrschte.

»Laß sie doch, Papa«, sagte sie, als Peltzner tobte. »Auch für zwei Verrückte hat die Welt Platz. Gisela hat ja kein Geld. Dieser Budde wird es bald leid werden, und sie kommt wieder. Ich kenne das, nur aufs Geld sind sie scharf. Mit einer Ausnahme ...« Und sie strahlte Dr. Hartung an.

»Es ist fürchterlich!« Peltzner schlug die Fäuste zusammen. »Lieber Hartung, entfernen Sie meine Tochter und Ihre Braut aus meiner Nähe. Kommen Sie, wir werden zur Staatsanwaltschaft fahren! In Tunis sind sie! Liefert Tunis aus?«

»Ich glaube nicht.«

»Nicht?« Peltzner blieb stehen, er sah aus wie ein angeschlagener Stier. »Aber das darf doch nicht sein.«

»Wir müssen uns mit der Tatsache abfinden.«

»Abfinden! Wissen Sie, was geschehen kann?«

»Ich ahne es.«

»Nichts können Sie ahnen! Das übertrifft alle Phantasie! Auf alle Fälle können wir nicht tatenlos zusehen.«

Ewald Peltzner fiel sichtlich zusammen.

»Wir müssen etwas unternehmen!« sagte er dumpf.

»Was?« fragte Dr. Hartung stur.

»Bin ich Rechtsanwalt?« schrie Peltzner auf. »Bezahle ich Sie, damit Sie hier hilflos herumstehen und stammeln?«

»Laß Gerd in Ruhe, Papa! « sagte Monique. »Ich will nicht, daß du Gerd anschreist!«

»Halts Maul!« brüllte Peltzner. »Aufs Zimmer mit dir!«

»Nein!« Monique setzte sich trotzig auf einen Stuhl mitten in der großen Frühstückshalle. »Gerd wird gleich mit mir zum Hallententnis fahren.«

»Dein Vermögen ist in Tunis!« schrie Peltzner wild. »Deine Zukunft ist gestohlen worden!«

»Meine Zukunft? Was interessiert mich die Fabrik? Ich werde Gerd heiraten. Alles andere geht mich nichts an!«

In dumpfer Wut blieb Peltzner allein in seiner Villa zurück. Er wurde erst ruhiger und flüchtete sich in ein gemeines Lächeln, als er einen großen Wagen vorfahren sah. Anna Fellgrub und ihr Sohn

Heinrich sprangen heraus und rannten zum Eingang der Villa.
»Willkommen!« rief Peltzner, als seine Schwester und sein Neffe in
die Halle stürmten. Er sah ihren bleichen Gesichtern an, daß die
Meldungen der Morgenzeitungen sie um alle Fassung gebracht hatten. »Kommt ihr, um euren Anteil an der Schuld abzuholen? Er
steht euch zur Verfügung wie die Millionen, die ihr dadurch bekommen habt.«

18

Thala liegt südlich Kairuans am Rande des Dschebel Chambi. Es ist
eine Oase mit einigen tausend Palmen, zwei Brunnen, niedrigen,
aus Lehm gebauten Araberhäusern mit flachen Dächern, einer kleinen Kaserne mit einem Lazarett und einer großen Karawanserei.
Im Lazarett der 3. Jägerkompanie, am Rande Thalas, wo der Blick
sich verliert in der Weite der Steinwüste und dem vor Hitze flimmernden Himmel, lag in Zimmer 4 in einem Gipskorsett Dr. Klaus
Budde.
Er fühlte sich wohl, solange er nicht versuchte, sich zu bewegen.
Die Röntgenbilder, die ihm der Militärarzt gezeigt hatte, waren
überzeugender als alle Bitten Giselas: Entweder liegen und aushei-
len – oder ein Krüppel bleiben, zeit seines Lebens.
Aus Kairuan hatte Paul Burkhs die deutschen Zeitungen gebracht,
die jeden Tag nach Tunis geflogen wurden. Sie waren voll von der
Flucht einer »gemeingefährlichen Irren« und ihres »skrupellosen
Liebhabers«, der es nur auf ihr Geld abgesehen hatte.
»Das ist Onkel Ewalds neue Gemeinheit!« sagte Gisela, als sie die
Berichte gelesen hatte. »Ich werde an alle Zeitungen schreiben! Ich
werde nicht stumm bleiben! Ich werde dafür sorgen, daß man die
Wahrheit endlich glaubt!«
Dr. Budde lächelte schwach und streichelte ihre Hand.
»Wenn das so einfach wäre mit der Wahrheit«, sagte er leise. »Wir
sind geflüchtet, und das nimmt man uns übel. Und wer übelnimmt,
will nichts von der Wahrheit wissen.«

»Aber da ist doch gar keine Logik! Wir sind doch geflüchtet, um endlich in Freiheit die Wahrheit sagen zu können.«

»Logik!« Dr. Budde lächelte. »Komm, Gisela, gib mir einen Kuß. Das ist wenigstens Wirklichkeit.«

Es klopfte an der Tür. Der Arzt der 3. Jägerkompanie trat ins Zimmer. Er sah, wie der Kopf Giselas schnell vom Gesicht Buddes emporzuckte.

»Nicht stören lassen!« sagte Dr. Ben Mullah und lachte breit.

Er setzte sich neben Budde ans Bett und holte aus der Tasche seiner Uniform einige zusammengefaltete Zeitungen. Sie waren mit der letzten Maschine aus Deutschland gekommen.

»Würde ich Sie nicht persönlich kennen«, sagte er gedehnt, »und wenn ich Mademoiselle Gisela nicht alles, was sie sagt, glaubte, könnte ich unsicher werden! Was die Zeitungen hier schreiben ...«

»Sicherlich, daß ich verrückt bin!« rief Gisela bitter. Dr. Ben Mullah nickte.

»Mehr als das: Sie sind eine Gemeingefahr! Die deutschen Behörden suchen Sie und haben offenbar alle Hebel in Bewegung gesetzt. Bitte, hören Sie selbst!« Er faltete eine der Zeitungen auseinander und las langsam daraus vor:

»*Gisela Peltzner ist eine gemeingefährliche Geisteskranke, die bei einer Gegenwehr zu allem fähig ist. Besondere Vorsicht ist am Platze, da sie durch ihren Entführer Budde in den Besitz von Waffen gelangt sein kann. Sie wird ohne Warnung davon Gebrauch machen.*«

»So eine Gemeinheit!« Gisela senkte den Kopf. Sie weinte und tastete mit der Hand nach den Fingern Buddes.

»Das schreibt eine deutsche Zeitung!« Dr. Ben Mullah warf die Blätter in eine Ecke des Raumes. »Sensationsmache – weiter nichts!« Dann beugte er sich über Dr. Budde, nahm dessen Handgelenk und fühlte den Puls. »Ob es aber richtig war zu flüchten?« fragte er dabei. »Gab es keine andere Möglichkeit? Deutschland ist doch ein Rechtsstaat!«

»Wenn eine Behörde irrt und das zugeben muß, schließt sie Augen und Ohren.«

»Es ist überall das gleiche!«

»Und deshalb mußten wir flüchten.«

»Und was wollen Sie damit erreichen? Was wollen Sie jetzt unternehmen?«

»Nichts!« Dr. Budde starrte an die weißgetünchte, aus Lehm geknetete Decke. »Für uns arbeitet die Zeit! Jeder Tag, den Gisela in Freiheit verbringt, ist eine Zerreißprobe für die Nerven ihrer Familie. Die Angst wird wachsen und wachsen, und einmal wird sie so groß sein, daß die Mauer, die die Peltzners um sich gezogen haben, zerbröckelt. Darauf warten wir, und wenn es viele Monate dauert.«

»Das werden Sie auch müssen.« Dr. Ben Mullah kontrollierte den Gipspanzer, in dem Dr. Budde lag. »Vor acht Wochen dürfen Sie sowieso nicht aufstehen!

»Ist's so schlimm?«

»So gut, müssen Sie sagen!«

»Und es wird nichts zurückbleiben?« fragte Gisela leise. Dr. Ben Mullah hob die breiten Schultern. Sein braunes Gesicht war ernst.

»Nur Allah weiß es! Was wir Menschen tun können, tun wir, Mademoiselle.«

Als der Arzt wieder gegangen war, saß Gisela am Fenster und sah hinaus auf die Wüste und das Wadi, die Lebensader der Oase, das Flußbett, das im Winter voll schmutzigen Wassers schäumte und im Sommer ausgetrocknet, steinig und zerklüftet als Karawanenstraße durch die Oase diente.

»Ich bin schuld, wenn dir etwas zurückbleibt.« Giselas Stimme stockte.

»Du darfst nicht solche dummen Gedanken haben.« Budde drehte den Kopf zur Seite. Sofort war der Schmerz da. Er flimmerte durch die ganze Wirbelsäule. »In ein paar Wochen spielen wir draußen auf dem Offiziersplatz Tennis. Du wirst dich wundern, wie ich Tennis spielen kann!« log er.

»Und wenn nicht?«

»Himmel, wer denkt denn so pessimistisch!«

»Du müßtest in ein großes Spezialkrankenhaus, Klaus.«

»Und von dort mit dir ausgeliefert werden, was? Nein, wir bleiben hier in unserer Oase!«

»Ich habe solche Angst, Klaus.« Ihre Stimme war kläglich.

Gisela verkrampfte die Hände ineinander. Dann ging sie hinüber zu Budde, legte den Kopf an seinen Hals. Es war, als suche sie Schutz bei ihm.

»Ich glaube an nichts mehr«, sagte sie und umklammerte ihn. »Alle sind gegen uns. Wer einmal im Irrenhaus gesessen hat, ist für immer gezeichnet. Die Welt stößt ihn weg. Nie wird man uns glauben. Nie! Ich werde immer eine Irre bleiben.«

»Gisela!« rief Budde entsetzt. »Du wirst doch nicht kapitulieren.«

*

Ewald Peltzner rannte vor seiner Familie hin und her. Die Halle war fast zu klein für ihn.

»Was nun? Was nun?« bellte er mit vor Erregung heiserer Stimme. »Das ist alles, was ihr mich fragen könnt? Sogar mein Rechtsanwalt und Schwiegersohn steht herum, säuft Whisky und macht ein intelligent-schweigsames Gesicht. Gisela ist in Tunis! Das wissen wir endlich. Es muß doch an sie heranzukommen sein! Tunis liegt doch nicht auf dem Mond!«

»Aber Tunis liefert nicht aus!« sagte Dr. Hartung.

»Dann muß man die tunesische Polizei dazu bewegen, es doch zu tun.«

»Das wird kaum gehen!« bemerkte Dr. Hartung und schlürfte seinen Whisky.

»Für ein Millionenvermögen geht alles, merk dir das!« Ewald Peltzner blieb mitten in der großen Halle stehen. Er sah seine Verwandtschaft an, so wie man ein Rübenfeld mustert, in dem der Maulwurf gewühlt hatte. »Muß ich allein für euch alle denken?« sagte er nach einer Weile herausfordernd.

»Vielleicht ist unser Gehirn zu normal dazu«, sagte Heinrich Fellgrub. Ewald Peltzner senkte den Kopf wie ein angreifender Stier.

»Deine dumme Bemerkung kostet etwas, mein Junge! Wenn ich uns hier herausreiße, wenn ich unser Vermögen noch einmal rette, dann backt ihr alle kleine Brötchen. Ganz kleine Kügelchen, das sage ich euch! Dann diktiere ich allein!«

210

»Wir haben's gehört, Onkel Napoleon!« Heinrich Fellgrub schob die Hand Annas weg, die sich auf sein Knie legte. »Laß das, Mutter!« sagte er grob. »Ich bin kein Säugling mehr!« Er wandte sich Peltzner wieder zu. »Nun, was ist, Onkel? Was knobelst du zur Rettung der Familie aus? Daß wir alle verrückt sind?«

»Idiot!« Ewald Peltzner wiegte sich auf den Zehenspitzen. »Das Problem ist ganz einfach. Tunis wird Gisela ausliefern!«

»Nie!« sagte Dr. Hartung.

»Doch! Sofort! Ich werde Gisela einen Mordversuch nachweisen!«

»Was willst du?« fragte Anna Fellgrub erstarrt.

Dr. Hartung ließ sein Whiskyglas sinken und stellte es klirrend auf den Kamintisch.

»Das ist doch nicht Ihr Ernst?« fragte er stockend.

»Das ist doch ein Witz, Papa!« sagte Monique und nippte an einem Kirsch mit Rum.

»Ein Witz, der Millionen kostet? Sehe ich so aus? Nein! Ich werde es beweisen!« Ewald Peltzner strich sich fast wohlig über den dikken, runden Kopf. »In wenigen Minuten kann ich euch allen die Stelle zeigen, wo die Kugel aus Giselas Revolver eingeschlagen ist. In meinem Schlafzimmer, sieben Zentimeter neben meinem Kopf in die Rückwand des Bettes. Sie drang nachts zu mir in mein Zimmer ein und hat ohne ein Wort abgedrückt. Nur der Zufall, daß ich mich schnarchend bewegte, bewahrte mich vordem Tode!« Peltzner lächelte breit. »Nun, was haltet ihr davon?«

»Man wird es Ihnen nicht abnehmen!« rief Dr. Hartung. Entsetzen packte ihn. Er erkannte, wie treffend Peltzner die Situation erfaßte. »Sie wird es abstreiten.«

»Wer glaubt einer Irren, Gerd«, sagte Peltzner fast milde.

»Und man wird fragen: Warum zeigen Sie das erst jetzt an?«

»Auch daran habe ich gedacht. Die Antwort ist denkbar einfach: Um einen noch größeren Skandal zu vermeiden. Es genügte, daß Gisela als Schizophrene in die Anstalt kam. Als Mörderin, das wäre zu peinlich gewesen.«

»Teuflisch!« sagte Dr. Hartung ehrlich. Er legte sich keinen Zwang auf. Auch Monique wich zurück, als ihr Vater auf sie zukam.

»Ich habe Angst vor dir«, sagte sie leise.

»Wirklich teuflisch!« sagte Heinrich Fellgrub, fahl im Gesicht, als müsse er sich gleich übergeben.

»Aber genial!« Peltzner wirbelte zu Dr. Hartung herum. »Glaubst du nun, daß selbst Tunis Gisela ausliefern wird?«

Dr. Hartung schwieg. Er wußte, daß er etwas sagen würde, wenn er den Mund öffnete, was alle geheimen Pläne zunichte machte. Ekel stieg in ihm hoch. Ich muß Monique so schnell wie möglich hier herausnehmen, dachte er nur, so Schnell wie möglich.

Peltzner klatschte vergnügt in die Hände. »Sprachlos seid ihr, ihr alle, was? Anstatt wie ihr zu wimmern, werde ich handeln! Und dann präsentiere ich euch meine Rechnung!«

Er rannte mit seinen kurzen, dicken Beinen die Treppe hinauf zu den Schlafzimmern. Heinrich Fellgrub, Anna, Monique und Dr. Hartung starrten ihm stumm nach.

Heinrich Fellgrub schwankte im Sitzen. Jeder wußte, worauf der andere wartete. Und jeder vermied es, den anderen anzusehen.

Dann zerriß der Schuß die lähmende Stille. Holz splitterte im gleichen Augenblick.

»So macht man jemand zur Mörderin!« sagte Dr. Hartung laut. Auf der Empore erschien Ewald Peltzner, den Revolver noch in der Hand.

»Nein!« schrie er in die Halle hinunter. »So rettet man Millionen!«

Dann war wieder die lähmende Stille um sie herum, so, als habe wirklich ein Mord stattgefunden. Ein fast kindliches Weinen unterbrach die Stille. Es kam von Monique, sie lief auf Dr. Hartung zu und klammerte sich an ihn.

»Gerd«, stammelte sie.

Von der Empore hinab ließ Ewald Peltzner den Revolver fallen. Er fiel vor die Füße Heinrich Fellgrubs. Heinrich hob ihn auf und steckte ihn wortlos in seine Jackentasche.

*

Die ausgebrochene Gisela Peltzner hatte einen Mordversuch unternommen! Paul Burkhs in Kairuan erfuhr die Neuigkeit als erster von der deutschen Kolonie in Tunis. Als Klatschgeschichte. Aber er verstand sofort, was das bedeutete. In der Nacht noch fuhr er hinaus in die Wüste und zur Oase Thala.

Die Wachen des kleinen Wüstenforts alarmierten erst einmal den Kommandeur und dann Dr. Ben Mullah, ehe sie Paul Burkhs einließen und in die Wachstube führten.

»Wir handeln gegen die Vorschriften!« sagte Dr. Ben Mullah, als Paul Burkhs die neue Lage geschildert hatte. »Schließlich sind wir als Soldaten die Beschützer des Staates und keine Leibgarde für ein flüchtiges Liebespaar, dem man solche Geschichten nachsagt. Aber …« er strich sich über sein braunes Gesicht und sah den Kommandeur mit zur Seite geneigtem Kopf an, »… es ist ein Glück, daß ich Demoiselle Giselle persönlich kennenlernte und weiß, daß alles nicht stimmt, was man gegen sie vorbringt. Man sollte helfen … Beim Morgengrauen fuhren zwei Jeeps der 3. Jägerkompanie hinaus in die Wüste. Auf dem Hintersitz des einen Fahrzeuges lag Dr. Budde in seiner Gipswanne, mit dicken Lederriemen festgeschnallt, damit keine Erschütterung ihn von dem schmalen Sitz warf. Neben ihm hockte Dr. Ben Mullah. Im zweiten Jeep kauerten Gisela und Paul Burkhs, eingehüllt in dicken Schafwolldecken. Noch war es kalt, aber ebenso heiß würde es werden, wenn die Sonne über die Sandhügel emporgestiegen war.

Sie fuhren den ganzen Tag durch eine vor Hitze flimmernde Luft, durch einen Backofen, den nicht der geringste Windhauch kühlte. Gegen Abend erreichten sie die winzige Oase Bir Zarrat, mitten in der Sandwüste liegend, in der Nähe von Bir Aoiana, dem letzten Brunnen vor der urweltlichen Einöde, dem unbewohnten, leblosen, im Sand erstickten Grand Erg Oriental. Dahinter kam das Nichts.

In Bir Zarrat trug man Dr. Budde in das Haus des Dorfältesten. Es war ein Lehmhaus, eng, dunkel und stank nach Abfällen. Auf dem Boden lagen einige selbstgeflochtene Matten aus Palmfasern, zwischen vier großen Steinen blakte ein offenes Feuer. Das war die ganze Einrichtung.

Vorsichtig legten die Soldaten die Gipswanne mit Dr. Budde in eine Ecke des Raumes auf die Erde. Dr. Ben Mullah hob die Schultern.

»Das ist kein Luxusappartement«, sagte Dr. Ben Mullah. »Ich hoffe, daß in vier Wochen alles geklärt und vorbei ist.«

»Vier Wochen, hier?« flüsterte Gisela entsetzt.

»Ich werde jeden Samstag herüberkommen und sehen, was Sie machen. Ich lasse Ihnen für alle Fälle ein paar Röllchen Tabletten und ein paar Spritzen hier. Können Sie intramuskulär injizieren, Mademoiselle?«

»Ich glaube, ja.«

»Na, es wird schon gehen! Nur für den Notfall, falls er wieder Schmerzen bekommen sollte.« Dr. Ben Mullah beugte sich über Dr. Budde und tätschelte ihm wie einem Hund die Backe. »Aber hier sind Sie unter Garantie sicher, ob sich dieser Ortswechsel nun als notwendig erweisen sollte oder nicht!«

»Ich danke Ihnen, Doktor.« Dr. Budde ergriff die Hand des tunesischen Arztes. »Es gibt so wenig Freunde auf der Welt.«

In der Nacht noch fuhren die beiden Jeeps zurück nach Thala. Paul Burkhs blieb bei Dr. Budde und Gisela. Er wollte zwei Tage später mit einer Kamelkarawane, die Töpfereien aus Thala holte, nachkommen.

»Es ist nur der erste Eindruck«, sagte er zu Gisela, als sie draußen unter den Palmen spazierengingen. Budde schlief erschöpft. Der Transport hatte ihn zermürbt. »Man gewöhnt sich auch an Kamelbutter, Stutenmilch und Fladen aus wildem Weizen. Und Kuskus mit Hammelfleisch und Negerpfeffersoße, das sollten Sie einmal essen! Denken Sie immer daran, daß man Sie hier nicht finden wird! Es sind schon andere Opfer gebracht worden, um die Freiheit zu retten!«

»Die Freiheit, ja.« Gisela blieb stehen und sah in den klaren, sternenübersäten Wüstenhimmel. Die Kälte ließ sie zittern. »Aber hier geht es um die Wahrheit.«

»Da haben Sie recht!« sagte Paul Burkhs. »Das ist immer schlecht.«

19

Dr. Hartung hatte es nicht verhindern können, daß Ewald Peltzner mit seinem »Mordanschlag« hausieren ging. Er zeigte allen, die es sehen wollten, das Einschußloch in der Bettwand, und er schilderte immer wieder diese »grauenhafte Nacht, in der ich dem Tod buchstäblich ins Auge sah«.

Aber etwas anderes brachte Hartung fertig: Monique durfte wieder in das geliebte St. Tropez an der französischen Riviera fahren. Peltzner hatte diesem Vorschlag sofort zugestimmt.

»Weg mit ihr!« sagte er grob. »Erstens sagt sie doch nur dummes Zeug und zweitens wollen wir Monique aus allem heraushalten! Sie soll ihr Leben genießen, und du, mein Junge, wirst mich einmal mit ihr beerben. Du kämpfst also auch um deine Millionen!«

Dr. Hartung vermied es, darauf zu antworten. Ich werde Monika heiraten, dachte er. Ob mit oder ohne Geld, das ist mir gleichgültig.

»Ich komme in vierzehn Tagen nach!« sagte Dr. Hartung, als er sich ans Zugfenster von Monique verabschiedete und sie noch einmal küßte.

»Laß mich nicht so lange allein, Gerd.« Monique zerwühlte ihm die Haare, während der Zug schon langsam anfuhr.

Vom Bahnhof ging Dr. Hartung zur Bank und überwies an Paul Burkh nach Kairuan 1500 Mark. In tunesisches Geld umgewechselt, war das in dm Wüste ein kleines Vermögen. Dann fuhr er zurück zur Peltzner-Villa und traf Ewald Peltzner in gröbster Stimmung. Er hielt einen Block in der Hand. auf dem er sich das neueste Telefongespräch notiert hatte.

»Weg!« schrie er. Sein Atem roch nach Alkohol. Auf dem Tisch stand eine halb geleerte Flasche Cognac. »Sie ist weg! Einfach unauffindbar! Gibt es so etwas? Die tunesische Polizei teilt mit: Weg! Zwei Menschen können doch nicht einfach verschwinden!«

»In der Wüste schon.« Dr. Hartung setzte sich und las den kurzen Bericht durch, den Peltzner bekommen hatte. »Wenn du die Wüste kennen würdest …«

»Ich kenne Gisela und Dr. Budde, das genügt mir!« Peltzner trank wieder ein Glas Cognac. Er war dabei, seine neu aufflackernde Angst zu ersaufen.

»In der grenzenlosen Einsamkeit der Wüste ist Gisela genauso begraben wie hinter den Mauern der Anstalt«, sagte Dr. Hartung weise.

Der Köder saß, Peltzner biß gierig an.

»Das stimmt!« sagte er aufatmend. »Das stimmt wirklich. Daran habe ich noch nicht gedacht.«

Er lachte plötzlich, und wie ein nasser Hund die Nässe aus dem Fell schüttelt, so warf er die Angst ab und dehnte sich.

»Wir haben jedenfalls Zeit!« sagte er sinnend.

»Die haben wir.«

»Und wir werden sie nützen, Gerd!« Peltzner bestellte seinen Wagen.

»Wir fahren ins Werk!« sagte er, sicher wie zuvor. »Und wir werden einmal das gesamte bewegliche Vermögen durchrechnen und fest-stellen, was davon entbehrlich ist. Und dann machen wir einige Auslandsreisen.«

Dr. Hartung nickte. Genau das wollte ich von dir, dachte er. Geld zur Seite schaffen, auf ausländische Konten. Es wird dir den Hals brechen. Man braucht dann nur dafür zu sorgen, daß Anna Fell-grub und ihr Sohn Heinrich es erfahren.

*

Nach einigen Tagen legte sich die neuerliche Erregung der Bevöl-kerung über die »Zustände in der Park-Klinik«. Professor von Maggfeldt hatte die Verhöre mit der Haltung eines Mannes über sich ergehen lassen, der wußte, daß er immer nur seine Pflicht ge-tan hatte und daß er an allen Vorfällen unschuldig war. Der Staats-anwalt und die aufsichtführende Behörde mußten anerkennen, daß die Maggfeldtsche Anstalt mit den modernsten Mitteln ausgestattet war, daß die Behandlungsmethoden die neuesten Erkenntnisse der Psychiatrie umfaßten und daß die Anlage mit ihren sonnigen, sau-beren Pavillons, dem schloßähnlichen Hauptgebäude und allen Nebengebäuden die schönste Anstalt in Deutschland war. Sie hätte zu einem Muster werden können für alle die vielen Heilanstalten, die weniger modern waren.

Der Fall Gisela Peltzner war nun eine Arbeit der Polizei geworden. Neue Ereignisse beschäftigten die Öffentlichkeit, das allgemeine Interesse an einer ausgerissenen Irren erlosch. Es würde erst wieder aufflammen, wenn sie etwas anstellte, vielleicht einen Mord beging.

Ab und zu besuchte Frau Paulis mit dem Bernhardiner Ludwig noch die Klinik und brachte Schokolade zu der ›russischen Fürstin‹ und der Generalswitwe. Else Pulaczek, die Zwangsneurotikerin mit dem Bazilluskomplex, war gestorben. Ganz plötzlich, ohne daß es jemand merkte. Am Morgen lag sie tot in ihrem Bett. Gehirnschlag, stellte Dr. Heintzke fest. Monika Durrmar berührte das wenig. Ihr religiöser Wahnsinn begann sich zu lichten. Sie erinnerte sich an ihre Kindheit. Vorsichtig führte sie Professor von Maggfeldt weiter in die Erinnerung zurück und deckte in psychoanalytischen Sitzungen ihre Seele auf. Es waren ermutigende Erfolge.

Mit Ewald Peltzner sprach er nur noch einmal. Er hatte ihn zu sich gebeten und gab ihm den Scheck zurück, den Peltzner ihm für den Neubau eines Hauses gegeben hatte.

Ewald Peltzner nahm ihn an. Ein Vermögen, das schon als Schenkung verbucht war. Schwarzes Geld, das sofort nach Florida ging, auf eine amerikanische Bank, wo ein Strohmann ein Konto eröffnet hatte.

»Damit ist unsere Verbindung beendet!« sagte Maggfeldt deutlich. Peltzner nickte.

»Bis auf weiteres! Sollte Gisela auftauchen, werden die Unannehmlichkeiten wieder beginnen.«

»Aber ich habe keine Verpflichtungen mehr Ihnen gegenüber.« Maggfeldt drehte Peltzner ostentativ den Rücken zu. »Sie werden in mir einen Gegner sehen.«

Große Worte und nichts dahinter, dachte Peltzner, steckte den Scheck in seine Brieftasche und nahm seinen Hut.

*

Der große Wagen, der in den Park der Peltzner-Villa einfuhr, hielt mit kreischenden Bremsen. Das Mädchen öffnete die Haupttür und blickte nach rückwärts, wo Ewald Peltzner von der Halle in die Diele kam.

»Ich glaube ...«, sagte das Hausmädchen. Peltzner schob sie zur Seite.

Aus dem Wagen stiegen Anna Fellgrub und ihr Sohn Heinrich. Anna trug über einem schwarzen Kleid einen schwarzen Persianermantel. Ihren Kopf bedeckte ein schwarzer Hut mit einem Witwenschleier, der bis zur Brust herabfiel. Auch Heinrich Fellgrub war ganz in Schwarz gekleidet. Ewald Peltzner steckte die Hände in die Hosentaschen.

»Nanu?« rief er den Ankommenden entgegen. »Was ist denn los? Ist Butler René verblichen?« Er lachte schallend über seinen Witz.

Anna Fellgrub und Heinrich antworteten nicht. Sie gingen an Ewald Peltzner vorbei ins Haus und blieben mitten in der Halle stehen.

»Was soll das Theater?« sagte Ewald grob.

»Heute hätte unser Bruder Bruno Geburtstag«, sagte Anna Fellgrub mit ruhiger Stimme. »Unser toter Bruder, der im Revier erschossen aufgefunden wurde! Ein Jagdunfall nur. Sicherlich erinnerst du dich noch.«

Ewald Peltzner ging um die beiden schwarzen Gestalten herum zum Kamin. Er lehnte sich gegen die Marmorwand und starrte seine Verwandtschaft mit vorgeschobener Unterlippe an.

»Manchmal glaube ich, der Wahnsinn steckt wirklich in unserer Familie«, sagte er laut.

»Man hat den Täter nie gefunden!« sagte Heinrich.

»Es waren fast dreißig Jäger im Revier! Was soll das überhaupt, wollen wir ein Familienrequiem anstimmen? Macht euch doch nicht lächerlich. Ihr habt an Brunos Tod genauso fett verdient wie ich! Er starb euch zum richtigen Zeitpunkt. Oder nicht?«

»Du hast 583 000 Dollar auf einem Konto in Florida?« fragte Anna Fellgrub. Ihre Stimme war gläsern. Ewald Peltzner schluckte. Diese Frage kam zu plötzlich.

»Und 234 000 Franken in der Schweiz«, sagte Heinrich.

»Und 3 567 000 Peseten auf einer Bank in Madrid!«

»189 000 australische Pfunde in Sydney.« Heinrich Fellgrub holte einen Zettel aus der Tasche seines schwarzen Mantels. »Zusammengerechnet ist das weit mehr, als dir zusteht! Du hast also unseren Anteil mit ins Ausland verschoben.«

»Ihr seid blendend informiert!« sagte Ewald Peltzner. »Wer kann nur solch eine Idiotie …«

»Es hat keinen Sinn, uns so zu kommen. Jetzt nicht mehr! Du hast einmal selbst gesagt, daß du ein Freund von Endgültigkeiten bist!« Heinrich Fellgrub trat einen Schritt auf Peltzner zu. Anna, die neben ihm gestanden hatte, faltete die Hände, als wolle sie zu beten beginnen.

»Du bist ein Schwein, Ewald!« sagte sie. Es klang so nüchtern und leidenschaftslos, daß Peltzner das Empfinden hatte, eine automatische Puppe habe gesprochen.

»Du hast Angst!« sagte Heinrich. »Und du versuchst zu retten, was du glaubst, retten zu können. Daß es auch uns gehört, kümmert dich nicht. So ist es doch.«

»Ihr seid alle übergeschnappt!« Ewald Peltzner streckte beide Hände aus, als wolle er Heinrich Fellgrub abwehren. »Was ihr da so bitterernst vortragt, ist doch ein Witz.«

»Wir haben die Fotokopien der Bankauszüge. Das ist kein Witz.«

»Ihr habt …?« Peltzners Gehirn arbeitete rasend. Nur ein einziger konnte diese Bankauszüge kennen, weil er die Überweisungen vorgenommen hatte: Dr. Hartung. Aber ihn zu verdächtigen war ohne jeden Sinn. Wiederum konnte niemand sonst an die Überweisungen und an den Tresor, in dem sie lagen, heran. »Du warst immer ein schlechter Bluffer beim Poker, mein Lieber«, sagte er lauernd zu Heinrich. »Es ist lächerlich.«

»Bitte!« Fellgrub nahm aus der Tasche seines schwarzen Mantels ein Bündel Papiere heraus. Auch ohne sie genau zu lesen, erkannte Peltzner, daß es Bankauszüge waren. Fotokopierte Dokumente, die er wohlverwahrt hinter dicken Stahlmauern glaubte. Peltzners Gesicht wurde käsig.

»Woher?« fragte er laut, fast schreiend.

»Mit der Post gekommen!«

»Mit der Post?«

»Ohne Absender. Er ist auch nicht wichtig.«

»Und nun glaubt ihr alle, ich …« Peltzners Gesicht verzerrte sich. Anna nickte unter ihrem Trauerschleier.

»Wir wissen es, Ewald! Du hast Bruno auf geheimnisvolle Weise sterben lassen, du hast Gisela lebend zur Toten gemacht. Glaubst du, daß wir stillhalten, um die Nächsten zu sein?«

»Welche Verdächtigungen!« Peltzner stieß sich von der Kaminwand ab. Aber er blieb mit aufgerissenen Augen stehen, als er in der Hand Heinrichs einen Revolver sah. »Was soll das?« stotterte er. »Anna, sag deinem labilen Sohn, er soll das Ding wegstecken!«

»Kennst du es? Es ist der Revolver, mit dem du vor einigen Tagen in deinem Schlafzimmer geschossen hast, um Gisela einen Mordversuch in die Schuhe schieben zu können.« Heinrich Fellgrub sah in die flatternden Augen seines Onkels. Es war ihm eine Wonne, in diesem irrenden Blick die schreckliche Angst zu lesen, die von Peltzner Besitz ergriff.

»Es ist schäbig, darüber zu sprechen«, sagte Fellgrub. »Ich schäme mich fast, es zu tun. Aber nachdem wir so tief im gemeinsamen Sumpf sitzen, hat es keinen Sinn, noch edel zu sein oder den Rest Anständigkeit zu retten! Kurzum: Wir verlangen die Auszahlung unseres Anteils! Sofort!«

»Wie die Geier!« schrie Peltzner. »Kerl, tu die Waffe weg! Du glaubst doch nicht …« Er ging auf Heinrich zu, hob die Faust und schlug auf den Arm, der den Revolver hielt. Der Hieb saß, aber gleichzeitig löste sich ein Schuß. Die Detonation hallte in der großen Diele wider und wurde wie ein zweiter Schuß vom oberen Stockwerk aus als Echo zurückgeworfen. Peltzner zuckte zusammen, taumelte an die Kaminwand und preßte beide Hände vor den Mund. Sein linkes Bein zuckte heftig. Um den Schuh bildete sich schnell eine rote, aus dem Hosenbein sickernde Pfütze.

Erstarrt sahen auch Heinrich und Anna auf den Revolver, der bei dem Schlag losgegangen war. Noch immer hielt Heinrich die Waffe umklammert, den Finger am durchgezogenen Abzug.

»Ins Bein«, sagte Anna leise. »Du hast ihn ins Bein geschossen.«

»Und ich werde ihn auch in den Kopf schießen, wenn er uns betrügen will!« schrie Heinrich. Es war mehr ein weinendes Schreien, als eine Drohung. Dann steckte er den Revolver wieder in die Tasche und legte den Arm um seine Mutter.

Ewald Peltzner rutschte an der Kaminwand herunter auf einen Sessel. Sein dickes, bleiches Gesicht verlor jegliche Form.

»Morgen, in meinem Büro«, sagte er mühsam. »Holt doch einen Arzt.«

Mit steifen Beinen ging Anna Fellgrub zum Telefon und wählte eine Nummer. In seinem Sessel verlor Peltzner das Bewußtsein.

*

Als Dr. Hartung wie jeden Morgen das Chefbüro betrat, war es nicht, wie jeden Morgen leer – denn Peltzner kam nie vor zehn Uhr in den Betrieb –, sondern Ewald Peltzner saß hinter seinem Schreibtisch, etwas eingesunken, blaß. Er stand nicht auf, als sein zukünftiger Schwiegersohn eintrat, sondern schob nur die Unterlippe vor.

»Du Lump«, sagte er leise.

»Nanu?« Dr. Hartung blieb an der Tür stehen. »Hast du gestern wieder ein paar Whiskyflaschen ausgeblasen?«

»Du warst noch nicht in deinem Büro?« fragte Peltzner und wurde rot von der Stirn bis zum Hals.

»Nein.«

»Um so besser!« Peltzner lächelte. Mit beiden Händen griff er in die aufgezogene Schublade und legte einige kleine Papiere auf die sonst leere Schreibtischplatte. »Überweisungen an die Bank von Tunis. Fotokopien.« Peltzners Stimme war jetzt kaum noch hörbar. »Ich habe deinen Schreibtisch aufgebrochen.«

Gerd Hartung schob die Hände in die Hosentaschen. Ewald Peltzner streckte den Kopf vor. Er blieb sitzen. Noch wußte Hartung nichts von dem Schuß Heinrich Fellgrubs, der Peltzner bewegungsunfähig gemacht hatte.

221

»Warum sagst du nichts?« brüllte Peltzner heiser.

»Was soll ich noch sagen? Du weißt es ja jetzt.«

»Du hast also Gisela zur Flucht verholfen?«

»Ja.«

»Du hast das Geld besorgt?«

»Ja. Von deinem Konto!«

»Du weißt, wo sie sind?«

»Nein!«

»Lüge nicht! Wenn du Geld schickst …«

»Es geht auf ein Konto und eine Deckadresse. Wo sich Klaus und Gisela im Augenblick aufhalten, weiß niemand.«

»Klaus?« Peltzner sah fragend auf.

»Dr. Budde !« Dr. Hartung lehnte sich gegen die Wand. »Wir sind Schulfreunde.«

»Ich habe es mir gedacht!« Peltzners Kopf sank herab. »Welch ein Schwein bist du«, sagte er leise. »Welch ein gemeiner Hund. Über Monique kommst du zu mir. Die Liebe meiner Tochter hast du ausgenutzt, um wie eine Wanze …«

»Laß Monique aus dem Spiel!« Dr. Hartungs Stimme wurde laut und drohend.

»Du wirst sie nicht mehr sehen. Ich habe ihr gestern noch ein Telegramm nach St. Tropez geschickt.«

Peltzner lachte hämisch.

»Was hast du Monique telegrafiert?« fragte Hartung.

»Daß du ein Lump bist! Daß du sie nur geliebt hast, um dich bei uns einzuschleichen.«

»Das soll sie dir glauben?« »Sie ist dumm genug. Ihrem Vater glaubt sie immer.«

»Wie kann ein Mensch nur so gemein sein.« Hartung trat gegen den Schreibtisch. »Aber es ist gut so, daß alles so gekommen ist! Du weißt jetzt, welche Trümpfe in unseren Händen sind!«

»Das weiß ich!« Peltzners Stimme war wieder klar und triumphierend. »Ich habe noch nie soviel Idiotie gesehen! Während wir hier sprechen, läuft bei der Staatsanwaltschaft bereits eine Klage gegen dich. Wegen Entführung. Man wird dich verhaften. Und dann?«

Peltzners Stimme war wie von einem glucksenden Lachen durchzogen. »Was habt ihr gewonnen? Nichts! Wer will Beweise gegen mich auf den Tisch legen? Eine ausgebrochene Irre? Zwei Entführer? Vielleicht ein Professor der Psychiatrie, der zugibt, sich geirrt zu haben, was ihm aber niemand glaubt? Ihr lächerlichen Zwerge!«

Dr. Hartung erkannte die Gefahr, die sich um ihn zusammenzog. Er mußte damit rechnen, daß man ihn verhaftete. Und mit seiner Verhaftung war die direkte Verbindung Tunis-Deutschland abgerissen. Budde und Gisela bekamen kein Geld mehr, sie saßen in der Falle. Hartung verzichtete auf alle weiteren Erklärungen, drehte sich abrupt um und rannte aus dem Chefbüro.

»Hierbleiben!« schrie Peltzner grell.

Er druckte auf alle Knöpfe seiner Haussprechanlage und auch auf den Alarmknopf.

»Alle Ausgänge sperren!« Man hörte seine sich überschlagende Stimme jetzt in allen Büros, vom Keller der Registratur bis unters Dach, wo die Fotolabors der Forschungsabteilung lagen. »Dr. Hartung, der verhaftet werden soll, versucht, aus dem Haus zu fliehen. Aufhalten! Mit Gewalt aufhalten!«

In dem riesigen, aus Betonrippen und Glaswänden gebauten Peltzner-Hochhaus erzeugte seine Stimme fast die Panik einer Brandkatastrophe. Aus allen Büros strömten die Angestellten. Vor die großen gläsernen Ausgänge schob sich von oben herab ein dickes Eisenrollgitter. Die Fahrstühle wurden abgestellt. In den Kellern suchte man Ecke um Ecke ab.

Dr. Hartung fand man nicht. Auf den Gedanken, daß er in sein Büro gegangen sein konnte, kam niemand. Wer flüchtet, setzt sich nicht ruhig in seinen Schreibtischsessel.

Dr. Hartung führte in diesen Minuten einige schnelle Gespräche. Blitzgespräche, die nach Tunis gingen, an seine Bank, und nach St. Tropez zu Monique.

Im Hotel wußte man nicht, wo Monique Peltzner war. Nur so viel erfuhr Hartung: Sie hatte am frühen Morgen ein Telegramm aus Deutschland bekommen, hatte es gelesen, war weinend aufgestanden und dann eine Stunde später im Segeldreß weggegangen.

»Wenn sie kommt, soll sie sofort zurückkehren. nach Deutschland. Bitte, sagen Sie es ihr. Es ist dringend. Und was auch bis dahin geschehen ist, sie soll versuchen, mich zu sprechen! Bitte, bestellen Sie das«, rief Dr. Hartung.

Dann gab er zur Sicherheit noch ein Telegramm auf. »Wir müssen uns sprechen – stop – Glaube nicht, was man dir alles erzählt stop Ich liebe dich wirklich – stop – Gerd.«

In dem riesigen Glashaus schwirrten die Suchenden noch immer hin und her, als Dr. Hartung noch einmal überlegte, ob er nichts unterlassen hatte, und dann ruhig auf den Gang hinaustrat. Er prallte auf den Chefbuchhalter, der ratlos vor dem abgestellten Aufzug stand.

»Herr … Herr Doktor«, stammelte er. »Was ist denn? Überall … und Sie sind hier. Herr Doktor, ich muß …«

»Ich weiß. Es ist schon gut. Kommen Sie mit. Wir gehen jetzt gemeinsam zu Herrn Peltzner. Ich werde sagen, Sie hätten mich eingefangen. Dann bekommen Sie eine Gehaltserhöhung.« Er lächelte bitter. »Wieviel Kinder haben Sie?«

»Fünf, Herr Doktor …«

»Na, sehen Sie, dann tue ich noch ein gutes Werk, bevor ich ins Gefängnis gehe.«

»Was haben Sie denn angestellt, Herr Doktor?« stotterte der Chefbuchhalter.

»Mich für die Wahrheit eingesetzt.« Dr. Hartung hob die Schultern und klopfte dem Buchhalter auf den Rücken. »So ist das nun mal, lieber Freund. Und nun kommen Sie zur Gehaltserhöhung …«

*

In St. Tropez hatte das Telegramm Peltzners etwas Unheilvolles ausgelöst. Zum erstenmal hatte sich Peltzner geirrt. Monique steigerte sich nicht in eine Wut gegen Hartung hinein, sie saß fast eine Stunde stumm und weinend am Fenster ihres Hotelzimmers, hielt das schicksalsschwere Papier in ihren Fingern und starrte hinaus auf das Meer, über die Klippen, gegen die das Wasser schäumend anrannte.

Sie faßte einfach nicht, was ihr Vater telegrafiert hatte, und doch hatte es seine Logik, und es war nötig, sich mit der Wahrheit abzufinden. Alles war plötzlich so grauenhaft klar: Das Kennenlernen, die Liebesstunden, Gerds Eintritt in das Geschäft und die damit vorbereitete Möglichkeit, an alles Material heranzukommen, das er benötigte. Um was für Material es sich handelte, wußte Monique nicht. Gisela war geisteskrank. Sie hatte es bisher geglaubt. Manchmal waren ihr Zweifel gekommen, gewiß, aber immer hatte sie sich beruhigt mit dem Gedanken: Papa macht es schon richtig. Er tut nichts Unrechtes.

Alles, was sie gehört hatte und was geschehen war in den vergangenen Monaten, hatte sie in einer fast kindlichen Naivität aufgeschrieben. In einem Tagebuch, von dessen Existenz niemand etwas wußte. Sie trug es immer mit sich herum, wenn sie auf Reisen ging, und versteckte es unter ihrer Leibwäsche im Schrank. In der letzten Zeit bestanden die Eintragungen nur noch aus glückseligen Ausrufen. Die Liebe zu Gerd Hartung hatte sie für die Vorgänge in ihrer Umgebung blind gemacht. Aber da gab es auch andere Notizen von ihrer Hand, die sie hingekritzelt hatte, ohne sich viel dabei zu denken:

»Heute war die ganze Familie hier. Alle waren so aufgeregt. Papa sagte, Gisela muß in eine Irrenanstalt. Es sei der einzige Ausweg. Die Familie müsse sich nur einig sein. Dann fragte er uns alle. Ich sagte ja, weil Tante Anna und Heinrich es auch sagten. Papa versprach mir dafür eine Segeljacht. – Die arme Gisela. Nun wird sie weg müssen.«

Solche Stellen gab es eine ganze Reihe in dem Tagebuch, bis Dr. Hartung in Moniques Leben getreten war.

Nun war diese schöne Welt des Glücks jäh wieder zusammengebrochen. Mit einem Telegramm zerstört und vernichtet.

Monique zerknüllte das Papier und warf es fort.

Plötzlich bekam sie es mit der Angst zu tun. Sie zog ihren Segeldreß an und eilte aus dem Hotel.

Im Hafen ließ sie die Leinen ihrer kleinen, neuen Jacht loswerfen und glitt in dem frischen Wind langsam hinaus auf das Meer. Hinter den Klippen drehte sie die Segel voll in den Wind.

Während das Wasser am Bug emporschäumte, saß Monique mit angezogenen Beinen neben der kleinen Kajüte auf den Planken und starrte vor sich hin. Die Leinen hatte sie festgezurrt. Dann weinte sie wieder, drückte das nasse Gesicht gegen die Kabinenwand und umklammerte die kleine Positionslampe auf dem Dach. Sie merkte nicht, wie der Wind sich drehte, wie er stärker wurde und das schlanke Boot auf die Seite drückte.

Erst als sie zu rutschen begann, fiel ihr auf, wie sich die Segel zum Bersten blähten. Monique riß die Leinen los, umsonst.

Sie sah keine Felsen mehr, nur ein grünlich schimmerndes Meer die heranrollenden Wogen mit weißen, über das Deck spritzenden Kämmen. Sie sah einen dunklen Himmel, über den Wolken jagten.

»Hilfe!« rief Monique. »Hilfe! Hilfe!«

Sie hielt sich an der Kajüte fest, übersprüht von den Wellen, und verfolgte mit weitaufgerissenen Augen, wie das Boot zu tanzen begann, sich im Kreise drehte und auf den Wellen ritt, bis es hinabstürzte in gähnende Abgründe von Schaum.

»Hilfe!« rief Monique wieder, mit kläglicher, vom Wind weggerissener Stimme. Sie stemmte ihre Beine in eine Seilrolle und preßte den Kopf an die Brust, um nicht zuviel Wasser ins Gesicht gepeitscht zu bekommen.

Als der metallverstärkte Mittelmast brach und die Segel ins Wasser klatschten, gingen die Brecher voll über Monique hinweg und rissen sie fast mit.

»Mama! Hilfe! Mama, Mama!«

Dann sah sie auf das Meer, auf das grüne, schäumende Ungeheuer, ihr kam die Erkenntnis des Unentrinnbaren, und ihr Mund blieb weit offen vor Entsetzen.

*

Ewald Peltzner hatte zum drittenmal ein Gespräch nach St. Tropez angemeldet. Er lag auf der Couch, das verletzte Bein weich auf Kissen gebettet. Der Arzt sollte in zehn Minuten kommen und es neu verbinden. Es war ein befreundeter Arzt, der über die Schußverletzung Stillschweigen wahren würde.

Um Ewald Peltzner war ein fast luftleerer Raum entstanden. Anna Fellgrub und ihr Sohn Heinrich warteten auf ihren Vermögensanteil und hatten eine Woche Frist gegeben, alles zu regeln. Die Hausdame und ein Hausmädchen hatten gekündigt und waren von einer Stunde zur anderen gegangen. Es war ihnen »zu laut im Haus«, wie sie sagten. Nur eine alte Köchin war geblieben, die schon den Fabrikanten Bruno Peltzner verpflegt hatte.

Die Verbindung mit St. Tropez kam diesmal rasch zustande. Halb aufgerichtet lauschte er. Was er hörte, warf ihn zitternd auf die Couch zurück.

»Aber, das kann doch nicht sein«, stammelte er. »Wieso ist meine Tochter mit der Jacht hinaus? Wie bitte? Es war ein Sturm auf dem Meer? Und? Noch nicht zurück? Vermißt? Aber so hören Sie doch. Wie? Man hat Wrackteile gefunden?« Peltzners Hand, die den Hörer hielt, wurde schwer. Sein fahlbleiches Gesicht wurde zu einer schrecklichen Grimasse. »Nein!« rief er. »Meine Tochter kann doch nicht … sie kann doch nicht …«

Der Hörer fiel aus seinen Händen. Aus der hin und her pendelnden Muschel hörte man eine weit weg quäkende Stimme. Schließlich erlosch auch sie.

Peltzner lag wie gelähmt. Monique, dachte er. Mit der Jacht im Sturm vermißt. Bootsteile wurden angeschwemmt. Monique, Monique.

Plötzlich schrie er. Grell, unmenschlich, wie ein sterbendes Pferd. Er schrie so Schrecklich, daß es selbst die Köchin hörte und in das Zimmer kam.

»Was ist denn?« stotterte sie. »Mein Gott, was ist denn?«

»Der Arzt! Der Arzt!« Peltzner fuchtelte wild mit den Armen. »Und ein Flugzeug! Sofort! Ich miete, ich kaufe jedes Flugzeug, das sofort starten kann! Monique, meine kleine Monique! Ein Flugzeug!«

Wenige Minuten später versuchte der Arzt, Ewald Peltzner durch eine Injektion zu beruhigen. Das Schreien hörte auf. Es wurde zu einem Wimmern. Aber der Gedanke blieb und ließ sich durch keine Spritze mehr unterdrücken.

»Besorgen Sie mir ein Flugzeug, Doktor«, stammelte Peltzner und umklammerte die Hände des Arztes. »Ganz gleich, was es kostet. Ich muß sofort nach St. Tropez! Verlassen Sie mich jetzt nicht, bitte, bitte!«

»Aber Herr Peltzner! Ihr Zustand, das Bein.«

»Bitte, bitte«, wimmerte Peltzner.

In der Nacht noch flog eine gecharterte Privatmaschine nach Südfrankreich. Neben dem Piloten lag über zwei Sitzen Ewald Peltzner. Hinter ihm hockte der Arzt.

»Es ist verrückt, was Sie tun!« sagte er, als sich die Maschine von der Rollbahn abhob. »Was wollen Sie in St. Tropez? Wenn Ihrer Tochter wirklich etwas …«

Peltzner preßte beide Hände flach gegen seine Ohren.

»Hören Sie auf!« stöhnte er. »Bitte, hören Sie auf. Monique, was wissen Sie, was Monique für mich bedeutet.«

Der Arzt schwieg und starrte aus dem Fenster hinaus zu den Lichtern unter ihnen. Plötzlich mußte er an Gisela Peltzner denken, an das große, blonde Mädchen, das man entmündigt in eine Irrenanstalt gesperrt hatte. Und er empfand auf einmal keinerlei Mitleid mehr mit dem wimmernden dicken Mann vor sich auf den beiden Flugzeugsitzen.

*

Am Abend war es der Polizei von St. Tropez klar, daß Monique Peltzner mit ihrer kleinen Segeljacht gekentert war und den Tod gefunden hatte.

Der Sturm schien die Jacht völlig zerschlagen zu haben. Einige Trümmer, die gegen die Klippen gespült worden waren, konnten Freunde Moniques einwandfrei identifizieren.

Drei Beamte erschienen daraufhin im Hotel und stellten Moniques Hinterlassenschaft sicher. Sie legten eine Liste der Dinge an, die ihr gehörten.

»Sieh an!« sagte der leitende Inspektor und setzte sich auf das Bett Moniques. »Ein Tagebuch!« Er blätterte darin herum und las einige Stellen. Vier Jahre lang war er als französischer Kriegsgefangener in Deutschland gewesen und hatte die Sprache gelernt. Es machte ihm keine Mühe, die zierliche, fast kindliche Schrift zu entziffern und den Sinn der Eintragungen zu verstehen. Erst vor wenigen Tagen hatte er einen umfassenden Bericht über den »Fall Gisela Peltzner« gelesen. So winkte er ab, als einer seiner Leute etwas fragen wollte, und vertiefte sich in die Schilderungen, die von Giselas Einlieferung in die Anstalt handelten.

»Allerhand!« sagte der Inspektor, als er durch war. »Das ist ja eine Sensation erster Ordnung, meine Herren!«

Er steckte das Tagebuch ein, versiegelte das Hotelzimmer, fuhr zur Präfektur und erstattete Bericht.

Gegen Morgen wurde er aus dem Bett gerufen. Ewald Peltzner war eingetroffen und tobte im Hotel herum, weil man ihn nicht ins Zimmer seiner Tochter lassen konnte. Dann war er hinunter zu den Klippen gerannt und hatte auf das Meer hinausgeblickt.

Im Hotel erwartete ihn der Polizeiinspektor. Kritisch musterte er den Mann, der es möglich gemacht haben sollte, kraft seines Geldes ein gesundes Mädchen unter Irren einsperren zu lassen. Er war enttäuscht. Was da vor ihm stand, war eine Karikatur von Mann, fahlbleich, die Augen gerötet, verquollen, Tränensäcke darunter, der Mund schief hängend.

Willenlos folgte er dem Inspektor in das entsiegelte Zimmer Moniques. Dort sank er auf das Bett, schlug die Hände vor das Gesicht und schluchzte laut.

Der Inspektor schwieg und überließ Peltzner seinem Schmerz. Dann, nach endlos langen Minuten, unterbrach er das Weinen durch eine scharfe Frage:

»Wußten Sie, daß Ihre Tochter ein Tagebuch führte?«

Der Kopf Peltzners zuckte hoch. In seine verquollenen Augen traten ein Lauern und ein harter Glanz. Aha, dachte der Inspektor. So sieht er wirklich aus.

»Ein Tagebuch?« fragte Peltzner rauh zurück. »Quatsch.«

»Wir haben eins gefunden und beschlagnahmt.«

»Wo ist es? Es ist Eigentum meiner Tochter.«

»Es befindet sich auf dem Dienstwege.«

»Wohin?«

»Wo es hingehört«, sagte der kleine Franzose vieldeutig.

Peltzner sprang auf. »Was soll das, Herr Inspektor? Sie beschlagnahmen persönliche Dinge, obwohl überhaupt noch nicht feststeht, daß Monique ...«

Er schluckte wieder und brachte die letzten Worte nicht mehr heraus.

»Es kann sich herausstellen, daß sie vielleicht in einem anderen Hafen ...«

»Etwas anderes wird sich jedenfalls bestimmt herausstellen!« sagte der Inspektor betont. »Nämlich, daß eine Fahndung nach einer gesunden Gisela Peltzner in Gang kommt. Und daß diese gesunde Gisela Peltzner als freier Mensch in die Heimat zurückkehren wird, um sich dort ihr Recht zu verschaffen, das man ihr so lange auf die gemeinste, niederträchtigste Weise streitig gemacht hat.«

»Welch einen Blödsinn reden Sie da! Sie sollten sich um den Verbleib meiner Tochter kümmern und nicht in ihren Sachen herumschnüffeln.«

»Das Tagebuch Ihrer vermißten Tochter gibt ein genaues Bild der Vorgänge, die sich in der Familie Peltzner abgespielt haben.« Der Inspektor sah Peltzner offen an. »Sie werden die Handschrift Ihrer Tochter bezeugen können, wenn die deutsche Staatsanwaltschaft Ihnen das Beweismittel vorlegt.«

Ewald Peltzner ließ sich zurück auf das Bett sinken. Sein Bein schmerzte höllisch.

»Es wird eine Fälschung sein«, sagte er hart. »Es ist in letzter Zeit so viel gegen mich angezettelt worden. Dr. Hartung ist zu allem fähig. Es muß eine Fälschung sein.« Peltzner biß die Zähne aufeinander.

»Was haben Sie getan, um meine Tochter ...«

»Wir haben sofort nach dem Sturm drei Hubschrauber gestartet. Sie haben das Meer planmäßig abgesucht, zumal wir drei SOS-Rufe hatten. Von einer Segeljacht haben wir nichts mehr sehen können. Die Hubschrauber sind hundert Kilometer weit ins Meer hinausgeflogen. So weit kann kein Boot kommen, nicht bei dem besten Wind.«

»Das heißt ...« Peltzners Stimme schwankte wieder.

Der Inspektor hob die Schultern. »Es kann nichts anderes heißen.«
Peltzner nickte. Er drehte sich zur Wand und schloß die Augen. Leise entfernte sich der Inspektor.

*

Zur Oase Bir Zarrat jagte am frühen Morgen ein Jeep der tunesischen Armee. Neben dem Fahrer hockte Dr. Ben Mullah. Sie waren staubverkrustet, klammerten sich an der Windschutzscheibe fest und rasten über die Wüstenpiste und durch das ausgetrocknete Wadi in die Oase hinein.
Vor dem großen Lehmhaus, in dem seit Tagen Dr. Budde und Gisela wie echte Araber hausten, bremste das Fahrzeug, und Dr. Ben Mullah rannte in das Haus.
Dr. Budde schlief noch. Er lag in seiner Gipswanne, umspannt von einem Moskitonetz. Gisela saß am Steinherd und kochte eine Suppe aus Maismehl, getrockneten Datteln und Kamelmilch. Sie sprang auf, als Dr. Ben Mullah in den Raum stürzte und sich mit ausgebreiteten Armen auf sie zu bewegte.
»Endlich!« rief er. »Endlich! Vor sechs Stunden habe ich es durch meine Mittelsmänner erfahren: Die Suche nach Gisela Peltzner ist verstärkt aufzunehmen. Als Zeugin nötig! Verdacht eines Mordversuchs, der Gemeingefährlichkeit und des Irreseins unbegründet. Was sagen Sie nun? Die Wahrheit hat gesiegt.«
Unter seinem Moskitonetz war Dr. Budde von dem Lärm erwacht. Er drehte den Kopf zu Dr. Ben Mullah und winkte mit beiden Händen. Er sah eingefallen aus, stoppelbärtig und von Schmerzen gezeichnet.
»Doktor!« rief er. »Was ist mit der Wahrheit? Ich habe nicht alles gehört.«
»Man sucht euch, dieses Mal anders herum. Die deutsche Staatsanwaltschaft hat Sehnsucht nach euch, ihr sollt mithelfen, einem euch nicht ganz unbekannten Verbrecher den Prozeß zu machen.«
»Klaus«, stammelte Gisela. »Wenn das wahr ist.«
»Ich habe es mit meinen eigenen Ohren gehört! Allah ist mein Zeuge.«

231

»Dann ist es ein billiger Trick, uns herauszulocken.«

Dr. Ben Mullah schüttelte wild den Kopf. »Ich verbürge mich dafür, daß …«

Die Tür wurde wieder aufgerissen. Paul Burkhs stürmte ins Haus, müde, stolpernd, schmutzig. Er wischte sich über die Augen und sank auf einen Stuhl, der als Luxusmöbel mitten in dem kahlen Raum stand.

»Nun könnten wir einen Skat spielen!« sagte Dr. Budde. Es war ein bitterer Galgenhumor.

»Wo kommst du denn her, Paul?« fragte Dr. Budde den Freund.

»Vom Himmel gefallen?«

»Genau das! Ich bin mit einer Privatmaschine von Tunis erst nach Sabria. Dort habe ich zwei Stunden gebraucht, ehe man euren Aufenthalt verriet. Vor zehn Minuten bin ich draußen in der Wüste gelandet.« Er schluckte und stürzte einen Becher Wasser hinunter, den ihm Ben Mullah reichte. »Danke«, sagte er. »Das ist besser als Krimsekt! Also – ich habe einen Anruf bekommen. Von Gerd. Gestern morgen. Er gab durch, daß man ihn in Kürze verhaften würde. Peltzner hatte das Doppelspiel herausbekommen. Es ist noch eine Bankanweisung unterwegs, und dann ist Schluß,«

»Na also, da haben wir's, lieber Dr. Ben Mullah! Beim Barte des Propheten, es ist eine Falle!« Dr. Budde sah zu Gisela. Sie stand wie erstarrt am Feuer und hatte die Hände gefaltet.

»Das ist das Ende«, sagte sie leise in die Stille, die über allen lag. »Das vollkommene Ende. Ich gehe nach Deutschland zurück. Es hat keinen Zweck mehr.« Sie schüttelte den Kopf, als Budde etwas sagen wollte. »Nein, Klaus, nein, es geht nicht mehr. Du mußt in eine Spezialklinik. Und ich werde zurückkehren in meinen Pavillon.«

»Welche Dummheit allerseits!« Dr. Ben Mullah ging in dem großen, kahlen Raum nervös hin und her. »Sie berichten von der Verhaftung Ihres Freundes, Herr Burkhs. Kennen Sie denn auch den neuesten Stand der Dinge?«

»Nein. Ich fliege seit gestern mittag kreuz und quer über Tunis.«

»Da haben wir es! Die beiden hier werden gesucht, ja, aber als Zeugen!«

»Das ist unmöglich!« sagte Paul Burkhs.

»Sage ich auch!« Dr. Budde riß den Moskitovorhang herunter und warf ihn in eine Ecke. »Aber der Doktor glaubt es.«

»Bei Allah – ich wäre nicht die ganze Nacht gefahren, wenn es nicht wahr wäre! In drei Stunden ist ein Lazarettwagen hier. Wir werden Sie aufladen und zurückbringen nach Sabria. Von dort wird Sie ein Flugzeug nach Tunis bringen! Und dann geht es hinaus in die Freiheit, mein Freund.«

»Ob Freiheit oder nicht. Sie tun mir einen großen Gefallen, Herr Doktor.« Gisela drehte sich zu Dr. Ben Mullah. Ihr schönes, ebenmäßiges Gesicht war zerfurcht. »Lassen Sie uns nach Deutschland zurückbringen. Ich flehe Sie an.«

»Aber wenn man Hartung verhaftet hat.« Paul Burkhs fuhr sich mit beiden Händen nervös durch die schweißverklebten Haare. »Das sollte doch ein Zeichen sein, daß man wieder auf der falschen Spur ist.«

»Das ist mir gleichgültig. Ich will zurück!« Gisela legte ihre Hand auf den Mund Buddes. Seine Worte verstand niemand. »Hört nicht darauf, was er sagt! Ich möchte zurück, denn schließlich ist das ja alles geschehen, um mich zu retten. Nun will ich nicht mehr. Ich kann einfach nicht mehr.«

Vor dem Haus hörte man tiefes Motorengebrumm. Dr. Ben Mullah sah auf seine ledereingefaßte Armbanduhr. »Schon da!« sagte er zufrieden. »Die Kerle müssen wie die Teufel gefahren sein.« Er sah Dr. Budde an. »Gleich kommt die Tragbahre, und dann ab in die Zivilisation. Als erstes bekommen Sie ein schönes saftiges Steak vom Grill! Und Salat, mit Sahne und Zitronensaft angemacht.«

»So lockte der Teufel schon immer in der Wüste.« Dr. Budde zuckte resignierend mit den Schultern. »Gut denn, schafft mich Krüppel weg. Ich kann mich ja nicht wehren.«

»Man sollte ihm wirklich eine Ohrfeige geben!« sagte Gisela mit zitternder Stimme. »Hier kann ihm doch niemand helfen.«

»Nur Allah«, sagte Dr. Ben Mullah leise.

»Aber zu Hause haben wir neben Allah auch noch gute Ärzte und Kliniken.«

Dr. Ben Mullah nahm es ihr nicht übel. Er hob nur die Hand und lächelte.

Vier Soldaten kamen in das Haus. Sie hatten eine große Trage mit und stellten sie neben Budde auf die Erde.

»Ganz vorsichtig anfassen!« kommandierte Dr. Ben Mullah. »Einer oben, einer unten an der Gipswanne. Und zwei in der Mitte, mit gekreuzten Armen. Und ganz langsam heben.«

Im Zeitlupentempo wurde Dr. Budde auf die Bahre gehoben. Vor der Tür lief der Motor des Lazarettwagens an.

Eine halbe Stunde später war Bir Zarrat wieder eine winzige Oase mitten in der Wüste. Drei Wasserlöcher, einige hundert Palmen und flache, mit der Hand gebaute Lehmhütten inmitten staubiger Gärten.

*

Anna Fellgrub und Heinrich, ihr Sohn, Ewald Peltzner und Dr. Markus Oldenberg, der Arzt, Dr. Adenkoven, der erste Anwalt Peltzners, und Dr. Fritz Vrobel, der Facharzt für Nervenkrankheiten, wurden am gleichen Tage, morgens um 7 Uhr 15 verhaftet und in das Untersuchungsgefängnis eingeliefert.

Vier Tage später wurde Dr. Klaus Budde in einer Spezialklinik in Deutschland operiert. Die Operation dauerte vier Stunden. Gisela Peltzner und Dr. Gerd Hartung, der nach der Verhaftung Ewald Peltzners auf Grund einer neuen Haftbeschwerde freigelassen worden war, saßen vor dem OP in einem kleinen, verglasten Wartezimmer, umgeben von Gummibäumen und Primeln.

So oft eine Schwester durch die Pendeltür aus dem Operationstrakt kam, rannte Gisela auf den Flur.

»Wie geht es ihm?« rief sie.

Und jedesmal erhielt sie die kurze Auskunft: »Der Chef operiert noch.«

»Vier Stunden«, sagte Dr. Hartung später. Er stand am Fenster des Wartezimmers und sah hinaus auf den Klinikgarten. Es regnete aus einem trostlosen, grauen Himmel.

»Wenn er ein Krüppel bleibt, ist es meine Schuld«, stammelte

Gisela. Sie hatte die Augen geschlossen und die Hände im Schoß gefaltet.

»Das dürfen Sie nie sagen.« Dr. Hartung nagte an der Unterlippe. Er dachte an Monique, an ihren schrecklichen Tod, an seine Schuld, von der er sich nicht freisprechen konnte. »Um wieviel mehr Grund hätte ich, mich anzuklagen«, sagte er leise.

»Sie konnten das nicht vorausahnen, Gerd.«

»Vielleicht doch. Monique liebte mich wirklich, und ich sie. Mein Gott, wieviel Unglück hat dieses verdammte Geld über uns alle gebracht.«

Kurz nach dem Anbruch der fünften Wartestunde rollte man Budde aus dem OP. Er lag auf dem Bauch, noch in tiefer Narkose, und schnarchte. Lautlos, auf hohen Gummirädern, glitt das fahrbare Bett an dem Wartezimmer vorbei. Dr. Hartung hielt Gisela fest, die aus dem Zimmer stürzen wollte.

»Nicht jetzt«, sagte er. »Sie sehen, er lebt. Wir müssen erst den Arzt fragen. «

»Ich muß bei ihm sein, wenn er aufwacht.«

»Das werden Sie auch.« Dr. Hartung blickte zur großen Glastür. Der Chefarzt kam in den Flur. Er hatte ein gerötetes, aber hoffnungsvolles Gesicht. Hartung atmete auf. »Ich glaube, wir können an die Zukunft denken«, sagte er leise und legte den Arm um Giselas Schulter. »Der Chef lächelt. «

*

Drei Monate nach dem Zusammenbruch des Peltznerschen Lügengebäudes, nach seinem Geständnis und der Rehabilitierung Gisela Peltzners, nach der Verurteilung Anna und Heinrich Fellgrubs zu einem Jahr Gefängnis und dem Entzug der Zulassung der mit Peltzner befreundeten Ärzte und Rechtsanwälte, deren Verfahren noch anstand, drei Monate nach den ersten mühsamen Gehversuchen Dr. Buddes am Arm Giselas, fuhr wieder eine schwarze Limousine langsam durch das sich elektrisch öffnende Tor der Maggfeldtschen Anstalt.

Wieder standen zwei Ärzte unter den Säulen des Vorbaues und traten an den Wagen heran, als er vorsichtig bremste. Oberarzt Dr. Pade öffnete die hintere Tür, Dr. Heintzke hielt sich etwas abseits.

»Bitte«, sagte Dr. Pade mild. »Steigen Sie aus. Der Herr Professor erwartet Sie schon.«

Ein Kopf erschien an der Wagentür, ein runder, fahler, welkender Kopf. Dann schob sich ein dicklicher Körper nach, zwei flatternde Hände streckten sich Dr. Pade entgegen, er ergriff sie und zog den Mann aus dem Wagen ins Freie.

»Sie kenne ich doch auch«, sagte der Mann. Sein rundes Gesicht war eine lächelnde Grimasse, in der die Augen hin und her zuckten. Dann klappte der Mund auf, zu einer häßlichen, großen, roten Höhle, und ein stammelndes Lachen flog Dr. Pade ins Gesicht.

»Oberarzt Dr. Pade«, sagte der Arzt. »Kommen Sie.«

»Der Professor erwartet mich?«

»Ja.«

»Aber ich bringe dieses Mal keinen Scheck mit!« Der Mann lachte wieder irr.

»Das ist auch nicht nötig. Sie sind uns immer ein lieber Gast, Herr Peltzner.«

»Ein schöner Tag!« sagte er. »Man riecht den Sommer schon. – Ist meine Tochter eingetroffen?«

Dr. Pades Gesicht verzog sich nicht. »Nein, noch nicht, Herr Peltzner.«

»Dann muß sie gleich kommen. Sie ist mit dem Flugzeug von St. Tropez unterwegs. Sie hat es mir gestern am Telefon mitgeteilt.«

»Der Herr Professor wird es Ihnen genau sagen. Er hat beste Informationen aus St. Tropez.«

»Dann kommen Sie schnell.« Peltzner hüpfte die Freitreppe hinauf. »Ein netter Mensch, der Professor. Wirklich ein netter Mensch. Monique wird sich freuen. Wissen Sie, sie ist so gern in prominenter Gesellschaft.«

Dr. Pade faßte Ewald Peltzner unter. Langsam gingen sie in das große weiße Haus. Dr. Heintzke schloß hinter ihnen die Tür. Unter dem Arm trug er die Mappe mit der Einweisungsdiagnose.

Der schwarze Wagen wendete und rollte durch das große Tor auf die Straße. Im Rückspiegel sah der Fahrer, wie das Gitter sich zuschob und einrastete.

»So schließt man eine ganze Welt ab«, sagte der Arzt, der Peltzner begleitet hatte.

»Wird er wieder herauskommen?« Der Chauffeur gab Gas. Es war ihm, als drücke ihm jemand die Luft ab.

Der Arzt hob die Schultern.

»Ich fürchte, nein.«

Dann schwieg er und sah in das frische Grün der Bäume.

Professor von Maggfeldt kam Peltzner mit ausgestreckten Händen entgegen.

»Willkommen!« rief er, und es war kein Spott dabei, sondern ehrliches Mitleid. Ewald Peltzner nickte.

»Wie schön, endlich einen Freund zu finden«, sagte er fröhlich.

Dann weinte er plötzlich wie ein Kind und bekam seine erste beruhigende Injektion.

Er war ein neuer Fall geworden.

ENDE